Barbara Nelting wurde im Jahr 1981 in Neuss im Rheinland geboren. Ihre gesamte Schulzeit war begleitet vom Lesen und Schreiben. Dennoch gewann nach dem Abitur der mit der Journalistik konkurrierende Studienwunsch der Medizin.

Aktuell wohnt sie mit ihrem Mann und zwei 11- und 13-jährigen Töchtern in Freiburg im Breisgau und arbeitet als Hausärztin und Psychotherapeutin in eigener Praxis.

Während der Coronapandemie hat sie das Schreiben wiederentdeckt - zuerst als Möglichkeit der Aufzeichnung und Verarbeitung von Erfahrungen, später dann „einfach" um der Erzählung erzählenswerter Geschichten wegen. Seitdem schreibt sie und schreibt und schreibt …

Bisher erschienen:
Judys langer Weg ins Pink Paradise Mai 2023
ISBN print 978–3–98758-054-3

Himmelstürmer Verlag, Ortstr.6 31619 Binnen
www.himmelstuermer.de
E–mail: info@himmelstuermer.de
Originalausgabe, Juli 2023
Nachdruck, auch auszugsweise, nur mit Genehmigung des Verlages
Rechtschreibung nach Duden, 24. Auflage.
Cover: shutterstock
Umschlaggestaltung: Olaf Welling, Grafik–Designer AGD, Hamburg.
www.olafwelling.de

Alle Orte und Handlungen sind frei erfunden. Jegliche Ähnlichkeiten mit lebenden oder verstorbenen Personen sind unbeabsichtigt und rein zufällig".

ISBN print 978–3–98758-072-7
ISBN epub 978–3–98758-073-4
ISBN pdf: 978–3–98758-074-1

Barbara Nelting

Wachgeküsste Prinzen muss Mann lieben!

1

Als er Judy traf, befand Mirko sich auf einem seelischen Tiefstand. Zumindest, was seine Beziehungen zu Frauen im Allgemeinen und zu Sonja im Speziellen betraf.

In anderen Lebensbereichen hingegen hätte es für ihn derzeit nicht besser laufen können. Es war ihm schon fast unheimlich, wie er eine Klausur nach der anderen ohne Federlesens bestand und sich so in Riesenschritten dem Ende des Studiums näherte. Dank des vielen Sports (hauptsächlich Bodybuilding), den er in diesen Zeiten betrieb, war er auch mit seinem Äußeren einverstanden; ja, betrachtete er das ihm morgens im Badezimmer entgegenblickende Spiegelbild gar mit großem Wohlgefallen.

Das war beileibe nicht immer so gewesen …

Schon seit seiner Kindheit hatte seine Leibesfülle Anlass für Kummer und Spott geboten. Seit der Kindheit? Nein, korrigierte er sich, doch wohl eher erst seit der Jugend.

An seine ersten 5-10 zarten Jahre hatte er nur wenige Erinnerungen.

Die Wärme des häuslichen Nests … vor allem die Mutter … immer wieder die Mutter ….

Ohne, dass er ihr damaliges junges Gesicht erinnerte, war es doch ihre – rückversichernde, fürsorgliche, ihn quasi umhüllende – Präsenz, die er spürte, wenn er an seine ersten Jahre dachte. Trost durch die Mutter – und Trost durch Essen!

„Hier, nimm doch, mein Schatz, dann geht es dir gleich besser!"

Später, in seiner Jugend, klangen andere, misstönendere Stimmen in seiner Erinnerung. Die spottenden seiner Mitschüler, die abwertende seines Sportlehrers – und wieder die Mutter, immer wieder die Mutter, jetzt besorgt: „Was hast du denn, Mirko, was ist nur mit dir?"

Sherlock, hatten sie ihn mit zweitem Namen genannt, nach dem hochgewachsenen hageren Londoner Detektiv, und ihn doch so gemästet, dass er mehr Watson glich, dessen dicklichen, bisweilen etwas unterbelichteten Assistenten.

Mirko hatte seinen zweiten Namen niemandem gegenüber erwähnt – seine Peiniger hatten ohne diese Information schon genug Gründe ihn aufzuziehen.

Doch das war jetzt alles schon lange her …
Nun also Judy!
Dass der junge Mann mit dem seltsamen Namen ihm direkt bei der ersten Vorstellung frei heraus gesagt hatte, dass er schwul war, bot Anlass zur Hoffnung, dass sich Mirkos Beziehung zu Sonja mit *ihm* als Mitbewohner jetzt doch wieder aus ihrem festgestellten Tief hinausbewegen könnte. Judy wirkte jungenhaft, trotz des in dieser Ulmer Studenten-WG völlig überkandidelten schicken Hemds. Gut - dass Mirko später erfuhr, dass der andere bei der Bank arbeitete, rechtfertigte sein Outfit zumindest teilweise.

Überhaupt hatte Judy ihm gut gefallen. Es imponierte ihm, wie freimütig jener über seine sexuelle Orientierung und seinen momentanen Beziehungsstatus sprach. So wie einer, der wusste, wo er hingehörte im Leben. Vielleicht könnten sie Freunde werden?

Es war ungewöhnlich für Mirko so zu denken. Er hatte keine männlichen Freunde. Seine eigenen Geschlechtsgenossen hatten für ihn stets eine ihm Unbehagen verursachende Bedrohung dargestellt. Der erste Mann in seinem Lebens war der Vater, der in irgendeiner unbestimmten Art in ihm schon früh (vermutlich zu Recht!) eine Konkurrenz um die Aufmerksamkeit der Mutter gesehen hatte. Dann kamen die garstigen und ruppigen Sportlehrer und seine ihn hänselnden Mitschüler in der Mittel- und Oberstufe. Sicher auch deswegen fühlte er sich unruhig in der Gegenwart von Männern, manchmal sogar regelrecht verlegen.

Mit den Frauen war es eine andere Sache. Die waren warm, weich, sicher. Selbst seine ersten Freundinnen, aus den Zeiten, wo er ausgesehen hatte wie ein unförmiger aufgepusteter Ballon, und die mehr aus Mitleid denn aus Liebe mit ihm zusammen gewesen waren, hatten ihm nicht wehgetan. Im Gegenteil, durch eine jede war er ein kleines Stückchen weitergekommen in seinem Leben, ein Stück weit mehr zu demjenigen geworden, der er jetzt war.

Sonja stellte eine Ausnahme dar im Reigen dieser seiner vor allem in Nachhinein so engelgleich erscheinenden Ex-Freundinnen! An der Spanierin war nichts weich und sicher. Der Spott ihrer spitzen Zunge schmeckte so scharf wie der seiner ehemaligen Klassenkameraden und Lehrer zusammen. Nein, durch Sonja erfuhr Mirko keine Schonung.

Und vielleicht war das der Grund, warum er jetzt mit *ihr* liiert war. Um sich zu beweisen, dass er in der zweiten Hälfte seiner Zwanziger stark genug war, das Leben mit einer „femme fatale" auszuhalten.

Doch musste er diesen Beweis unbedingt jeden einzelnen Tag antreten? Ihr täglich zusehen, wie sie sich mit anderen Männern nicht nur amüsierte, sondern völlig offensichtlich mit ihnen flirtete? Und dabei stets auf die richtige Art reagieren: Sich nicht durch eine tobende Eifersuchtsszene zum Vollhonk machen, aber doch mit seiner Dominanz (besaß er die überhaupt?) zeigen, dass diese Frau ihm gehörte. Immerhin: Wenn ihm dieses Kunststück gelang, sparte Sonja nicht an Belohnungen (vor allem sexueller Art) für ihn.

Dennoch ... er hätte gut damit leben können, wenn ihre Beziehung in ruhigeres Fahrwasser gekommen wäre. Sie diese Spielereien sein lassen könnten. Am besten für immer! Vielleicht war Judy der Schlüssel dazu!

Ihr letzter Mitbewohner, Kai, war Hals über Kopf ausgezogen, nachdem Mirko sich in unmissverständlicher Weise mit seiner 1,90 Größe und all seiner heute so deutlich ausgeprägten Muskulatur im Türrahmen seines WG-Zimmers aufgebaut hatte. Wenn Kai noch ein einziges Mal Sonja schöne Augen machte, dann ...

Das Objekt dieser Drohungen selbst erwartete Mirko in der Küche. Sonja hatte sich an den Küchentisch gelehnt. Ihre schwarze Mähne hatte sie nach hinten geworfen. Auf dem kleinen, aber volllippigen, knallrot angemalten Mund (Sonja verließ das Bad morgens niemals ungeschminkt!) zeigte sich ein leichtes Schmollen.

„Na, das hast du ja großartig hingekriegt!", spottete sie. Dennoch blitzte Anerkennung in ihrem Blick.

Wie stets war diese Frau eine einzige Provokation.

Eine Provokation, der sich Mirko stellte, indem er ihr Gesicht mit beiden Händen umfasste und sie auf ihren süßen Schmollmund küsste. Hart, rücksichtslos, fordernd. Dieser Kuss ließ keinem von ihnen Raum Luft zu holen. Selbst nach Atem ringend löste Mirko sich schließlich.

Normalerweise war es trotz seines bulligen Äußeren nicht seine Art, in Liebesdingen so dominant zu sein. Im Gegenteil: Nur zu gern ordnete er sich unter, tat (auch im Bett), was man ihm sagte, und bereitete seiner Partnerin Freude, bevor er nach seinen eigenen Bedürfnissen schaute. Doch Sonja gelang es immer wieder, ihn dazu zu provozieren, sie sich gegen seine Natur zu unterwerfen. Vermutlich gefiel es ihr sogar.

Jetzt lächelte sie zufrieden und fragte mit seidenweicher Stimme: „Wolltest du mir damit sagen, dass *ich* schuld daran bin, dass Kai auszieht?"

Statt einer Antwort packte er sie an beiden Gesäßbacken und trug sie hinüber zur Arbeitsplatte. Darauf sitzend befanden sich ihr Oberkörper und das Gesicht auf der Höhe des seinigen, trotz des Größenunterschieds. Sie war so klein und leicht, dass ihm der kurze Transport keinerlei Mühe bereitete. Hätte er sich ihr gegenüber doch nur öfter so überlegen fühlen können wie jetzt, als seine Hände sich fest in ihren knackigen Hintern gruben und sie beim Hochheben hilflos in der Luft hängend einen kleinen Schrei ausstieß!

„Wer sonst?", konterte er rau, während er die Knöpfe ihrer engen weißen Bluse von oben nach unten öffnete.

„Wer hat denn tagein, tagaus geschäkert mit ihm? Einmal habe ich euch beide sogar in einer engen Umarmung erwischt! Und ständig hast du ihm mit deinen Brüsten vor der Nase herumgewackelt! Der konnte gar nicht anders, als dir sabbernd hinterherzulaufen!", versetzte Mirko

„So, hab ich das?", erwiderte Sonja mit nur leicht atemloser Stimme angesichts der Behandlung, die ihr zuteilwurde. Mittlerweile hatte Mirko sein Werk an ihrer Bluse vollendet, so dass sie oben herum mit nichts als dem spitzenbesetzten Push-Up bekleidet dasaß. In eben diesen griff sie jetzt.

„Mit meinen Brüsten? Meinst du die hier?"

Und sie stülpte mit ihrer rechten Hand das enge Körbchen des BHs um, so dass ihre wohlgeformte, kleine rechte Brust herauslugte. Zwischen zwei rot lackierten Fingernägeln (des Daumens und des Zeigefingers) präsentierte sie ihm die roséfarbene Knospe ihrer Brustwarze.

Mirko erstarrte mitten in der Bewegung seiner Hände, welche sich mittlerweile an Sonjas Höschen zu schaffen gemacht hatten. Wieder einmal brachte die unerwartete freche Frivolität seiner Freundin ihn vollkommen aus dem Konzept. Er hatte *sie* doch unterwerfen wollen, als Strafe für ihre Schäkereien mit Kai, und ein wenig zur Feier der nun nach dessen Auszug in Aussicht stehenden Wochen der Zweisamkeit (von Judy wusste er damals noch nichts!). Doch jetzt konnte er nur wie hypnotisiert auf ihre Brustwarze stieren.

Sonja lachte perlend. Offenbar war das für sie alles ein Spiel. Manchmal hatte er das Gefühl, dass ihre ganze Beziehung für sie nur ein solches war – und er das Spielzeug, welches sie wegwerfen würde, wenn sie ihm überdrüssig geworden wäre.

Auf seinen Ohren rauschte es. Sie sprach weiter, doch er hörte es nicht. Alles, was er hervorbrachte, war ein undefiniertes Grunzen, als sie in seine Hose fasste und seine Hoden mit ihren geschickten Händen in einen festen Griff nahm.

Plötzlich war ihre Stimme nah an seinem Ohr. Ihre Haare kitzelten ihn und ihr blumiges, aufregendes Parfüm verwirrte ihm die Sinne.

„Fick mich, mein Starker!", sagte sie. „Fick mich so richtig durch!"

Und das tat er. Dabei wusste er nicht, ob er sie meinte, oder aber die Summe aller anderen Mädchen, die er je gehabt hatte. Oder die Mutter.

2

Die erste Person, die, soweit er sich erinnerte, seinen Schwanz berührt hatte, war seine Mutter gewesen. Und so sehr er sich schämte, das einzugestehen: es hatte ihn damals schon, mit 5 Jahren, unglaublich erregt.

Nein, er musste doch schon mindestens 6 oder 7 gewesen sein. Im Sportunterricht der Grundschule hatte ein Ball ihn ins Gemächt getroffen. Eigentlich hätten sie fürs Völkerballspiel den Softball nehmen sollen, so stand es im Lehrplan.

Doch *der* interessierte ihren betont harten („tough" nannte er sich selbst!) Sportlehrer wenig.

„Ihr seid doch keine Luschen!", sagte er und „stellt euch nicht so an!" zu den beiden Mädchen, die bereits geweint hatten und jetzt dem Spiel vom Rand aus zusahen. Der harte Basketball hatte die eine an der Hüfte und die andere am Kinn erwischt. Merkwürdig, wie man manche Details Jahrzehnte später so exakt erinnern konnte!

Als es Mirko selbst erwischte, wusste er, dass *er* nicht weinen durfte. Das Missvergnügen seiner Mannschaftskollegen darüber, dass er – der unsportliche Dicke – in ihrem Team gelandet war, war schon deutlich genug gewesen. Fetti, Schwabbel, Tonne – den Überbietungswettbewerb der Spottnamen, wie Mirko ihn für sich in Anflügen von Galgenhumor nannte, hatte es damals noch nicht gegeben. Das Missfallen schon.

Nein, er durfte nicht weinen. Also tat er es auch nicht. Zumindest nicht in der Schule.

Doch als er bei der Heimkehr seiner wartenden Mutter in die offenen Arme flog, war es mit seiner Beherrschung vorbei. All seine Tränen hatte er sich aufgespart für sie, seinen sicheren Hafen, seine Zuflucht in der Not.

„Mein Schatz, du weinst ja!", bemerkte sie sofort. „Was ist denn nur los, mein Süßer?"

So genau er das Wetter an diesem Tag (Nieselregen) wie auch die Farbe des unheilbringenden Balls (orange, wie alle Basketbälle) erinnerte, so wenig vermochte er später zu sagen, ob er sich schämte, *es* seiner Mutter zu zeigen.

Nein, er glaubte nicht, dass da etwas anderes gewesen war an jenem Tag als das Vertrauen in den Trost seiner engsten Freundin (die die Mutter in diesen Tagen für ihn darstellte!), als er ihr durch die Wohnung folgte. Sie, ja, *sie* musste sich der Delikatesse der Situation durchaus bewusst gewesen sein. Warum sonst hätte sie ihn ins Bad geführt, dem einzigen (abschließbaren) Raum ohne Fenster?

„Dann lass mich mal schauen!", sagte sie weich. Ohne Umschweife ließ Mikro die Hosen hinunter. Mit sanften Fingern befühlte sie überaus gründlich beide Hoden und dann – ebenso feinfühlig – seinen Penis. Und er? Genoss es! Stöhnte sogar wohlig. Für eine Erektion war er noch zu jung.

Doch die vielen Male, die er seitdem an diese Szene gedacht oder von ihr geträumt hatte, bescherten ihm stets zuverlässig einen prächtigen Ständer. Oh, wie er sich dessen schämte! Erregt durch die Hände der eigenen Mutter! In unzähligen vergeblichen Versuchen hatte er ihr Gesicht durch das einer Freundin ersetzt – doch am Ende, wenn er sich, erlöst stöhnend und mit ein wenig Nachhilfe seiner Hände, spritzend ergoss, stand doch wieder seine Mutter vor seinem inneren Auge!

Das Wort Inzest kannte er als Siebenjähriger damals nicht. Und überhaupt: Wie konnte etwas, was sich so gut anfühlte, falsch sein?

Von den Nachwirkungen des Basketballs spürte er an diesem Tag nach der Behandlung durch die Mutter nichts mehr.

Später am Abend lag der erwachsene Mirko mit geöffneten Augen im Bett und dachte an seine ersten Freundinnen. Dass Sonja im Nebenraum lautstark in ihrer Muttersprache mit ihren Eltern telefonierte, störte ihn nicht. Er hatte es sich nicht angewöhnt, es zu ignorieren, wie es alle Sonjas Exfreunde, von denen sie ihm allzu freimütig erzählt hatte, getan hatten. Nein, er fand das für ihn unverständliche Gemurmel angenehm, für ihn hatte es etwas immens Beruhigendes.

Auf die Frage, warum das so war, hatte er bislang keine Antwort gefunden. Es war nicht so, als sei er einsam gewesen als Kind und lechze deswegen nach der Anwesenheit anderer. Zwar *war* er ein Einzelkind, doch hatte sich die Mutter stets darum bemüht, den Mangel an Geschwistern durch ihre eigene Präsenz zu kompensieren. Doch an seine Mutter hatte er ja nicht denken wollen!

Mit 16 Jahren hatte der Spott seiner Klassenkameraden einen gewissen Höhepunkt erreicht. Ausgerechnet zu dieser Zeit war es, als sich ihm erstmals ein Mädchen erbarmte. Beziehungsweise … zuallererst hatte er sich ihrer erbarmt …

Sie stand vor ihm an der Kasse der Mensa. Sie beide besuchten (wie etwa 1000 weitere Schüler) eine Ganztagsgesamtschule, und wie immer war hier mittags die Hölle los. Das Mädchen balancierte neben ihrem gefüllten Tablett Schultasche und Turnbeutel. Mirko beobachtete, wie sie panisch die Taschen ihrer Jacke, der Hose und schließlich des Ranzens durchsuchte – vergebens.

„Also, Valentina!", setzte die Kassiererin, eine durchaus gutmütige, rundliche, ältere Frau mit Brille, in strengem Tonfall an, „das ist jetzt schon das zweite Mal diese Woche! Heute kann ich dir das nicht mehr durchgehen lassen!" Es war hörbar, dass sie dies, vielleicht zu ihrem eigenen Bedauern, auch so meinte.

Das Mädchen – Valentina – senkte beschämt und resigniert den Blick, als ihr klarwurde, dass sie das Essen jetzt unter den Augen aller, in dieser vollen Mensa, zurückbringen musste.

„Ich nehm sie mit auf meinen Chip, Frau Hubert", schaltete sich Mirko ein. Die Kassiererin lächelte. Sie und ihre Kolleginnen gehörten zu den wenigen Menschen an der Schule, bei denen Mirko beliebt war. Er sah nicht nur so aus, als mochte er das Essen in der Mensa – es schmeckte ihm wirklich! Zudem war er stets auf eine zurückhaltende Art freundlich und höflich.

„Ah, Mirko", sagte Frau Hubert, „aber du weißt, dass du das eigentlich erst mit deinen Eltern absprechen musst …"

„Meine Mutter hat nichts dagegen", antwortete Mirko fest. Das hatte sie bestimmt nicht. Sie achtete immer darauf, dass sein Chip zum Zahlen des Schulessens voll aufgeladen war. Nicht, dass ihr Junge Hunger leiden musste!

„Wenn du es sagst …", gab sich Frau Hubert zufrieden, „dann zweimal Cordon Bleu mit Fritten und Salat!"

Nachdem die Kassiererin Mirkos Chip durchgezogen hatte, sah das Mädchen ihn lächelnd an: „Danke! Das war total lieb von dir! Ich heiße Valentina und gehe in die 9."

Sie hatte langbewimperte grüne Augen und süße Grübchen, wenn sie lächelte.

Als sie ihr Tablett nahm und sich ihren Weg zu einem Platz bahnte, folgte Mirko ihr. Niemals zuvor wäre es ihm in den Sinn gekommen, so etwas zu tun. Heute erschien es ihm richtig.

Während sie aßen, erzählte sie ihm von ihrer Vergesslichkeit und er ihr von … Er erinnerte es nicht mehr genau. Vermutlich von seinem damaligen Hobby (dem einzigen, was er mit dem Vater teilte), dem Modellbau, vorwiegend von Flugzeugen.

Die Schamesröte hierüber (wie uncool war das denn gewesen?!) stieg ihm jetzt noch, über 10 Jahre später, ins Gesicht. Doch Valentina lauschte seinen Ausführungen interessiert und lachte über seine linkischen Witze. Am Ende fragte sie ihn, ob sie am Folgetag erneut gemeinsam essen wollten.

Er brauchte nicht darüber nachzudenken, wie sie wirkten, sie beide zusammen. Die Spötter verrieten es ihm. „Schwabbel und Trottel – was für ein Paar!", höhnten sie so laut, dass er (und sie!) es hören mussten. Mirko störte sich nicht daran, ebenso wenig wie an ihren obszönen Gesten. Für ihn war es ein willkommenes aufregendes Novum, dass sein (Spott-) Name überhaupt in einem Atemzug mit dem eines Mädchens genannt wurde!

Eines Tages fragte sie ihn, ob er ihr die selbstgebauten Flugzeuge einmal zeigen wollte, dort, bei sich zu Hause. Natürlich wollte er das, auch wenn er schon bei der Vorstellung daran, sich mit ihr allein in einem Raum zu befinden, schwitzige Hände bekam. Merkwürdigerweise erinnerte er sich nicht, wie sie mit seiner Mutter klarkam. Seine späteren Freundinnen hatten allesamt zu kämpfen gehabt mit ihr, aber Valentina … Vielleicht hatte „der Trottel" besser mit der Mutter umzugehen gewusst als alle anderen, die nach ihr kamen. Oder aber die Mutter war zu diesem Zeitpunkt so froh gewesen, dass ihr Goldjunge endlich einmal überhaupt eine Freundin mit nach Hause brachte, dass sie dieser nicht das Leben schwer machte, wie später all den anderen …

Valentina *war* nett. Geduldig ließ sie sich all seine Flugzeuge zeigen.

Dann sah sie ihn mit ihren grünen Augen an und sagte lächelnd: „Küss mich!"

Das tat er. Es war aufregend, die fremden Lippen auf seinen zu spüren.

Nach dem Küssen nahm sie seine Hände und führte sie sich unters Shirt. Staunend betastete er ihre kleine feste Brust. Dass sie sich so anfühlen würde, hätte er nicht gedacht. Im Gegensatz zu vielen seiner Altersgenossen hielt Mirko sich von Pornos fern. Nicht, dass er keine Gelüste (der unterschiedlichsten Art!) verspürt hätte! Doch solche Filmchen zu schauen mit Frauen als Darstellerinnen, auf die einer wie er nie eine Chance hätte, kam ihm vor wie Selbstbetrug. Seine optischen (ganz zu schweigen von den taktilen!) Erfahrungen mit Brüsten gingen daher gegen Null. Natürlich wusste er, dass Mädchen und Frauen Brüste hatten. Er war ja nicht blind. Auch wenn er sich in der Schule bei seinen Klassenkameradinnen gar nicht recht hinzuschauen getraute – zu Hause hatte er ja seine Mutter. Und – halt! – wie sich deren Brüste anfühlten, wusste er! Wenn *sie* ihn an ihren Busen drückte, fühlte sich das warm an, weich – auch ein wenig wabbelig. Wie Wackelpudding.

Valentinas jugendliche Brüste hingegen fühlten sich (abgesehen von der Form natürlich!) ein bisschen so an wie das Zentrum seiner eigenen Lust: hart, fest, gelegentlich sogar fast knotig.

Im nächsten Monat geleitete sie seine Hand nach weiter unten. Viel weiter unten. Die feuchte Enge ihrer Scham befremdete, ja, erschreckte ihn ein wenig und er fand sich kaum zurecht in diesem ihm bislang nicht bekannten Revier der weiblichen Anatomie. Doch Valentina war eine gute Lehrmeisterin. Mit Worten und mehr noch durch Lautäußerungen führte sie ihn dorthin, wo es sich für sie am besten anfühlte. Mirko folgte ihren Anweisungen bereitwillig und gehorsam.

Sie mussten ein komisches Bild abgegeben haben damals! Jetzt zumeist bei ihr zu Haus, saßen sie in ihrem halbdunklen Zimmer nebeneinander auf dem Bett, denn die Rollos ließ sie, wenn er kam, stets hinab. Sie war - den Dingen, die sie taten, geschuldet - meist nur halb bekleidet, er fast vollständig.

Auch wenn er nach wie vor nicht wusste, was er für sich machen sollte aus der klebrigen Schlüpfrigkeit, die seine Finger an ihren dunkelsten Stellen fanden– ihre sichtlichen und hörbaren Äußerungen der Lust erfreuten auch ihn. Es gefiel ihm sogar außerordentlich, dass er es war – und er allein – der ihr solch ein Vergnügen bereitete.

Valentinas wegen kaufte er sich auch eine Dauerkarte fürs Schwimmbad. Es war dies ein weiterer (nicht der erste und beileibe nicht der letzte!) Versuch einer Gewichtsreduktion. Um den Spöttern nicht noch mehr Anlass für ihre Hohngesänge zu bieten, galt die Karte für den Nachbarort. Seine Mutter würde ihn schon fahren.

Das tat sie auch. Allerdings hatte ihre Miteinbeziehung den Nachteil (oder Vorteil?), dass sie das Sportprogramm ihres Sohnes jetzt auch als ihr Projekt begriff und sie auf dessen unbedingte allwöchentliche Durchführung achtete.

Mirko hoffte, dass Valentina, wenn er durch den Sport etwas ansehnlicher würde, auch einmal *ihn* berühren würde. Denn abgesehen von seinen Lippen (zum Küssen! Alles andere kam erst später!) und seinen geschickten Fingern hatte sie keine Verwendung für seine Körperteile – und das, obwohl das Pochen in seiner Leibesmitte ihm nur zu deutlich signalisierte, wie sehr er sich eine Berührung wünschen würde.

Er nahm 2-3 Kilo ab und verwandelte einige in Muskeln. Und Valentina?

Nach den Ferien kam sie in die 10. Klasse und er in die Oberstufe. Er wählte seine Kurse, sie begann Bratsche zu spielen. Ihre Beziehung verlief sich. Es war nicht so, als hätte sie mit Pauken und Trompeten und einer tränenreichen Szene auf dem Pausenhof Schluss gemacht. Nein. Sie hatte wohl das Interesse verloren (oder einen anderen gefunden?). Jedenfalls lud sie ihn nicht mehr zu sich ein. Ein anderer hätte vielleicht um sie gekämpft oder zumindest sie von sich aus um ein letztes Treffen gebeten. Nicht so Mirko. Ein Teil von ihm war ohnehin davon überzeugt, dass es von Anfang an nur ein Irrtum Valentinas gewesen war, sich für ihn zu entscheiden – und dieser Teil fühlte sich nun bestätigt. Außerdem … hatte er sie liebgewonnen in den letzten Monaten – doch nicht so sehr, dass ihr Ausbleiben mehr als ein vages Gefühl der Leere und des Bedauerns in ihm verursacht hätte.

Mirko öffnete die ihm jetzt doch zugefallenen Augen, als Sonja eintrat. Offenbar hatte sie ihr Telefonat mit der Heimat beendet. Lächelnd stand sie in der Tür ihres Schlafzimmers und sah ihn an.

Im Bann seiner Erinnerungen sagte er: „Und ich sage, unsere neue Mitbewohnerin wird eine Frau!"

Vielleicht erriet sie einen Teil seiner vorherigen Gedanken. Heftig widersprach sie: „Niemals, chico, und das sagte ich schon! Damit du hier den Pascha machst mit zwei Frauen – nie im Leben! Ich ertrag es nicht mit so einer Zicke hier im Haus!"

„Ja, dass *du* besser mit Männern kannst, hast du ja in den letzten Monaten mit Kai bewiesen", versetzte er zornig. Sonja grinste ihn an und sagte nichts. Vermutlich war sie stolz auf die vielen Gelegenheiten, bei denen sie ihm (fast) die Hörner aufgesetzt hatte. Offenbar galt es nicht nur bei männlichen Südländern als gesellschaftsfähig, mehrere Eisen im Feuer zu haben.

„Außerdem – du *hast* doch Freundinnen, mit denen du dich gut verstehst. Wieso kann dann nicht auch eine Frau hier wohnen?", versuchte Mirko es anders.

„Meine Freundinnen, ja …", sinnierte Sonja und spielte mit einer Strähne ihrer langen, schwarzen Haare, „ja, die mag ich schon. Aber mit einer von ihnen zusammenleben? Wenn ich allein an die Haare im Bad oder den Duft ihres Parfüms denken! Igitt!"

Sonja war in der Tat sehr ordentlich und reinlich.

„Aber weißt du was? Ich hab eine Idee! Du hast dich bei Kai doch beschwert, dass ich mich für ihn entschieden habe – gegen deine Stimme! Such *du* doch unseren nächsten Mitbewohner aus, allein, ohne mich. Hauptsache männlich! Ich verspreche dir, nachher nicht zu meckern – und wenn es einer mit drei Ohren ist!"

3

Und so kam es, dass Mirko und nicht Sonja mit Judy sprach. Judy, der schwule Banker mit Zopf. Stets adrett gekleidet, immer höflich und korrekt. Und dabei dennoch auf seine jungenhafte Art keinem Spaß abgeneigt. Ja, mit Judy ließ es sich aushalten.

Natürlich versuchte Sonja ihren Charme selbst bei ihm. Sonja wäre nicht Sonja, wenn sie diese Herausforderung nicht angenommen hätte. Im Grunde hatte Mirko das Gefühl, dass Eroberungen für seine Freundin erst dann interessant wurden, wenn sie „against all odds" waren.

Auf genau diese Art und Weise waren auch sie beide zusammengekommen, damals, vor knapp zwei Jahren. Zu diesem Zeitpunkt befand Mirko sich in einer stabilen ausgeglichenen Beziehung mit der unkapriziösen Tinka und dachte gar nicht daran, diese aus irgendeinem Grund zu beenden, schon gar nicht einer anderen wegen.

Mirko und Sonja besuchten denselben Fitnessclub. Während er Gewichte stemmte, tänzelte sie auf dem Laufband vor ihm her – was Mirko, zumindest äußerlich, gänzlich unbeeindruckt ließ. Je weniger er sie beachtete, umso mehr verstärkte sie ihre Bemühungen (mit dem aufreizenden Stil ihrer Sportkleidung, ihren Bewegungen, ihrer Mimik und Gestik), die Aufmerksamkeit dieses überaus muskulösen und doch so eindeutig vergebenen (sie hatte bereits beobachtet, wie seine Freundin ihm vor dem Studio abholte) jungen Mannes auf sich zu lenken. Doch vermutlich hätte Sonja lange vergebens tänzeln müssen, hätten sich bei dieser Eroberung nicht zwei für sie begünstigende Umstände ergeben.

Zum einen verließ Mirkos Kumpel Falk die gemeinsame (bis dahin reine Männer-) WG und ein neuer Bewohner musste gefunden werden. Zum anderen plante Tinka ein Auslandssemester, so dass *sie* als neues WG-Mitglied nicht in Frage käme. Mirko und sie hatten lose abgesprochen, sich nach Tinkas Erasmushalbjahr eine gemeinsame Wohnung suchen zu wollen.

Tja. Wenn Falk damals nicht ausgezogen wäre, wäre alles vielleicht genau so passiert. Mirko wäre nicht mit Sonja zusammengekommen und hätte Judy nie kennengelernt. Vielleicht wäre er dann heute glücklich mit Tinka verheiratet und Vater zweier Kinder.

Irgendwie bezweifelte Mirko das.

Es war naheliegend, die „Mitbewohner gesucht!"-Flyer überall dort auszulegen, wo Mirko sich herumtrieb – also auch im Fitnessstudio.

Ihrerseits auf der Flucht aus einer chaotischen Frauen-WG, wusste Sonja nicht, in wessen WG sie sich vorstellte. Doch als sie Mirko dort stehen sah, im Flur ihrer vielleicht künftigen Wohnung, derer Besichtigung wegen sie hergekommen war, begannen ihre Augen zu glitzern. Jeder, der sie besser kannte, hätte bei ihrem Anblick sofort gewusst, dass sie von diesem Moment an nicht mehr ruhen würde, bis sie (als Vorspeise sozusagen) das WG-Zimmer – und dann den attraktiven und bislang so unnahbaren jungen Mann ihr Eigen nennen konnte.

Ersteres fiel ihr leicht. Mirko war der fröhlichen Spanierin gegenüber arglos – und der dritte im Bunde, sein damaliger Mitbewohner Sascha, hätte die schöne Schwarzhaarige selbst nicht von der Bettkante gestoßen und folglich nicht das Geringste gegen ihren Einzug einzuwenden.

Also wurde Sonja die dritte Mitbewohnerin der Erdgeschoss-WG des Hauses mit dem Apfelbaumgarten, am Rande Ulms. Vom Tag ihres Einzugs an ließ sie keinen einzigen Versuch aus, Mirko zu verführen.

„Mir ist die Haarklammer verrutscht. Kannst du mir die mal wieder reinstecken? Oh ja, danke, das machst du gut", hieß es morgens in der Badtür.

„Wie dumm, ich habe schon wieder vergessen, wie ich den Herd anbekomme. Kannst du mir das noch ein einziges Mal bitte zeigen?", fragte sie ihn mittags in der Küche.

Ihre Bitten, ihren makellosen Körper großflächig mit Sonnencreme zu versorgen, erfolgten in diesem (in jeder Hinsicht!) heißen Sommer ohnehin fast zu jeder Tages- und Nachtzeit.

Um ihr widerstehen zu können, hätte er aus Stein sein müssen. Und Mirko war nicht aus Stein!

Dass Sonja ihn so bedrängte, obwohl sie wusste, dass er mit Tinka zusammen war, nahm er ihr nicht übel. Auch wenn er selbst in seinem Leben (bislang!) loyal und ergeben gegenüber seinen Partnerinnen gewesen war, machte er sich doch keine Illusionen darüber, wie moralisch verwerflich es zuging auf der Welt. All das brauchte nichts zu tun zu haben mit *ihm* und seiner Beziehung – bis zu dem Tag, als es das eben DOCH tat und er das erste Mal in seinem Leben untreu wurde.

Er hatte Sonjas Fahrrad repariert und stand mit schweißglänzendem entblößtem Oberkörper und ölverschmierten Fingern da, als Sonja den Schuppen betrat. Wie so oft in diesem Sommer war sie nur mit dem knappen, rot-orangenem („Coral – so heißt die Farbe!", wurde er später von Sonja belehrt) Triangel-Bikini bekleidet, der ihr so gut stand, als sei er eigens für sie und ihre Rundungen geschneidert worden. Sonja lächelte ihm anerkennend zu, als sie nach dem geflickten Schlauch griff, ihn mit zwei Fingern prüfte und sagte: „Oh, der ist ja jetzt schon wieder völlig prall! Wie gut!"

Dabei gruben sich ihre rot lackierten Fingernägel in den Reifen. Eigentlich mochte es Mirko nicht, wenn Frauen sich die Nägel lackierten. „Sieht aus wie bei einer aufgetakelten Barbie-Puppe", war er sich mit der eher natürlichen Tinka einig.

Dennoch konnte er den Blick nicht abwenden von ihren Fingern und dem prallen Reifen. Er schluckte und war froh, dass sie bei seinem ohnehin schon völlig durchnässten Zustand nicht sah, wie ihm der Schweiß ausbrach angesichts der Vorstellung, wie diese Finger etwas anderes, ebenso pralles, auf gleiche Weise berühren könnten.

Immer noch lächelnd trat Sonja nah an ihn heran.

„Wie kann ich das nur wiedergutmachen?", hauchte sie.

Mirko war unfähig, sich zu bewegen, geschweige denn eine zusammenhängende Antwort zu formulieren. Doch das brauchte er auch nicht. Wie so oft in seinem Leben übernahm die weibliche Gegenseite die Initiative. Schon lag Sonjas Hand auf seiner Hose und hatte wenige flinke Griffe später sein bestes Stück daraus hervorgeholt. Als sie ihm mit dem Finger über den Schaft fuhr und sich jenen dann genüsslich ableckte, wurde ihm schwindelig vor Lust. Tinka und seine Vorsätze der Treue waren vollständig vergessen.

Vielleicht hatte er an dieser Stelle doch einige wirre Worte von sich gegeben, denn Sonja führte ihn zu einer an der Wand stehenden Kiste und drückte ihn sanft darauf nieder. Die trotz der Wärme des Tages kühle Härte des Metalls bildete einen angenehmen Kontrast zu seiner überhitzten Haut.

Sonja kniete sich vor ihn nieder. Als erstes widmete sie sich seinen Hoden. Mit gekonntem Griff massierte sie sie beide synchron. Es beschämte ihn, dass er selbst das an sich zwickende Gefühl ihrer spitzen Fingernägel auf seiner dort so empfindlichen Haut genoss – so unendlich geil war er auf diese Frau, die ihn nun schon seit Wochen herausforderte.

Dann nahm sie ihre Hände weg. Stattdessen näherte sich jetzt ihr Kopf seiner Körpermitte. Sie wird doch nicht …, dachte er – als sie es schon tat. In voller Gänze verschwand sein Penis zwischen ihren roten Lippen. Mirko stöhnte unkontrolliert.

Diese Form des Liebesspiels war Neuland für ihn. Zwar hatte er mit wendiger Zunge den Damen seiner Wahl unzählige Vergnügungen bereitet – andersherum war die Bereitschaft jedoch deutlich geringer gewesen. Steffi, Tinkas Vorgängerin, hatte ihn zu seiner großen Freude ein einziges Mal darum gebeten, „ihn" versuchsweise in den Mund nehmen zu dürfen. Doch das Experiment wurde, noch bevor er den genussvollen Moment vollends ausgekostet hatte, angewidert abgebrochen. Das sei doch nicht so ihrs, hatte Steffi gesagt – und er es dabei belassen. Mit Tinka war es nie dazu gekommen. Eine seiner

Freundinnen von sich aus darum zu bitten, wäre Mirko niemals in den Sinn gekommen. Er nahm, was er bekam, und war zufrieden.

Umso intensiver war die Explosion seiner Nervenenden jetzt, als Sonjas Zunge seinen Schwanz geschickt in vollem Umfang leckte. Sein eigenes lautes Wimmern klang fremd und hohl in Mirkos rauschenden Ohren. Nur am Rande dachte er daran, dass man sie hören oder zufällig jemand vorbeikommen könnte. Dann begann Sonja an seiner Eichel zu saugen und er dachte nichts mehr.

Danach spuckte sie seinen Samen neben den von der Fahrradreparatur dreckigen Lappen auf den Erdboden des Schuppens und sagte: „So, jetzt sind wir fast quitt!"

Dann küsste sie ihn und presste sich seine Hände auf den coralfarbenen Bikini.

Der Rest war Geschichte …

Die Beziehung zu Tinka indes endete sang-, klang- und tränenlos wie damals die mit Valentina. Zumindest für ihn. Sie brach bald, nachdem er ihre Liebe mit stotternden Worten und gesenkten Lidern für passé erklärt hatte, nach Amsterdam auf. Die Trennung hatte Tinka nicht überrascht. Sie hatte in letzter Zeit oft gespürt, dass er mit den Gedanken nicht bei ihr war, und es schon seit ihrem ersten Kuss erahnt, dass das große Feuer der Leidenschaft bei ihm (zumindest für sie!) fehlte. Von einer in Ulm gebliebenen gemeinsamen Freundin erfuhr Mirko, dass Tinka auch später oft noch von ihm sprach.

Vor dem Hintergrund von Sonjas Beuteschema waren zwei Jahre kontinuierliche Partnerschaft eine lange Zeit. Wie bescheuert von ihm, dachte Mirko im Nachhinein, zu glauben, dass Judys Einzug etwas an dem vermutlich schon von vornherein festgestandenen Ablaufdatum ihrer Beziehung ändern würde!

Jetzt versuchte sie es bei dem smarten Banker. Unentwegt starrte sie Judy auf seinen schlanken Oberkörper, wenn er im Garten die Äpfel pflückte. Und Mirko sah ihr seinerseits dabei zu. Reichte *er* ihr denn nicht?

Sicher, Judy ging trainieren und war alles andere als unansehnlich – doch an seine, Mirkos, Muskelpakete reichte er lange nicht heran. Und hatte Sonja nicht die immer bewundert?

Er versuchte, sich damit zu trösten, dass sie bei Judy keine Chance haben würde, schließlich war er schwul. Doch machte das die Sache besser? Sie begehrte Judy trotzdem und hatte Mirko in Gedanken bestimmt schon hundertmal betrogen.

Als Judy den neuen Eiscrusher brachte und Sonja ihm dafür regelrecht in die Arme sprang, ihm dabei ihr tiefes Dekolleté präsentierte (Sie gehört mir! Nur mir!, schrie alles in Mirko) und dem Banker zärtlich über den Arm strich, konnte Mirko nicht anders, als sich in seinem verletzten Stolz und seiner rasenden Eifersucht (ein weiteres Mal!) zum Affen zu machen. Auch ohne Sonjas verachtungsvoll-spöttischen Gesichtsausdruck hätte er gewusst, dass es ein Fehler war, ihr freie Bahn mit Judy zu lassen, als er die Tür hinter sich zuknallte.

Er war sich sicher, dass sie alles gegeben hatte, um auch ihren anderen Mitbewohner in ihr Bett zu bekommen. Davon erzählten die unzähligen leeren Flaschen in der Küche am Folgetag. Doch offenbar war Judy dennoch standhaft geblieben, ein Umstand, den Mirko ihm hoch anrechnete. Schließlich wusste er selbst am besten, wie überzeugend und unwiderstehlich die Spanierin sein konnte. Mehr als einmal hatte sie ihn gegen seinen Willen genommen, nach einem Streit, der ihn hinterließ mit dem Wunsch, alles mit ihr zu tun – aber sicher nicht mit ihr zu schlafen!

Dieser Frau zu widerstehen (und zwar unabhängig von seiner sexuellen Orientierung!) war eine Sache der Beherrschung – von der Judy anscheinend deutlich mehr besaß als er. Wenn möglich, festigte dieses Ereignis noch seine Zuneigung zu und die Freundschaft mit seinem Mitbewohner.

Das Stimmungsbarometer zwischen ihm und Sonja indes befand sich im freien Fall. Quasi täglich wartete er darauf, endgültig abserviert zu werden, gestand sich dabei aber nicht ein, dass auch ihn schon längst eine innere Unruhe erfasst hatte. Wenn er ehrlich gewesen wäre – er sehnte sich nach etwas Neuem (ohne zu wissen, was) und konnte es sich schon lange nicht mehr vorstellen, mit Sonja alt zu werden.

4

Dann kam der Tag, nach welchem sein Leben nie wieder so sein würde, wie es zuvor gewesen war.

Begonnen hatte er positiv. Den ganzen Vormittag und einen Großteil des Mittags hatte Mirko mit der Betreuerin seiner Masterarbeit zusammengesessen und mit ihr letzte Details besprochen, die vor der Abgabe beachtet werden mussten. Äußerst zufrieden mit der Welt und sich war er danach etwas essen gegangen, bevor er sich – ein nur wenige Minuten dauerndes – Sonnenbad auf dem Platz vor der Uni gönnte. Er hatte sich wieder zum Aufbruch aufgerichtet und die eine Hand als Schutz vor der tiefstehenden Sonne wie den Schirm eines Käppis über die Augen gehalten, als er sie sah.

Auch ohne den coralfarbenen Bikini erkannte er Sonja sofort: Die schwarze Mähne, die gleichfarbigen Stiefel. Ihre Sonnenbrille im Audrey Hepburn – Stil, die sie außer bei Nebel immer, bestimmt aber an einem so strahlenden Spätwintertag wie dem heutigen, trug, hatte sie sich ins Haar geschoben, um …

Ja, um dem Typen, der ihr viel zu nah stand, tief in die Augen zu schauen. Es war ein großer blonder, Mirko unbekannter Bursche, vermutlich einer ihrer Kommilitonen, gutaussehend, wie Mirko fand, und sich im gleichen Moment fragte, was um alles in der Welt das jetzt zur Sache tat. Selbst von seiner 20-30 Meter entfernten Position konnte Mirko Sonjas Lachen hören. Es war ein Lachen, was er gut kannte. Sie benutzte es (diese kehlige, verführerische Anmache) immer dann, wenn sie in Gedanken schon drei Schritte weiter war als mit dem, was sie tat. Und was sie jetzt tat, war: Den Kerl zu küssen. Den Kerl, der nicht er war. Die routinierte Weise, wie er sich zu ihr herabbeugte und seine Arme um sie legte, verriet Mirko, dass es nicht das erste Mal war.

Seine Freundin küsste einen anderen. Mitten auf dem Campus. Dort, wo es jeder sehen konnte. Dort, wo man sie, Sonja und Mirko, als Paar kannte. In diesem Moment, als er wie gelähmt auf die zwei sich Küssenden starrte, konnte er nur *daran* denken. An die Unverschämtheit, die sie besaß. Die Schmach. Die Erniedrigung. Der Liebeskummer kam erst später.

Kurz spielte er mit dem Gedanken, sich still und heimlich davonzumachen, dem Bild, was sich ihm bot, den Rücken zuzukehren und zu gehen. Es war sein Stolz, der ihn davon abhielt. Niemals wieder hätte er sich im Spiegel in die Augen blicken können, wenn er dem anderen kampflos das Feld überließe! Er stand auf und näherte sich dem eng umschlungenen Paar.

Paar? Aber das waren doch Sonja und er! Einem Teil von ihm war speiübel vom Anblick der Küssenden, von dem Schock, während der andere Teil mechanisch, wie ein ferngesteuerter Roboter, einen Schritt vor den nächsten tat. Er musste sie nicht ansprechen, wenigstens das nicht, dieses blieb ihm erspart! Denn Sonja schien ihn bemerkt zu haben, vielleicht war ihr der Duft seines After Shaves, von dem sie doch letztens als „so geil" geschwärmt hatte, in die Nase gestiegen. Jedenfalls drehte sie sich zu ihm um, bevor er sie erreicht hatte.

Nur kurz blitzte so etwas wie Erschrecken in ihren Augen auf, bevor sie sich in Sekundenschnelle fing und sich die ihm wohlbekannte Maske der Überlegenheit auf ihr Gesicht legte.

„Oh, hallo Mirko", sagte sie eine Spur atemlos und lächelte. Sie lächelte!

„Was soll das?", brachte er hervor. Selbst seine Stimme klang wie die eines Roboters.

„Das? Was?", fragte Sonja und blickte sich um, als wüsste sie gar nicht, wo sie war und was sie im Moment tat.

Heuchlerin!, dachte Mirko. Vermutlich suchte sie gerade verzweifelt nach einer Eingebung, was sie ihm antworten könnte.

Schließlich legte sie eine Hand auf den Arm ihres Kusspartners (oh, wie oft hatte Mirko diese Geste bei ihr schon gesehen!) und sagte: „Das ist Sebastian, aus meinem Italienischkurs!"

Doch der junge Mann war, als er gesehen hatte, was für ein Kraftpaket der Gehörnte seines heißen Flirts war, schon zwei Schritte von ihr weggetreten und befand sich auf dem Rückzug. Er würde sich sicher nicht zwischen Sonja und ihren aufgebrachten Freund stellen, der jetzt schnaubte wie ein wilder Bulle.

Sonja erkannte das und entschied sich für eine neue Strategie. Unvermittelt ging sie zum Gegenangriff über: „Ja, was das soll, fragst du! Wonach sieht es denn aus? Das, was du mir ohnehin ständig unterstellst! Da du mir eh nicht glaubst, dass ich es nicht tue, kann ich es doch genauso gut machen, oder? Was ist denn schon dabei? Das bisschen Knutschen! Jetzt tu nicht so, als ob du dich nicht auch mal ab und zu mit anderen Frauen triffst!"

„Ich?", machte Mirko verdattert. „Ich? Nein, natürlich nicht!"

Doch Sonja kam jetzt in Fahrt: „So, also nicht! Deine Schuld! Ich finde, das gehört zum Leben dazu! Willst du mich etwa einsperren wie eine Nonne? In unserer Wohnung leben wir eh schon wie ein altes Ehepaar! Was erwartest du eigentlich von mir?"

Immer lauter und lauter war sie geworden, so dass um sie einige studentische Passanten stehengeblieben waren und das Geschehen amüsiert verfolgten. Auch der blonde Sebastian hatte sich jetzt, da er nicht mehr im unmittelbaren Fokus von Mirkos Zorn zu stehen schien, entschlossen, den Ausgang des Paarkonflikts abzuwarten.

Mirko fasste es nicht. Sonja schaffte es, *ihn* als den Schuldigen dastehen zu lassen! Vor all diesen Leuten um sie herum!

„Du ... du Schlampe!", stieß er hervor. Das hatte er noch nie von einer Frau gedacht, geschweige denn es zu einer gesagt. Normalerweise hätte es ihn schockiert, nur dieses *Wort* aus seinem Mund zu hören, doch heute nicht.

Mit einem schnellen Schritt war er an Sonja vorbei und rempelte im Fortgehen den Blonden mit der Schulter grob zur Seite. „Dann viel Spaß noch!", ätzte er. Er hörte noch, wie Sonja ihm „Hey!", oder etwas Ähnliches hinterherrief – dann war er weg.

Er brachte niemals in Erfahrung, wie und wo er die nächsten zwei Stunden verbrachte. Keiner seiner Freunde wollte ihn gesehen haben an diesem Nachmittag, also war er vermutlich allein geblieben. Doch ob er in der Kneipe gewesen war, spazieren gehen oder im Fitnessstudio – am Abend stand er vor der heimischen Haustür. Daran, dass Sonja dort sein könnte, dachte er gar nicht. Sie war es auch nicht.

Im Foyer leuchtete das warme Licht ihrer orangenen Designerlampe im Stil der 70er, die Sonja mal als Flohmarktbeute angeschleppt hatte. Judy saß dort, zusammen mit einer Freundin. Er trug wie üblich in seiner Freizeit ein schlichtes Hemd. Zwischen ihm und seiner Gefährtin standen zwei Gläser. Judy lächelte beim Reden und gestikulierte mit seinen Händen, die andere sah ihn aufmerksam an und lauschte mit Interesse seinen Ausführungen.

Obgleich nur wenige Meter von ihm entfernt, kamen Mirko diese beiden vor wie in einer anderen Welt. Eine heile, glückliche Welt, nach der er sich sehnte – und die doch an diesem Abend unerreichbar war für ihn, wie getrennt von ihm durch eine unsichtbare undurchdringliche Glasscheibe. Andersherum schien das nicht zu gelten, denn Judy blickte ihn an, als wisse er genau, was mit ihm los sei.

Mirko setzte sich zu den beiden und bekam einen Drink. Daiquiri. Sie tranken Daiquiri, nicht diese pappsüßen Erdbeermargaritas, auf die Sonja so stand. Zum Glück keine Margaritas. Er wusste nicht, was er gemacht hätte, wenn sie Margaritas getrunken hätten.

Während Judy und Sandras Gespräch an ihm vorbeirauschte, lief in Mirkos Innerem ein anderer Film.

All die Erniedrigungen, die er erlitten hatte.

„Mirko, jetzt schwing mal die Hufen! Deine Klassenkameraden können nichts dafür, dass du so fett bist!" Das war der sich witzig fühlende Sportlehrer, der sich durch das erwartbare hämische Gelächter der Klasse bestätigt fühlte in seiner überzogenen Selbsteinschätzung.

„Schwabbel vor, gibt kein Tor!" – der Gesang der gegnerischen Ersatzbank beim Fußballspiel.

Einmal hatten sie ihm am Freitagnachmittag in einen leeren Klassenraum gesperrt („Verhungern wirst du ja nicht! Kannst uns dankbar sein für die Hilfe beim Abnehmen!") und er hatte schon befürchtet, das Wochenende in der Schule verbringen zu müssen. Spät am Abend war seine aufgebrachte Mutter erschienen, an ihrer Seite der mürrische Hausmeister, dessen Blicke Mirko nur allzu deutlich sagten, was *er* von übergewichtigen Muttersöhnchen, wie er es war, hielt.

Valentina, die sich nicht mehr hatte mit ihm treffen wollen.

Steffi, die sich zu fein war, ihm nur ein einziges Mal das zu schenken, was er ihr teilweise fast täglich freiwillig und gern gab.

All diese Demütigungen ...Und jetzt Sonja.

5

Mit dem zweiten Daiquiri legte sich der Alkohol wie eine lindernde Schicht auf seine Wunden. Doch schrie alles in ihm nach Trost. Noch mehr Trost (viel mehr!), als der Rum zu geben vermochte.

Doch dafür gab es ja Judy. Dieser verständnisvolle, nette, junge Mann, der war doch lange schon sein bester Freund, oder etwa nicht? Als Sandra gegangen war, in deren Anwesenheit er sich ihrer harschen, burschikosen Art wegen immer ein wenig unsicher fühlte, wurde es leichter, sich fallen zu lassen und Judy anzuvertrauen. Es schien wie das Natürlichste der Welt, ihm sein Elend zu erzählen, es mit dem Banker zu teilen. Von Sonja redete Mirko, all den anderen, die ihn schon verletzt hatten in seinem Leben, am Ende sogar von seiner Mutter. Und es war nur folgerichtig, dass Judy ihm den Kopf streichelte wie ein guter tröstender Vater.

Sie tranken und tranken ...

Irgendwann hörte Mirko jemanden stöhnen. Es dauerte einige Zeit, bis er begriff, dass er selbst es war. Und Judy derjenige, der ihm (jetzt schon nicht mehr so elterlich) sanft über den Rücken strich. Doch wieso hatte er dann gestöhnt? Mirko fand diese Antwort: Weil es ihm gefiel. Sehr sogar. Aber wie konnte das sein? Andererseits: Konnte etwas, was sich so gut anfühlte, falsch sein? Dunkel erinnerte er sich daran, etwas

Ähnliches schon einmal gedacht zu haben, vor gar nicht allzu langer Zeit. War die Schlussfolgerung nicht da auch schon falsch gewesen?

Egal. Er ließ den Kopf auf Judys Schulter sinken und stöhnte ein weiteres Mal. Schließlich nahm Judy seine Hand und zog ihn mit sich zu seinem Zimmer. Als der brave Junge, der Mirko war, ging er mit.

In der Tür zu Judys Zimmer blieb Mirko stehen und sah überrascht ins Domizil seines Mitbewohners. Er wusste nicht, was er erwartet hatte – aber es passte, was er sah, zum Judy, den er kannte. Das Zimmer war in klaren Formen und Farben eingerichtet, eindeutig der Lebensraum eines Mannes (natürlich, dachte Mirko, was hast du denn gedacht? Judy *ist* ein Mann!), aber dennoch gemütlich – und in tadelloser Ordnung. Einzig die warme indirekte Beleuchtung und die angeklebte rundum reichende Borte kurz unterhalb der Decke verliehen der Umgebung etwas ... mystisches. Romantisches, würde er später denken.

Mirko war zwei Schritte ins Zimmer hineingegangen und hatte die Tür schon hinter sich geschlossen, als sein Blick aufs Bett fiel. Er schluckte. Groß war es und glatt. Die glänzenden Laken wirkten einladend und frisch, wie neu bezogen. Hatte Judy etwa geahnt, dass er heute Abend mit ihm hier landen würde? Aber nein, wie hätte er denn?

Mirko spürte Judys Hand an seinem unteren Rücken. Warm, beruhigend und fest massierte sie ihn dort für wenige Sekunden und schob ihn dann nach vorn, in Richtung Bett. Und er? Ließ sich schieben, tat wie immer schon in seinem Leben das, was man von ihm erwartete. Und doch fühlte es sich gut an, sich jetzt auf Judys Anweisung auszuziehen, sich hinzulegen und auf den anderen zu warten. Paradoxerweise ein wenig wie früher, als seine Mutter ihn ins Bett gebracht hatte.

Als Judy zu ihm kam, mit hoch aufgerichtetem Penis, den er selbst im Nebel seiner Trunkenheit nicht übersehen konnte, versteifte sich Mirko innerlich erneut. Verdammt, das war doch ein *Mann*! Wie trieben sie es miteinander, die Schwulen? Was würde Judy von ihm verlangen, was würde er tun müssen? *Dass* er tun würde, was Judy von ihm wollte, stand außer Frage. Denn was andere ihm sagten, hatte er immer schon getan, oder?

Doch Judy forderte gar nichts von ihm, sondern liebkoste ihn zärtlich und so geduldig, dass Mirko es kaum merkte, wie sich sein eigenes Begehren mit jedem Handgriff und jedem Kuss des anderen graduell steigerte. Als Mirko glaubte, es nicht mehr aushalten zu können, legte sich Judy mit seinem Kopf zwischen Mirkos Beine. Während dieser die langen, zu einem Zopf gebundenen Haare des Bankers bewunderte, hatte der mit seinen Lippen schon den Teil Mirkos umfasst, den es so sehr (oh ja, so sehr!) danach verlangte. Mitten im Rausch (nicht nur dem des Alkohols, sondern jetzt auch dem der Lust) erlebte Mirko einen Moment großer Klarheit: So musste es sein. Was hier geschah, fühlte sich richtig an, richtiger als alles, was er je getan hatte.

Nur wenige Momente später war es schon vorbei.

Eine unüberwindbare Müdigkeit kämpfte mit dem sich regenden schlechten Gewissen, als ihm klar wurde, dass Judy nicht zum Zug gekommen war. Würde er auch ihm etwas Gutes tun müssen? Obwohl er Ähnliches schon bei diversen Frauen getan hatte, wusste er nicht, ob er jetzt ... ojemine!

Doch Judy forderte auch jetzt nichts von ihm. Sein Liebhaber (denn das war er ja jetzt wohl! Zumindest für diese Nacht!) legte sich mit seinem knackigen festen Hintern an Mirkos jetzt erschlafftes Glied, das sich dabei prompt von Neuem regte. Dann führte er Mirkos Hände um seinen Körper herum zu seinem eigenen, Judys, Penis. Und als Judy wohlig seufzend noch den Rest seiner Körperrückseite in perfekter Löffelstellung an Mirkos Front presste, begann dieser wie von selbst mit dem besten Stück des anderen zu spielen. Er liebkoste und neckte es mit zunehmendem Vergnügen. Als sich Judy – begleitet von einem Aufbäumen und erleichterten Stöhnen – in seine Hand und das jetzt nicht mehr saubere Laken ergoss, wollte auch er gleich noch einmal kommen ... war aber wenige Sekunden später eingeschlafen.

Trotz seines weit oberhalb der Fahrtüchtigkeit liegendem Promillepegels schlief Mirko unruhig in dieser Nacht. Irgendwann hörte er, wie Sonja wiederkam. Kurz stand er da, auf dem Weg zurück von der Toilette schon wieder in Judys Zimmer angekommen, und zögerte. Sollte er nicht zu *ihr*, in ihr gemeinsames Schlafzimmer, dorthin, wo er hingehörte? Doch tat er das überhaupt?

Sein Blick fiel auf den friedlich schlafenden Judy, dessen sich ruhig hebende und senkende Brust im Mondlicht schimmerte. Er dachte daran, in welche Tiefen Sonja ihn mit ihrem Verhalten gestern gestürzt hatte – und dass es dieser nette, junge, dort liegende Mann war, der ihn danach so liebevoll getröstet hatte. Entschlossen kroch Mirko zurück zu Judy ins Bett, legte die Arme um den Schlafenden und schmiegte sich an ihn.

Darüber nachdenken, was das alles bedeutete, könnte er morgen.

Er seufzte beruhigt – und schlief wieder ein.

So sehr entspannte er sich in Nähe seines Trösters, dass dieser vor ihm wach wurde und schon mit Sonja in der Tür stand, als sich Mirko seiner Selbst, seiner Umgebung und dem, was beides in Kombination bedeutete, vollends bewusst wurde. Vollends bewusst? Im Nachhinein könnte er sich ausschütteln vor Lachen darüber, wie naiv er damals gewesen war!

An jenem Morgen stieg er, entschlossen wie ein Boxer, der in den Ring schreitet, aus dem Bett und zeigte sich seiner Freundin. Warum er das tat und sich nicht hinter Judy versteckte, wenigstens für einige Stunden, in denen dieser ihn sicher gern verborgen und für sich behalten hätte, wusste er nicht. Vielleicht war es Mirkos Stolz, der sich jetzt, wo der Alkohol zumindest teilweise sein System verlassen hatte, wieder regte. Denn es war nicht recht, Judy vorzuschieben in einer Auseinandersetzung mit Sonja, die die seine, Mirkos, war. Eine Auseinandersetzung im Übrigen, die kein gutes Ende finden konnte. Jetzt und bis zur Stunde unseres Todes, kam ihm ungefragt eine Textzeile aus einem der unzähligen Kirchenbesuche seiner Kindheit, bei denen er immer den kleinsten dicken Puttenengel spielen musste, in den Sinn. Aber halt! Konzentrier dich auf Sonja!

Die lachte. Sie lachte eigentlich immer. Er kannte keine andere Person, die so viele Emotionen allein durch ihr Lachen zeigen konnte. Verachtung. Freude. Sogar Wut und Trauer. Begehren.

Doch heute, hier und jetzt erkannte er nichts als Amüsement in ihrem Lachen, als sie sagte: „Ich glaub's ja nicht! Jetzt hast du es mir aber gezeigt und wir sind quitt, denke ich. So was aber auch! Hast *du* dir unseren süßen Judy geschnappt!"

Als sie ging, folgte er ihr. Langsam, mit gebeugtem Haupt, wie ein geschlagener Hund. Weder ihr noch Judy konnte er in die Augen blicken. Es war, als hätte sie das, was geschehen war, am gestrigen Abend und in der Nacht, erst durch ihr Lachen lächerlich gemacht. Mirko bemerkte, wie es Judy traf, dass er keine Worte des Abschieds noch des Danks für ihn fand. Doch hätte er aufgeschaut, während seines traurigen Auszugs aus dessen Zimmer, hätte er aufgeschaut an diesem Morgen und Judy nur ein einziges Mal angesehen, dann … ja, dann was? Hätte er vielleicht geweint (und das durfte er doch nicht, genauso wenig wie damals im Sportunterricht!) oder wäre dem Banker von Neuem um den Hals gefallen …

Was auch immer … An diesem Tag wollte er es nicht in Erfahrung bringen und ging schweigend, seine Klamotten unter dem Arm geklemmt.

Mit Sonja redete er ebenso wenig, obwohl das Luder ihn mit Fragen löcherte. Wie es denn gewesen sei mit Judy … Wenn sie das geahnt hätte … Und da hatte sie es die ganze Zeit versucht bei dem Banker (selbst das gab sie zu, dieses rücksichtslose Miststück!) – dabei flog der doch (natürlich!) auf ihn, Mirko!

Am Abend im Bett näherte sie sich ihm.

„Jetzt hab dich nicht so!", schmeichelte sie. „Ne kleine Runde Versöhnungssex wird uns guttun!"

Doch er wollte nicht. Auch wenn ein kleiner, ihm innewohnender immer williger Teil schon wieder parat war, den Sonja mit dem Instinkt einer Frau prompt mit einem triumphierenden „Hach!" fand und packte – seine anderen Anteile verabscheuten die Spanierin und ekelten sich regelrecht vor ihrer Berührung. Wie sie sich – geschmeidig und berechnend – bewegte und wand, um zu ihm zu gelangen! Wahrhaft wie eine verräterische Schlange! Dieser andere Teil von Mirko war es, der (vielleicht etwas gröber als nötig) nach Sonjas Hand griff und sie von sich fortschob.

„Findest du nicht, du hast genug angerichtet?", presste er wütend hervor.

„Oh, jetzt soll *ich* schuld daran sein, dass du dich mit Judy vergnügt hast?", konterte sie kreischend und setzte an, mehr zu sagen, als er seine Hand grob auf ihren Mund legte, um sie zum Schweigen zu bringen. Es entwickelte sich ein kleines Handgemenge, in dessen Verlauf sie sich windend und an ihn gepresst unter ihm zum Liegen kam. Selbst dieser Versuchung widerstand er.

Schließlich wandte sie sich ab.

„Wenn du es so willst – bitte schön!", zischte sie zornig.

Mirko wusste, dass sie verletzt war und was das für ihn bedeutete. Sie würde ihm in nächster Zeit das Leben schwermachen. Es war ihm vollkommen egal.

Zwei weitere Nächte verbrachten sie so, stumm und feindselig nebeneinanderliegend. Am dritten Abend dachte Mirko, dass es so nicht weitergehen konnte.

6

Er lag entkleidet auf dem Rücken. Mit jedem Taktschlag des Klaviers berührten ihn die Spitzen fremder Finger. Der die ersehnten Liebkosungen steuernde Rhythmus der sphärischen Klänge indes war quälend langsam. Ping – los ging es in der Mitte seiner Brust. Ping – folgte eine zweite Berührung keinen Zentimeter weiter rechts, in Richtung seiner Brustwarze. Wenn die Finger nur endlich dort ankämen! Ping – wieder nur ein Stückchen näher.

Mirko stöhnte frustriert.

Als das Crescendo kam, klopften die Finger im Takt um die empfindlichste Stelle seiner Brust, den hart erigierten Nippel, herum, ohne diesen selbst zu berühren. Wellen der Lust und des Verlangens rollten durch seinen Körper. Er stöhnte, bettelte, keuchte – hätte sie greifen wollen, diese Hände, und sie auf sich pressen, in wilder Begierde. Doch er tat es nicht. Um die süße Qual willentlich zu verlängern? Oder war er etwa gefesselt? Er bemühte sich nicht, es herauszufinden, ebenso wenig, wie wer *ihn hier so gekonnt liebkoste.*

Weiter ging das Stück. Allein durch die Kraft seiner Gedanken versuchte er, den Takt der Schläge zu beschleunigen – natürlich vergebens! Mit exquisiter Zartheit und herausfordernder Langsamkeit wanderten die Finger, nachdem sie seine linke Brust in ebensolche Flammen versetzt hatte wie die rechte, in der Mitte seines Körpers hinab nach unten. Ping. Jetzt waren sie am Bauchnabel angelangt. Nicht mehr lange, dann ... Ping. Mirko spürte, wie er sich auflöste. Eins wurde mit dem Rausch, einer Explosion des Wollens, der Gier, der hilflosen Lust.

Sicher schrie er, oder etwa nicht? Solche Gefühle könnte er nicht stumm erleiden! Ein weiterer Takt, dann endlich ...

Er erwachte mit einem Ruck. Sein Herz pochte ebenso wie sein Glied, welches so erigiert war, dass es schmerzte. Ohne hinzusehen, wusste er, dass seine Schlafanzughose nass war, so, als sei er zum Ziel gekommen, habe seinen Traum zu Ende geträumt und Erleichterung erfahren. Doch das Hämmern in seinem Schritt bewies ihm deutlich, dass dem nicht so war.

Neben ihm lag Sonja, schlafend. Nein, sie war es sicher nicht gewesen, die Gestalt seines Traumes. Ihr Anblick ließ ihn trotz der jetzt wieder aus ihrem Nichts von Negligé herauslugenden ansehnlichen rechten Brust kalt. Schuldbewusst dachte er stattdessen an Judy – und spürte, wie das Ziehen in seinen Hoden zunahm. Verdammt!

Hellwach lag er da und starrte ins Halbdunkel. Wie hatte das nur passieren können? Wie hatte er sich in seinem Kummer derart betrinken können, dass er sich – nur allzu bereitwillig! - von seinem schwulen Mitbewohner trösten ließ – mit allem diesem zur Verfügung stehenden Mitteln!

Ach ja, sagte ein kleines spöttisches Stimmchen in seinem Inneren, und was wäre denn bitte schön die Alternative gewesen? Sich bis zur Besinnungslosigkeit und Krankenhausreife zu besaufen? Sich aus dem Fenster stürzen? Oder handgreiflich werden an Sonja, die ihn mit ihrem Verhalten in seine Gefühlsmisere geworfen hatte? Ihn sich hatte fühlen lassen wie damals, als 12- oder 13-Jähriger – hilflos, gedemütigt, wertlos. Die Wut, die dieses Gefühlsgemenge in ihm auslöste, gab ihm das Gefühl, mühelos zum Mörder werden zu können.

Wenigstens seine Erektion hatte sich erledigt. Halt, rief Mirko sich zur Räson, nicht dran denken, Finger (bzw. Gedanken!) weg von diesem Thema! Schlaf jetzt endlich, deine Beziehungsprobleme kannst du heute Nacht nicht lösen – und darüber nachdenken auch morgen! Er drehte sich zur Seite, weg von Sonja, und versuchte, erneut in den Schlaf und bestenfalls zurück in seinen Traum zu finden.

Doch erfolglos. Die Erinnerung an das Geträumte ließ ihn nicht los und die leisen Geräusche Sonjas im Schlaf sowie ihr Geruch erregten ihn jetzt doch. Unversehens wurde aus Wut neuerliches Begehren.

Natürlich hätte er Sonja wecken können dafür, sie schnell und hart nehmen und damit vielleicht zur Ruhe kommen. Sie hätte sicher nichts dagegen gehabt, im Gegenteil. Doch das hätte ihr gegenüber völlig falsche Signale gesetzt! Es ihr ermöglicht, ihr Spiel der Macht, die sie mittels ihrer körperlichen Reize auf ihn ausübte, erneut zu beginnen. Nein, Sonja zu nehmen, kam nicht in Frage. Nicht heute – nie mehr.

Also umfasste er mit der Hand seines obenliegenden Armes selbst seinen halb erigierten Penis und stöhnte vor Erleichterung auf, diese schon im Traum ersehnte Berührung endlich (wenn auch nur durch die eigene Hand!) zu erfahren. Sofort biss er sich auf die Lippen. Das fehlte noch, dass Sonja ihn bei der Selbstbefriedigung erwischte! Die Worte des Hohns, die sie dann für ihn fände, konnte er sich nur zu gut ausmalen.

Sachte schloss sich seine andere Hand von unten um seine Hoden. Die Feuchtigkeit, die er dort spürte, gefiel ihm ebenso wie das unwillkürliche Zucken seines jetzt vollends harten Glieds. Beides kündete von der Hilflosigkeit seiner Erregung, die er in vollen Zügen genoss. Schon komisch, dachte er verträumt, dass dasselbe Gefühl (das der ohnmächtigen Hilflosigkeit), was in der Realität (sei es, wie in seiner Jugend, ausgelöst durch den Spott seiner Peiniger oder wie aktuell durch Sonjas unbeschwerte offene Untreue) so bitter schmeckte, ihn in seinen erotischen Phantasien dennoch mehr zu erregen vermochte als alles andere! Ohne zu merken, was er tat, strich er sich mit dem rechten Zeigefinger den Lusttropfen von der Eichel und führte jenen dann in seinen Mund. Fasziniert kostete er.

Natürlich wusste er, wie seine eigene Lust schmeckte, hatte sie schon oft auf Sonjas Lippen gekostet, nachdem diese ihn nach allen Regeln der Kunst verführt hatte. Doch die damalige Note war nur ein schwacher Abklatsch des puren, unverfälschten Aromas gewesen, welches er jetzt schmeckte. Es war, wie sich selbst am Schwanz zu lecken.

Seine linke Hand, die begonnen hatte, pumpende Bewegungen zu vollführen, beschleunigte ihre Frequenz. Wie gut sich das anfühlte! Viel besser als die zarten, vorsichtigen Frauenhände, die sein bestes Stück bislang hatten berühren dürfen. Er stellte sich vor, dass es nicht seine eigene Hand wäre, sondern die eines anderen Mannes.

Sofort meldete sich sein Schuldbewusstsein: So etwas durfte er doch nicht denken! Die Schuld steigerte seine Erregung. Schon floss ihm der sämige Lustsaft, den sein wild zuckender Penis vergoss, in die Hand, die Hose und das Bett. Seinen erleichterten Schrei der Erlösung schrie er ins Kopfkissen.

Auch wenn sein Körper befriedigt war – seine Gedanken waren es nicht. Unaufhörlich kreisten sie um seine Mutter, Sonja, Judy ... Vergangenheit, Gegenwart, Zukunft ... Bis er im Morgengrauen entnervt aufstand und die lästigen Gedanken und Gefühle durch den Schock einer eiskalten Dusche zum Schweigen brachte.

Am Morgen zog er ins ehemalige Wohnzimmer und schloss die Tür hinter sich ab. Die Zeiten einer 2-Zimmer-Paarwohnung in der WG-Wohnung waren ein für alle Mal vorbei.

Wenn er seine lästigen Gedanken doch nur ebenso leicht hätte aussperren können wie seine beiden Mitbewohner!

7

Vielleicht sollte er es mit Schwimmen versuchen, dachte Mirko nach ein paar weiteren durchwachten Nächten und Tagen, in denen er versucht hatte, auf seinen schnellen Wegen zum Bad und in die Küche möglichst niemanden zu begegnen. Er dachte an seinen Sommer mit 16 im Bad des Nachbarortes – und daran, dass auch Judy schwamm.

Doch natürlich war er nicht hier, im Ulmer Westbad, um Judy zu sehen. Das konnte er jederzeit in der WG. Dort allerdings unter Sonjas spöttischen Blicken – und den unergründlichen seines Mitbewohners. Wem machst du hier eigentlich *was* vor?, fragte sich Mirko, bevor er in die kalten Fluten tauchte.

Judy traf er nicht.

Das Schwimmen war ungewohnt. Obwohl er alle erforderlichen Muskeln im Übermaß besaß, fielen Mirko die Bewegungen schwer. Es war, als wüssten seine Arme nicht, was sie tun sollten. Ach, dachte Mirko in einem Anflug von Selbstironie, wieso sollte es meinen Armen anders gehen als dem Rest von mir?

Nach drei Bahnen hatte er einen Krampf im Fuß und wollte das Bad schimpfend verlassen. Doch das hätte bedeutet aufzugeben. Aufzugeben wie damals mit 16, trotz der von der Mutter finanzierten Dauerkarte und dem ebenso von ihr gesponserten Fahrservice. Aufgeben wie in all seinen Beziehungen. Oder hatten seine Ex-Freundinnen nicht vielmehr *ihn* aufgegeben, jedes Mal? Egal, am Ende war er immer allein. Sicher, stets ein wenig schlauer und erfahrener als zuvor, nicht aber glücklicher.

Glücklich … War er das denn mit seinen Frauen oder Mädchen je gewesen, *in* der Beziehung, als diese noch ungetrübt lief?

Er wusste es nicht. Er wusste gar nichts mehr, außer, dass er wirr träumte, tags wie nachts und am ärgsten in den Stunden der Dämmerung dazwischen.

Bahn für Bahn kämpfte er sich weiter. Wenigstens war ihm jetzt nicht mehr kalt.

Er schaffte zehn Bahnen, bis ihm klar wurde, dass er bei keiner einzigen davon an Judy oder Sonja gedacht hatte. Die Anstrengung des Schwimmens hatte ihn vollends abgelenkt von all dem, was es sonst noch in seinem Kopf gab. Gleichzeitig hätte er sich vor denselben schlagen können, denn er lebte lange genug, um zu wissen: Daran zu denken, dass man an etwas nicht gedacht hatte, war der beste Garant dafür, dass es genau damit jetzt wieder losging!

Weitere zehn Bahnen später ging ihm auf, dass auch umgekehrt ein Schuh daraus wurde: Jetzt, wo er sich eine Zeitlang auf das Problemkino in seinem Kopf konzentriert hatte, war er wie von allein geschwommen. Nur nicht drüber nachdenken – und schon bewegten sich seine Arme und Beine selbstständig in perfekter Harmonie.

Und hieß es nicht, dass das für alles galt, dachte er, als er weitere Male hin und her glitt in dem hierfür eigentlich zu kleinen Becken. Dass man sich vieles an sich Simples verdarb, indem man zu viel darüber nachdachte?

Doch was bedeutete das für ihn? Er hatte niemals sonderlich viel nachgedacht, bezeichnete sich sicher nicht als Philosoph und mochte die einfachen, sich selbsterklärenden Dinge. Als Kind und Jugendlicher war er zu sehr damit beschäftigt gewesen, nicht aufzufallen, als groß über irgendetwas anderes nachzudenken. Das Nicht-Auffallen war ihm immer schwerer gefallen mit der Zeit, nicht nur, weil er irgendwann einmal als das Mobbing-Opfer Nummer 1 galt, sondern auch allein seiner Leibesfülle wegen. Nein, wenn er exzessiv über etwas nachgedacht hatte in seinem Leben, dann darüber, wie er abnehmen konnte. Doch über Liebe ... Frauen ... Männer – niemals!

Selbstverständlich hatte Mirko nach seiner Nacht mit Judy Hilfe und Rat gesucht. Wie jeder Mensch heutzutage tat er das, da seine Freunde in diesem Fall als Ratgeber ausschieden, im Internet.

„Bin ich schwul?", hatte er bei Google eingegeben und sich unwillkürlich schamhaft umgesehen, ob ihm nicht doch jemand über die Schulter blickte, in der leeren Wohnung. Die gefundenen Antworten waren wie erwartet: Man(n) solle seinen Gefühlen vertrauen, sie wiesen einem schon den rechten Weg.

Ach ja? Und was hieß das dann für ihn? Sein erstes gutes sexuelles Gefühl hatte er bei seiner Mutter gehabt – sollte er etwa die heiraten?

Und die anderen ... Das erste Mal, als er – lange nach den Spielereien mit Valentina – seinen Schwanz endlich hatte versenken dürfen, tief hinein, in den Körper eines Mädchens ... Rosa hatte sie geheißen und war genauso unerfahren wie er, aus irgendeinem Grunde aber begierig darauf, ihre Jungfräulichkeit loszuwerden ... Mit viel Gefummel und

Gekicher hatten sie es schließlich bewerkstelligt und ... Seine Gefühle damals hatten ihn vollends überwältigt ... dafür also gab es diese enge feuchte Grotte ... Das hatte sich jedenfalls goldrichtig und nicht etwa falsch angefühlt damals!

Zumindest für ihn. Ob es Rosa auch gefallen hatte, wusste er nicht. Es war eines der wenigen Male, dass er sich nicht darum gekümmert hatte, wie es seiner Gefährtin damit ging. Rosa hatte sich nicht beschwert und ihr Ziel schließlich erreicht. Eine Beziehung entwickelte sich trotzdem nicht zwischen ihnen.

Als er später unter der Dusche stand und sich nach der körperlichen Anstrengung zwar nicht schlauer, aber zumindest klarer fühlte, bemerkte er zum ersten Mal die bewundernden Blicke der anderen Männer. Niemals zuvor waren ihm diese aufgefallen – allerdings war er ja auch zum ersten Mal hier, im Schwimmbad. Kurz überlegte er, ob er einem von ihnen zulächeln sollte – und abwarten, was sich ergab?

Aber nein, das hätte er nie gewagt!

Nicht hier in Ulm, wo ihn jeder kannte. Oder zumindest jeder jemanden kannte, der ihn kannte. Was, wenn es der Freund eines Freundes wäre? Oder (noch schlimmer!) ein Freund von Sonjas Freundinnen? Oder einer von Judys? Ja, die schwule Community war in einer Stadt wie Ulm sicher gut vernetzt, da kannte bestimmt jeder jeden.

Mirko war so in seinen Gedanken versunken, dass er viel zu lang duschte und sich nachher von dem vielen heißen Wasser, was auf seine Haut herabgeprasselt war, aufgequollen fühlte.

8

Auf dem Heimweg verspürte er Kopfschmerzen. Zuhause in der Küche traf er zu allem Überfluss ausgerechnet heute auf Judy. Gut eine Woche war ihre gemeinsame Nacht jetzt her. In dieser Zeitspanne hatte er es geschafft, seinem Mitbewohner aus dem Weg zu gehen. Keine schlechte

Leistung auf knapp 100 qm, zumal mit gemeinsam genutzter Küche und Bad!

„Hi, Mirko", grüßte Judy ihn weich und wollte nach Mirkos Arm greifen, ließ seine Hand jedoch fallen, als der BWL-Student zurückzuckte. Mirko hasste sich für diese seine Reaktion. Als hätte er einen Grund, sich vor Judys Berührung zu fürchten, als hätte dieser ihm etwas getan!

„Gut, dass ich dich endlich treffe", fuhr Judy fort und Mirko schloss gequält die Augen. Gern hätte er die Worte Judys, die jetzt unweigerlich folgen würden, ebenso ausgeblendet wie seinen – im Übrigen wie stets: tadellosen – Anblick.

„Es tut mir leid, was neulich passiert ist. Ich meine ... mir hat es gut gefallen, wie du ja sicher gemerkt hast!" Judy lachte leise und Mirko wurde schlecht. Musste der Banker so verdammt ehrlich sein? Musste er so schöne Worte finden für das, was er selbst am liebsten vergessen hätte?

„Aber dennoch war es falsch von mir, deinen Zustand, deinen Kummer derart auszunutzen. Ich weiß ja, dass du nicht schwul bist. Keine Sorge, ich weiß es immer noch!"

Ja, in der Tat schöne Worte – Worte, die von Selbstsicherheit nur so strotzten und außerdem von der Tatsache, dass der Banker genau wusste, was und wer er war. Mirko war neidisch auf ihn, wie schon seit jener ersten Begegnung, als Judy sich hier bei ihm in der WG vorgestellt und dabei seine Homosexualität schlicht und deutlich thematisiert hatte. Den Neid, der in Mirko brannte, konnte man indes schon Missgunst nennen. Eine so starke Eifersucht auf das, was er selbst, Mirko, nicht besaß, dass er es auch dem jeweils anderen nicht gönnte. Wie damals bei seinen schlankeren Klassenkameraden, deren Leben (ohne Mobbing) so viel einfacher erschien. Neid und Missgunst auch auf die meisten seiner Freundinnen, die (im Gegensatz zu ihm) bestimmten, welchen Weg ihre Beziehung nahm und sich aus ihr (von ihm!) zogen, was sie brauchten. Neid jetzt auch auf Judy, der wusste, dass er auf Männer stand und sich damit gut und im Reinen fühlte.

„Also, was ich sagen will: Ich hoffe, du kannst mir verzeihen, Mirko, und wir können Freunde bleiben", schloss der Banker jetzt.

Mirko öffnete die Augen. Jetzt müsste wohl *er* etwas sagen.

„Is' schon gut", nuschelte er, ohne Judy anzusehen. Das war doppelt gelogen. Zum einen war nichts gut – und zum anderen war, was Judy mit ihm getan hatte an diesem einen Abend, *mehr* als gut gewesen. In dieser finsteren Nacht hatte der andere ihm etwas geschenkt, was leuchtete wie ein Edelstein. Dass er, Mirko, seitdem darüber nachdenken musste wie bislang über nichts in seinem Leben, war ja nicht Judys Schuld!

Mirko sah Judy an, dass er gern mit ihm darüber, was passiert war, weitergesprochen hätte. Doch es gab nichts zu besprechen. Judy wusste, dass er schwul war, und Mirko wusste nicht, was er war – wollte das aber nicht mit Judy bereden! Also stand Mirko auf und sagte:

„Also dann ... ich muss weiter an meiner Masterarbeit arbeiten!"

Er ignorierte Judys enttäuschten Blick, als er hinausging, und fühlte sich schlecht. Unangemessen gemein. Die Tatsache, dass er studierte, während Judy nur eine Lehre gemacht hatte, hatten er und Sonja dem Banker schon oft genug – immer scherzhaft, aber nie ohne eine gewisse Überheblichkeit – unter die Nase gerieben!

Wieder zurück in seinem Zimmer, wusste er, dass es so nicht weitergehen konnte. Er war eine Zumutung für seine Umgebung: Unausgeglichen, launisch, ungerecht. Und wo Sonja eine solche Behandlung durchaus verdient hatte, hatten andere dies nicht. Nicht seine Freunde, nicht die Betreuerin seiner Masterarbeit an der Uni (deren Wichtigkeit für ihn in der letzten Woche immens abgenommen hatte) und schon gar nicht Judy. Mirko beschloss, das nächste Wochenende wieder einmal zu Hause, bei seinen Eltern, zu verbringen. Zwar ahnte er, dass eine Rückkehr in die alten, beengten Beziehungsstrukturen, die er nicht ohne Grund weit hinter sich gelassen hatte, die Dinge weiter verkomplizieren, statt lösen könnte. Doch hatte das latente Sehnen nach dem Trost der Mutter, von der er sich nie komplett hatte trennen können, seit Sonjas neuerlicher Untreue an Intensität zugenommen. Wie jedes Mal, wenn ihn ein Mädchen verließ, besann er sich wieder dieser einen, die ihn nie verraten hatte – der Mutter.

9

Es regnete, als Mirko an der Bahnstation seines Heimortes aus dem Zug stieg. Die zwei Gleise mit dem einen überdachten Ticketautomaten als Bahnhof zu bezeichnen, wäre hemmungslos übertrieben gewesen. Wie jedes Mal, wenn er wieder hier war, kam ihm alles kleiner, schäbiger und bedeutungsloser vor als früher.

Mirko sah sich um.

Dort vorne, ein paar Schritte vor dem windschiefen und sicher nicht mehr intakten Laternenpfahl, war es gewesen, wo sie ihn gestellt hatten, nach einer wilden Verfolgungsjagd über den Bahnsteig. Er hatte nie nur den Hauch einer Chance gehabt. Wie denn auch? Seine Verfolger waren zu viert, schlank, mit langen Beinen. Wie ihm jetzt einfiel, hatten sie ein Mädchen dabeigehabt. Sie war es gewesen, die ihn zuerst einholte und ihre kräftigen Finger grob in seinen Arm bohrte. Der Griff, mit dem sie ihn hielt, war das pure Gegenteil der mütterlichen Zärtlichkeit, wenn diese ihm – sorgend, liebend, kümmernd – manchmal über denselben strich.

„Hab ich dich", zischte sie. Da hatten ihre Kumpane sie auch schon erreicht.

„Nicht so hastig, Fettie", sagte ihr Anführer, ein hübscher Braunhaariger namens Guido, der schon rauchte, was Mirko wusste, weil er ihn beobachtet hatte, aber auch, weil er den Tabak in seinem Atem roch, als der andere jetzt nah an ihn herankam.

„Wir wollten uns doch bloß gepflegt mit dir unterhalten! Kein Grund hier davonzuschwabbeln über den Bahnsteig (das Gekicher seiner Truppe belohnte Guidos fragwürdigen Humor) – ich meine, was da alles passieren könnte!"

Mirko traute dem großen und scheinbar so unschuldigen Blick seines Peinigers kein Stück weit. Sehnsuchtsvoll huschten seine Augen zur Laterne. Nur noch zwei Meter. Hätte er die Laterne nur erreicht, wäre er in Sicherheit gewesen. Wunschdenken ...

„Sag, Fettie, wie kann es sein, dass jemand wie du ne 2 inner Englischarbeit schreibst, und unser guter Tommy hier ...", er wies auf den schwarzgelockten Jungen neben ihm, „...nur ne 5? Obwohl der doch neben dir saß? Da könnte man glatt glauben, du wärst unkollegial, oder? Ich meine, vor allem, wo es so wichtig wär für den armen Tommy, um durchzukommen dieses Schuljahr, wo die Schulze ihn so piesackt!" Der Gesichtsausdruck des bemitleidenswerten Prügelknaben der Lehrerin gelang Tommy nicht wirklich.

„Sag, wie kann denn das sein?" Leise war Guidos Stimme geworden, leise und drohend.

Mirko war stocksteif vor Angst. Geschwitzt hatte er vorher schon, bei seinem Spurt hierher. Doch jetzt lief ihm der Schweiß in Bächen die Schläfen hinunter, den Hals, an den Armen. Angstschweiß, den man sicher sah und roch. Mirko blieb stumm und starrte den Braunhaarigen weiter an. Wie das Kaninchen die Schlange - als ob sie dadurch verschwände ...!

„Oh, da kommt ein Zug", bemerkte Guido wie nebenbei, als eine Durchsage das ankündigte.

„Und wie nah die Bahnsteigkante hier ist ... wie leicht man dort unten zum Liegen käme ... wenn man hier oben stolperte ... oder einen Stoß erhielte ..."

Als der Anführer das sagte, krallte sich die Hand des Mädchens fester um Mirkos Arm. Sie befanden sich an dem Ende des Bahnhofs, wo der nächste Zug einfahren würde. Einfahren in einem nicht unbeträchtlichen Tempo und sicher nicht in der Lage, rechtzeitig zu bremsen, falls plötzlich ein Hindernis auf den Gleisen läge ... Mirko schluckte.

„Ja, man fragt sich", fuhr Guido langsam, leise und ungerührt fort, „was passieren würde, wenn ein so metallener und harter Zug auf etwas so weiches, nachgiebiges, widerstandsloses wie deinen Körper treffen würde ... die Schweinerei will ich mir nicht ausmalen!"

Pflichtschuldig lachten alle vier. Auf einen Wink Guidos hin ließ das Mädchen Mirko los und wischte sich die von seinem Schweiß nasse Hand angewidert an ihrer Hose ab. Von allem, was geschehen war, schmerzte das in seiner Erinnerung am meisten.

„Also", Guido hob zum Abschied die Hand, so, als seien sie beste Freunde, „man versteht sich, nicht wahr?"

Und dann waren sie weg.

Selbstverständlich ließ Mirko Tommy die nächsten Male abschreiben. Zum Glück hatte dieser auch in anderen Fächern, in denen er nicht neben ihm saß, Probleme und musste die Klasse zum übernächsten Schuljahr (dem 11.) verlassen. Da wurde es dann langsam erträglicher für Mirko. Doch bis dahin ...

Mirko betrachtete den Bahnsteig samt Laternenpfahl. Schäbig und bedeutungslos. Zumindest heute. Die Vergangenheit, die hier geschehen war, schien einem anderen zu gehören als ihm. Entschlossen wandte er sich ab und ließ den Ort hinter sich.

Sicher hätte seine Mutter ihn nur zu gern von hier abgeholt, doch er hatte beschlossen, den etwa 1,5 km langen Weg von hier zum Elternhaus zu Fuß und allein zurückzulegen. So wie früher, als er das stets so getan hatte, auf der täglichen Reise von der Sicherheit seiner heimischen Trutzburg hinaus ins feindliche Ungewisse der Schule im Nachbarort und wieder zurück.

Den Rest des Weges begegneten Mirko keine weiteren Geister der Vergangenheit mehr. Das war gut so, denn die Erinnerungen an die Erlebnisse am Bahnsteig beschäftigten ihn genug. Auch wenn er die Bedrohlichkeit Guidos noch zu deutlich verspürte und ihn das widerwärtige Verhalten seines Peinigers und seiner Truppe heute, als Erwachsenen, umso mehr befremdete und ekelte, war da diese erotische Komponente. Die Finger des Mädchens in seinem eigenen fleischigen Arm ... Wie nah Guido ihm gekommen war mit seinem Raucheratem ... Dass er nicht weggekonnt, wehrlos in die Enge gedrängt worden war ... deutlich spürte er die Regung in seinen Lenden, seinen schon wieder in voller Größe und Härte herausgebildeten Penis, der sich bei jedem Schritt gegen die enge Unterhose presste. Was war nur los mit ihm?

Die Mutter empfing ihn (wie immer) überschwänglich und mit offenen Armen. Bewundernd strich sie ihm über seine Oberarmmuskeln, begleitet von einem eher rhetorischen Staunen: „Mensch, Mirko, sind das mehr Muskeln geworden seit dem letzten Mal?!"

Dass sie ihn damit ein wenig an Sonja erinnerte, bemerkte er heute erstmalig. Oder war es ihm schon häufiger aufgefallen und er hatte die Parallele nur verdrängt? Im Gegensatz zu seinem Status bei Sonja war er Mutters Allzeitfavorit, das ewige Zentrum ihrer wertschätzenden Aufmerksamkeit. Bei der Spanierin konnte er, konnte jeder Mann diese Position nur vorübergehend innehaben.

Mehr aus Pflichtgefühl als Interesse fragte er nach dem Vater.

„Ach, Günter ... der ist Doppelkopfspielen, mit seiner Stammtischrunde. Wie immer Freitagabends", antwortete die Mutter wegwerfend und keinen Zweifel daran lassend, was sie selbst von dieser Runde hielt. Mirkos Vater war das Abbild seines Sohnes, wie er geworden wäre, hätte er nicht das Fitnessstudio für sich entdeckt. Wie er immer noch werden konnte, wenn er nicht aufpasste. Ein abschreckendes, mahnendes Beispiel. Ebenso wie dessen Beziehung zur Mutter.

Nicht, dass er offiziell je in die Details ihrer Ehe oder ihres Sexuallebens eingeweiht wurde. Doch er war nicht blind. Und als er älter wurde, entging ihm wenig - ihm, der allein des Selbsterhaltungstriebs wegen schon vor langem gelernt hatte, seine Umgebung permanent nach Zeichen dafür zu scannen, ob und wann ihm etwas, oder vielmehr meist *jemand*, gefährlich werden könnte. Nicht immer erfolgreich, wie die Erinnerung am Bahngleis gezeigt hatte.

Seine Eltern jedenfalls ... Nach außen hin war seine Mutter die liebende Ehefrau, die den Worten ihres Mannes lauschte, an den richtigen Stellen zustimmend nickte und ihm dabei manchmal sogar einen Arm um die Schultern legte. Doch wenn niemand hinsah, außer ihm, ihrem Sohn, ihrem Vertrauten, zeigte sich die Verachtung für ihren Mann deutlich in ihrem Blick. „Du Armleuchter", sagte dieser und „Komm mir bloß nicht zu nahe!"

Vielleicht hatte er hier und nicht durch den Spott seiner gleichaltrigen Unterdrücker gelernt, was man sich (als Mann) gefallen lassen musste. Nicht, dass seine Mutter *ihn* jemals schlecht behandelt hatte. Er, Mirko, war der auserwählte Prinz, der immer alles richtigmachte. Der Vater hingegen ...

Plötzlich war Mirko seiner Mutter schon wieder überdrüssig, obwohl er kaum 10 Minuten hier war. Soeben erst hatte er sich beglückwünschen lassen zur voraussichtlich bald abgeschlossenen Masterarbeit. Die Trennung von Sonja, die sicher Jubel auslösen würde bei der Mutter, welche die Spanierin nicht hatte ausstehen können, hatte er noch gar nicht erwähnt.

Er sehnte sich nach der Meinung des Vaters. Wie war es ihm gegangen in der Ehe mit dieser Frau, die seine Mutter war? Diese Gedanken dachte Mirko zum ersten Mal. Noch nie hatte er die Rolle des Vaters als Statist in dem Dreipersonentheaterstück, das ihre Familie war, in Frage gestellt, niemals ihm zugestanden, dass er etwas zu sagen haben könnte.

Doch der Vater war weg an diesem Abend, hatte sich, wie so viele andere Male, still und heimlich aus dem Staub gemacht und seinem Sohn das Feld mit der Mutter überlassen.

Also stieß Mirko mit ihr an - auf sein baldiges Studiumsende und die „neue Unabhängigkeit", wie die Mutter jubilierte. „Dann bist du ja frei, dir etwas Neues zu suchen!", meinte sie und ihr Blick, der durchs Wohnzimmer glitt, war voller Hoffnung, Mirkos hingegen, der ihrem folgte, gequält. Er hatte nicht ohne Grund Hunderte von Kilometern zwischen sich und die Heimat gelegt, als er zum Studieren ausgezogen war.

Was, wenn ich jetzt sage, was ich letztens bei Google eingegeben habe, fuhr es ihm plötzlich durch den Kopf. Ihr ihr Lächeln erwiderte und dabei fragte: Bin ich schwul? Nach der Enttäuschung mit Sonja neulich hat mich mein schwuler Mitbewohner getröstet und danach bin ich bei ihm im Bett gelandet. Bin ich schwul?

Was würde sie dazu sagen? Würde ihr Lächeln verschwinden oder …? Er wusste es nicht. Vielleicht würde es sie erfreuen ihren Sohn dann endgültig nie mehr wieder mit einer anderen Frau teilen zu müssen. Wer weiß? Mirko schaute auf die beige Schrankwand, deren Regale mit Kerzen und allerlei Nippes gefüllt waren, und beschloss, es nicht zu sagen. Nicht heute.

Wonach er stattdessen fragte, überraschte ihn ebenso wie die Mutter. Vielleicht tat er es auch nur, um überhaupt etwas zu sagen, die Stille zwischen den einzelnen Perlen des Sekts, den sie tranken, zu füllen.

„Und", begann er, „hast du nochmal was von meinen alten Klassenkameraden gehört – den Leuten von damals?"

Als er ausgezogen war, hatte sie ihm jedes Mal, wenn er heimkam, lang und breit von diesem und jenem erzählt. Ihn hatte das alles, was er mit seiner Flucht erst in den Norden und dann nach Ulm hinter sich gelassen hatte, nicht interessiert. Doch seine Mutter schien entschlossen, mit jedem seitdem verstrichenen Monat die Pein seiner Schuljahre stärker zu verleugnen und so zu tun, als sei er in Frieden gegangen und habe hier ausschließlich um seinen Weggang trauernde Freunde zurückgelassen. Es war der Vater gewesen, fiel es Mirko jetzt wieder ein, der dafür gesorgt hatte, dass sich der für ihn unerwünschte Informationsfluss der Mutter eingestellt hatte. „Lass den Jungen doch!", hatte er sie mit einem durchaus verständnisvollen Seitenblick auf den gequälten Gesichtsausdruck seines Sohnes gebeten. Das war hier gewesen, in genau diesem Zimmer, und jetzt – wie lange? – her? Sechs Jahre, sieben?

Die Mutter ergriff die Gelegenheit, mit dem neuesten Tratsch und Klatsch glänzen zu können, nur zu begierig. „Valentina ist wieder zurück", berichtete sie. „Das war doch deine erste Freundin, oder?"

Dass sie das noch wusste! Unterschätzen durfte man die Mutter nie, was solche Dinge anging - vor allem, wenn sie *ihn* betrafen!

„Sie war ja eine Zeit im Ausland", fuhr sie fort.

Ach ja? Davon hatte Mirko nichts gewusst.

„Jetzt ist sie wieder da. Hat ihr Elternhaus übernommen, du weißt schon, nur ein paar Straßen weiter." Mirko dachte an ein abgedunkeltes Zimmer und Valentinas feuchte Küsse.

„Sie hat einen Jungen aus dem Nachbarort geheiratet, keine Ahnung, ich kannte ihn nicht, vielleicht war er auf der Realschule? Sie haben ein Kind, ein kleines Mädchen, und wohnen jetzt alle dort, mit den Eltern im Anbau. Den gab´s glaub ich nicht, damals, als du noch hier warst."

Der Anbau interessierte Mirko nicht. Dass Valentina, der Schussel mit den grünen Augen und den kleinen festen Brüsten, jetzt samt Mann und Kind in einem eigenen Haus wohnte, war surreal – ließ ihn ansonsten aber kalt. Wenn es sie glücklich machte – bitte schön.

„Ach so, ja, und da hat jemand für dich angerufen", fiel es der Mutter in dem Zusammenhang jetzt wieder ein, „ist schon eine Zeit her. Sorry, ich hab´s dir nicht gesagt, weil ich dachte, du wolltest nichts davon hören. Sicher schon ein paar Monate her. Warte mal, ich hab hier irgendwo die Nummer."

Sie stand auf und wühlte in den Notizen neben dem Telefon. Dabei war Mirko sicher, dass sie genau wusste, wo der betreffende Zettel lag – ließ ihr jedoch ihr Schauspiel.

Triumphierend schwenkte sie schließlich ein beschriebenes Blatt Papier: „Hier. Tillmann war´s. Der hat angerufen und sich nach dir erkundigt!"

Tillmann? Der Name sagte Mirko zunächst nichts.

„Das war so ein Kleiner! Der war ein, zweimal hier und hat mit dir an deinen Modellen gebaut! Seinem Vater gehörte die Kfz-Werkstatt unten an der Straße. Darauf hat sich seine Mutter mächtig was eingebildet und auf den Elternabenden immer so getan, als sei sie etwas Besseres", half die Mutter und spitzte ihre Lippen wie immer, wenn ihr etwas missfiel.

Mirko war von ihrer Mimik zwar genervt, aber wenigstens dämmerte es ihm jetzt. Tillmann. Langsam formte sich ein Bild. Ein schmächtiger Kerl mit braunen Locken und Brille. Mathe-Nerd. Ein Außenseiter wie er, der es im Gegensatz zu ihm geschafft hatte, unterhalb des Radars der anderen zu laufen. Tillmann hatte nicht mit ihm an seinen Modellen gebaut, sondern ihm die Proportionen korrekt errechnet. Nur dafür war er einige Male dagewesen. Aber das konnte die Mutter ja nicht wissen.

„Hat gefragt, wie's dir geht und so. Er war weg, hatte ein Stipendium in Harvard (die Ehrfurcht in Mutters Stimme war deutlich hörbar) und ist jetzt wieder im Lande. Hätte er mir nicht gesagt, wer er ist, ich hätte ihn niemals erkannt am Telefon! Scheint ein richtiger Mann geworden zu sein!", schloss die Mutter beeindruckt.

Mirko unterdrückte ein Seufzen. Natürlich ist er ein Mann, Mama, wollte er sagen. Er ist 28, wie ich. Doch er sagte nichts. Er wusste, dass für sie, zumal hier, in diesem Zimmer, die Zeit stehengeblieben war. Stattdessen deutete er ein Gähnen an, griff nach dem Zettel und murmelte etwas von einem langen Tag.

„Aber nein", beschwerte sie sich, „da ist doch noch was in der Flasche!"

Und sie schenkte ihm und sich nach, jetzt schon das dritte Glas auf nüchternen Magen. Trinkt sie immer so viel, fragte er sich, als er wieder Platz nahm.

„Und – was willst du dieses Wochenende machen?", wollte sie betont fröhlich von ihm wissen.

Er erwähnte seine Masterarbeit, die er mitgenommen hatte. Ansonsten … plötzlich fiel ihm etwas ein. Wie wäre es mit Schwimmen? Zwar hatte er keine Badehose dabei, aber sicher würde sich in seinem alten Kleiderschrank eine finden. Und falls ihm diese zu groß wäre (höchstwahrscheinlich!), kaufte er sich halt eine neue. Das wäre eh mal wieder fällig, zumal er sich nach seiner Trainingseinheit in Ulm vorgenommen hatte, sein nasses Abenteuer zu wiederholen.

Die Mutter war mit dem Vorschlag einverstanden: „Ja, wieso nicht? Ich könnte dich fahren, wie damals, als wir das immer so gemacht haben!" Ja, sie hatte nichts vergessen.

Das brachte ihn auf eine andere Idee: „Wir können alte Fotos anschauen!" Er wusste selbst nicht, was ihn das sagen ließ. Schließlich hatte er sie all die Zeit liegen gelassen, die Vergangenheit, mit ihrem Schmerz. Sie fortgeschoben, in irgendeine entfernte Ecke, wo er sie bloß nicht zu sehen brauchte.

Doch jetzt … wo seine erste Liebe selbst Mutter war … ihm plötzlich auffiel, dass er so gut wie nichts über seinen Vater wusste … der kleine Tillmann ein „richtiger Mann" war … fragte er sich auf einmal, ob die Vergangenheit, *seine* Vergangenheit, wirklich so war, wie er sie erinnerte, wollte sich vergewissern, dass es so war und wenn nicht … Ach, er wusste es nicht.

„Ja, gern", freute sich die Mutter und stand schon (leicht schwankend) auf, um die Alben zu holen. Doch er hielt sie zurück: „Warte, Ma! Zum einen muss ich jetzt ins Bett – und zum anderen hätte ich Vater gern dabei!"

Wie sie ihn ansah! Als hätte er sie geschlagen oder doch zumindest arg verletzt mit dem Sakrileg, in das Heiligtum ihrer Mutter-Sohn-Zweierbeziehung den Vater hineinzunehmen.

„Okay, wie du willst", sagte sie und küsste ihn zur Nacht.

10

Trotz der drei Gläser Sekt konnte Mirko nicht einschlafen. Er lag in seinem alten Zimmer und starrte an die Decke. Alles hier war unverändert. Selbst die Flugzeuge standen (regelmäßig abgestaubt durch die Mutter!) in den Regalen. Er hatte nicht das Herz gehabt, sie zu entsorgen in all den Jahren, hatte vor allem den Eltern das nicht antun wollen. Er wusste, dass sie stolz waren auf sein Hobby, hatte einmal gelauscht, wie der Vater der Mutter gegenüber bemerkte, dass dies „ja doch etwas Männliches" sei an ihm, seinem Sohn.

Mirko betrachtete seine Finger. Ja, sie waren gut darin, sich feinen Dingen zu widmen. Weil er ein Mann war, hatte er als Junge mit ihnen Flugzeuge gebaut und reparierte jetzt Fahrräder. Das galt als männlich. Wäre er ein Mädchen, hätte er mit ihnen gestrickt und gebastelt. Das hätte dann als weiblich gegolten. Und was war *er*?

Das, was er in seiner Jugend bei seinen Klassenkameraden als „typisch männliches Verhalten" beobachtete – andere klein zu machen und mit den eigenen (ob eingebildeten oder realen) Stärken anzugeben – darin war er selbst nie gut gewesen. Die Mädels ... das war eine andere Sache gewesen. Typisch weiblich – das gab es für ihn nicht. Mädchen waren vielschichtiger, einander unterschiedlicher. Mit dem gemeinsamen Nenner, dass sie alle ein wenig weicher, feinfühliger und weniger verletzend waren als der durchschnittliche Junge.

Wobei ... Mirko dachte an das Mädchen vom Bahnsteig und wie kompliziert das alles in Wirklichkeit war – und schlief ein.

Sein Traum in dieser Nacht war nicht so klar und deutlich wie der mit den Fingern und dem Klavierstück vor einigen Tagen, sondern ... diffuser ... und nicht weniger erotisch. Valentina war mit dem kleinen Tillmann zusammen, der in seinem Traum überhaupt kein „richtiger Mann", sondern einen Kopf kleiner als die Grünäugige war. Merkwürdigerweise machte ihn das trotzdem an. Die beiden wollten etwas von ihm, er sträubte sich, obwohl es in seinen Lenden pochte. Doch hinaus (sie waren in einem Haus ... oder nicht?) konnte er nicht, denn dort wartete das Mädchen vom Bahnsteig. Auch sie hatte Unaussprechliches vor mit ihm, wollte ihn an den Laternenpfahl fesseln und dann ... Sein Herz klopfte ... vor Angst und Erregung.

Als er wach wurde, war er schweißgebadet – und hatte einen ordentlichen Ständer.

Um sich abzulenken, und weil er sich nicht zum ungezählten Male innerhalb weniger Tage selbst Erleichterung verschaffen wollte, dachte er daran, wie er damals hier fortgekommen war. Trotz seiner moderat grünen Erziehung und seiner Friedfertigkeit war er zum Militär gegangen. Die Scham über seine eigene Naivität als Neunzehnjähriger bereitete seiner Erektion in Sekundenschnelle den Garaus. Er hatte sich keinerlei Gedanken darüber gemacht, was „Kriegsdienst" bedeutete, wofür es diesen Verein gab. So, wie er sich eben um vieles keine Gedanken gemacht hatte, damals.

Selbst seine Mutter fand keine Worte des Lobes für diesen Schritt. Allenfalls in den Augen des Vaters war so etwas aufgeblitzt wie ... Respekt? Anerkennung? Oder gar Neid? Eine weitere Sache, die er ihn später am Tag fragen wollte.

Natürlich hatte Mirko sich nicht ohne Grund zum Freiwilligendienst gemeldet. Ihm war vollkommen klar, dass er abnehmen musste und das sogar dringend. Die Schwimmübungen damals mit 16 waren längst Vergangenheit. Auch die zwei Diäten in der Zwischenzeit waren nicht von Erfolg gekrönt gewesen. Auch seelisch fühlte er sich direkt nach dem Abitur noch nicht bereit für eine Ausbildung oder gar ein Studium. Er wusste nicht, was er wollte, außer: weg! *Weg* von dem Heimatort, *weg* von den belastenden Erinnerungen, *weg* am besten auch von sich selbst.

Seine Ziele der Gewichtsabnahme sowie einer besseren körperlichen Fitness erreichte er. Weil er nicht glaubte, es in dieser Zeit schaffen zu können (wie immer: der ewige Zweifler!), hatte er sich nicht nur für die Minimalzeit von 7 Monaten verpflichtet, sondern für 18 Monate.

Entgegen allen Klischees war die Bundeswehr gut mit ihm umgegangen. Zwar war der Umgangston in der Kaserne kein netter gewesen, doch ihn hatte man – Wunder über Wunder! – in Frieden gelassen. Vermutlich, dachte er heute, war er, das prädestinierte Mobbingopfer, schon so tief unten gewesen, dass keiner Spaß daran fand, diesen auf dem Boden liegenden Versager ein weiteres Mal zu treten. Zu Zeiten der Wehrpflicht wäre er seines Übergewichts und der mangelnden Fitness wegen vermutlich ausgemustert worden. Doch seitdem der Bund auf Freiwillige angewiesen war, nahmen sie anscheinend jeden.

Das vielbeschworene Gefühl der Kameradschaft erlebte Mirko in seiner Zeit beim Militär nicht. Er war weiterhin zu sehr auf der Hut vor seinen Geschlechtsgenossen, als dass er eine Annäherung oder Verkumpelung zugelassen hätte. Doch er fand zu sich selbst, Tag für Tag ein Stück mehr – und stolperte in seine erste Fernbeziehung.

Es war Ostern, als sie lediglich den Montag und den halben Dienstag freihatten. Mirko hatte seinen Zimmergenossen erzählt, dass sich eine Heimfahrt für ihn nicht lohnte - was stimmte, die Mutter aber sicher nicht davon abgehalten hätte, alle Hebel in Bewegung zu setzen, ihren heißgeliebten Sohn beispielsweise auf halber Strecke zwischen dem heimischen Niederrhein und Mecklenburg zu treffen und so wenigstens einen der Ostertage mit ihm verbringen zu können.

Doch Mirko wollte nicht. Jeder Kilometer an Entfernung, den er zwischen sich und dem Ort seiner schambesetzten Erniedrigungen brachte, half, diese ein weiteres Stück weit zurückzulassen. Jeder Besuch dort, ja, selbst jedes Telefonat mit der Mutter, riss die alten Wunden von Neuem auf, träufelte neues Gift auf die zarten Keime seines beginnenden Selbstvertrauens. Der Laternenpfahl am Bahnsteig hatte seinen Puls damals noch in wesentlich höhere Frequenzen getrieben als heute.

Sergji, sein russischstämmiger Bettnachbar, hatte Mitleid mit Mirko und bot ihm an, dieses Ostern mit ihm bei seiner Familie, nur knapp 100 km entfernt, zu verbringen. Am Abend gingen sie auf eine Scheunenparty. Mirko war auf dem besten Weg zum Normalgewicht, entsprechend euphorisch und wollte an diesem Abend beim Tanz die Wirkung seines neuen Körpers auf andere testen. Ihn kannte niemand hier, er hatte also nichts zu verlieren.

Bald schon sprach ihn ein Mädchen an. Dass er sie nicht verstand, schob er auf die Lautstärke der dröhnenden Musik. Erst später, als er sich längst schon in ihren schönen, fast schwarzen Augen verloren hatte, begriff er, dass es mehr mit ihren mangelnden Deutschkenntnissen zu tun gehabt hatte. Sie hieß Selena und stammte aus Rumänien. Während sie ihn küsste, hatte er das Gefühl zu schweben, und als sie ihn an der Hand aus der Scheune zog, winkte Sergji ihm freundlich zum Abschied vom anderen Ende der Tanzfläche zu. Nach dem hochgehobenen Daumen folgte das Tippen auf seine Armbanduhr. Klar doch, morgen früh um 6:00 würde er zur Abfahrt bereit bei Sergji sein!

Selena erzählte, dass sie eine Ausbildung zur Hotelfachfrau im einzigen Hotel des nordostdeutschen Dorfs mache. Mirko war sich sicher, dass sie dort in Wirklichkeit nichts weiter als eine Reinigungskraft war, doch er sagte nichts. Schließlich war auch er nicht der romantische und patriotische elternlose Soldat, für den sie ihn hielt. Sie ließen einander so, wie sie es für den anderen zu sein vorgaben.

Von Selena lernte Mirko, dass seine Lippen und seine Zunge zu anderen Dingen gut waren, als nur einen *Mund* zu küssen. Außerdem zeigte sie ihm neben der klassischen viele weitere Möglichkeiten ein Mädchen zu nehmen und ihm Freude zu bereiten. Doch mehr als alles andere bot sie ihm einen Zufluchtsort, weit weg von zu Hause, fern der Kaserne. Das Beisammensein mit Selena war Balsam für sein Selbstbewusstsein. Zum ersten Mal spürte er die neidischen Blicke anderer, wenn er mit seiner Freundin unterwegs war. Stolz legte er dann den Arm um seine schöne Rumänin und war zufrieden. Von den ebenso neidischen Blicken, die *sie* trafen für ihren lieben, zuverlässigen und mittlerweile tatsächlich auch ansehnlichen Kavalier, bemerkte er nichts.

Als sich seine 18 Monate Dienstzeit dem Ende zuneigten, bot man ihm eine Übernahme an. Er habe sich gut gemacht und einen „mustergültigen" Weg beschritten beim Bund, hieß es. Mirko konnte dem sogar beipflichten, doch er hatte andere Pläne. In den Kampf hatte es ihn mit seiner pazifistischen Gesinnung nie gezogen. Glücklicherweise waren die möglichen Auslandseinsätze, zu denen er sich mit seiner Unterschrift verpflichtet hatte, ausgeblieben. Das Schleppen von Sandsäcken, wie er es bei einem zivilen Einsatz im Rahmen einer der üblichen norddeutschen Hochwasserkatastrophen erleben durfte, war ihm als künftiger Lebensinhalt indes zu dünn.

Nein, er fühlte sich bereit für Neues. Längst schon hatte er sich für ein Bachelor-Studium in Ulm angemeldet. Artig bedankte er sich bei allen und verabschiedete sich höflich.

Selena erzählt er etwas von einer „Versetzung in den Süden, gegen die er leider nichts hatte tun können". Pflichtschuldig vergoss sie ihre Tränen. Sie versprachen einander in Kontakt zu bleiben und wussten doch schon beim letzten Kuss, dass sich keiner von beiden jemals beim anderen melden würde. Mirko wollte nichts mitnehmen von hier in seinen neuen Lebensabschnitt, und sie ... mit ihren schönen schwarzen Augen - würde bald einen neuen Soldaten auf Zeit gefunden haben.

Als er an diesem Morgen unter der Dusche stand, ertappte Mirko sich bei einem abgedroschenen Gedanken. Ach, noch einmal so jung sein, wie damals mit knapp 21, und das ganze Studentenleben vor sich haben!, dachte er und schalt sich im nächsten Moment für seinen Selbstbetrug.

Denn: Ja, seine Studentenzeit war schön gewesen, wesentlich besser als die Jahre als Schüler. Allen voran seine Heimstatt, die WG inmitten der Apfelbäume, hatte er sehr gemocht. Aber ansonsten? Welche Erlebnisse hatte er so genossen, dass er sich eine Wiederholung wünschen würde?

Mirko stieg die Schamesröte ins Gesicht, als ihm als erstes Judys hintergründiges Lächeln in den Sinn kam. Energisch schob er seine Erinnerung an die Nacht mit dem Banker beiseite und suchte nach anderen. Da musste es doch noch weitere geben! Als er sich schon abtrocknete mit den weißen, flauschigen Handtüchern, die seine Mutter stets für ihn bereithielt, waren ihm noch zwei, drei Gegebenheiten (mit Tinka und Sonja) eingefallen, die er vielleicht gern wiederholt hätte. Ja, und die Euphorie nach der ein oder anderen bestandenen Prüfung - die war auch nicht schlecht gewesen. Aber der Rest? Unzählige abgesessene Stunden der Vorlesung oder des Lernens? Weitere unzählige Stunden abgesessen auch in jetzt im Nachhinein schal erscheinenden Beziehungen?

Nein, dieser Abschnitt seines Lebens war so gut wie vorbei und Mirko weinte ihm keine Träne nach. Neben der Uni wollte er auch Ulm verlassen, wie er an diesem Morgen im elterlichen Badezimmer beschloss, und anderswo sein Glück suchen. Vielleicht das erste Mal in seinem Leben gezielt irgendwo *hin*gehen – und nicht, wie zuvor, stets nur *weg* von etwas.

Als er sich die kurzen Haare trocken rubbelte (ein Vorgang, der innerhalb von Sekunden erledigt war) und sich im Spiegel betrachtete, überlegte er, ob auch ihm längere Haare, so, wie Judy sie trug, stehen könnten. Bislang war dies für ihn nie eine Option gewesen. Als Kind und Jugendlicher, als das viele Fett ihn ohnehin schon weibisch erscheinen ließ („Der Mirko hat ja Titten wie ne Frau!", hallte es noch heute in ihm nach), wollte er dieses Bild gewiss nicht mit langen Haaren komplettieren. Und später, beim Militär, hatte er seine Haare raspelkurz getragen. Beim Sport war es so auch viel praktischer.

Nun, über die Frage seiner weiteren Haarmode musste er ja nicht heute entscheiden.

11

Obwohl das Rauschen der Dusche den Eltern sein Erscheinen rechtzeitig signalisiert hatte, war seine Mutter entgegen ihren sonstigen Gepflogenheiten nicht in der Küche, als Mirko diese betrat. Stattdessen erwartete ihn sein Vater mit einer ausgestreckten Hand. Heute ignorierte Mirko diese und umarmte den Vater – das erste Mal seit über 10 Jahren. Er hatte sich so an die studentische Art einander mit einer herzlichen Umarmung zu begrüßen gewöhnt, dass es ihm albern vorgenommen wäre, dem Vater dies zu verweigern. Als er spürte, wie weich dieser unter seinem Griff war, bereute er diese seine spontane Entscheidung. Ein Mahnbild, wie auch er sein könnte, fürwahr. Andererseits: Hatte sein Vater nicht mit, wie alt war er mittlerweile?, Mitte 60, ein Recht darauf, nicht mehr den knackigen Körper eines Endzwanzigers vorzuweisen? Nicht, dass er den je gehabt hatte, dachte Mirko mitleidig.

„Sei gegrüßt, mein Junge", sagte der Vater und „Gabi hat erzählt, dass du bald fertig bist mit Studieren!"

Da hatten die Eltern miteinander geredet am gestrigen Abend. Na, immerhin.

„Gabi fühlte sich heute Morgen nicht so wohl und wollte sich für ihre Morgentoilette ein bisschen mehr Zeit nehmen", erläuterte der Vater und wies mit dem Kinn in Richtung Treppenhaus. „Sie meinte, wir zwei könnten hier ja schon mal beginnen."

Hilflos, mit seinen zwei Armen nutzlos an den Seiten seines Körpers hängend, stand sein Vater vor ihm, während Mirko sich, obwohl er schon seit knapp 10 Jahren nicht mehr hier lebte, gekonnt an die Zubereitung des Frühstücks machte. Auch wenn Sonja manchmal extra einen auf kokette spanische Hausfrau machte („Entonces chicos – raus hier aus meiner Küche! Das ist nichts für Jungs, vamos, vamos!"), war sie doch nicht der Typ Frau, der einem Kerl hinterher räumte. Also war Mirko, zumal als langjähriger Bewohner einer WG, nichts anderes übriggeblieben als selbst zu lernen, sich in einer Küche zurechtzufinden – im Gegensatz offenbar zu seinem Vater, der nun den Anweisungen seines Sohnes brav folgte.

Als die Eier fertig waren und es nach frisch gebrühten Kaffee roch, kam – wie auf Zuruf – die Mutter hinzu. Sie legte Mirko und seinem Vater je einen Arm um die Hüften und sagte zufrieden: „Meine beiden Männer!"

Es fühlte sich gut an, sie das sagen zu hören. Gut, aber auch fremd. Wann hat sie das jemals gesagt, fragte sich Mirko, bis es ihm einfiel: Ziemlich oft sogar hatte sie das, früher, in seinen jüngeren Jahren. Nämlich immer dann, wenn er und der Vater etwas gemeinsam machten. Nur, dass das später, mit Ausnahme des Flugzeugbaus, nicht mehr vorgekommen war.

Als sie sich dann zum gemeinsamen Frühstück hinsetzten, kam Mirko die Küche zu eng für sie drei vor. Dabei hatten sie früher hier oft so gesessen. Allerdings hatte er selbst damals keine 1,90 m gemessen, von der Breite seiner Schulter zu schweigen. Die Eltern schienen im Gegenzug geschrumpft. Die Mutter zwar wie stets ordentlich zurechtgemacht, aber dennoch ... gealtert. Der Vater ... nun ja.

„Ich habe gehört, es ist aus zwischen dir und dieser Spanierin?", fragte der Vater mit hörbarem Bedauern in der Stimme. Er hatte Sonja gemocht, die es nicht versäumt hatte, bei ihren wenigen Begegnungen unter Einsatz all ihres Charmes mit dem Älteren zu schäkern.

„Ja", antwortete Mirko, „ja, es hat nicht mehr gepasst." Dann holte er tief Luft. Er könnte es ebenso gut jetzt wie wann anders sagen.

„Ich werde wegziehen aus Ulm. Dort hält mich jetzt nichts mehr."

„Oh, dann hast du dir durch den Kopf gehen lassen, worüber wir gestern gesprochen haben?", kommentierte die Mutter erfreut. Wovon sprach sie bloß? Ach so, vom „wieder in die Nähe ziehen".

„Weiß nicht", nuschelte er. „So weit bin ich noch nicht. Hauptsache, ein Neuanfang."

„Also, ich finde das gut", erhob jetzt etwas unerwartet sein Vater die Stimme, „so wie damals, als du zum Bund gegangen bist!"

Nur zu gern griff Mirko dieses Thema auf: „Dann fandest du es damals also die richtige Entscheidung von mir, fortzugehen zum Militär?"

„Äh", stotterte der Vater, „also, abgenommen hast du dort auf jeden Fall prima ..."

Verunsichert warf er der Mutter einen Blick zu – um sicherzugehen, dass er nichts sagte, was sie missbilligte, wie Mirko verstand. Er begriff, dass er – hier und heute – nichts vom Vater erfahren würde, was er nicht ohnehin schon wusste. Plötzlich drohte die Enge der elterlichen Küche ihn schier zu ersticken.

„Apropos Abnehmen", sagte er deshalb, „wie ich Mama gestern schon gesagt habe, würde ich heute gern schwimmen gehen. Hab's mit dem Sport in letzter Zeit ein bisschen schleifen lassen. Passt euch das?"

Mitkommen ins Schwimmbad wollten die Eltern nicht, doch sie boten an, ihren Sohn dort hinauszulassen und in der Zwischenzeit ein paar Einkäufe in der Stadt zu tätigen. Der Vater lieh ihm eine Badehose, die zwar ein bisschen eng, aber in der Kälte des Wassers ok war.

Da das Bad in den Jahren seiner Abwesenheit renoviert worden war, erinnerte ihn hier nichts an die Abnehmbemühungen eines Sechzehnjährigen. Auch die Erwartung (Hoffnung, Furcht?!) Judy zu treffen, beunruhigte Mirko hier nicht, so dass er friedlich seine Bahnen zog und sich versuchte auf das vorzubereiten, was am Nachmittag geschehen mochte.

Es geschah nichts. Beim Ansehen der alten Fotos sprach in der Hauptsache die Mutter, der Vater saß abwesend lächelnd daneben. Mirkos Befürchtungen, dass durch die Bilder schmerzhafte Erinnerungen geweckt werden könnten, bestätigte sich nicht. All die gezeigten Fotos hatte die Mutter selbst geschossen – hier zu Hause, im Urlaub, bei Ausflügen. Klassenkameraden von ihm waren selten zu sehen – und, wenn dann sicher nicht diejenigen, die ihm Übles wollten (und taten). Irgendwann wurde ihm das alles (die mütterliche Begeisterung, sein gequält lächelndes 7-, 8- und 9-jähriges Selbst, der damals wie heute innerlich abwesende Vater) dennoch zu viel. Seinem Vorschlag, das Anschauen der restlichen Alben auf einen unbestimmten späteren Zeitpunkt zu verschieben, entsprachen die Eltern gern.

Am Abend ließ es sich die Mutter nicht nehmen für die Familie zu kochen, am Tisch tranken beide Eltern zu viel. Dachte sich Mirko und tat es selbst. Das Hiersein versetzte ihn in eine seltsame Stimmung. Es machte ihn traurig zu sehen, wie seine Eltern hier alt wurden, miteinander verflochten in einer seltsamen Entschlossenheit, keine Veränderungen zuzulassen – und doch nicht glücklich waren mit dem anderen, soweit er das einschätzen konnte. Dieser Gemengelage, den engen Fluren und dem Nippes im Wohnzimmer entkommen zu sein, erfüllte ihn mit großer Erleichterung. Und dann war da trotz allem Freude, dass er hier sein konnte, teilhaben an der Wirklichkeit der Eltern, ohne dass ihn das in tiefe Verwerfungen stürzte.

Er konnte sich nicht entscheiden, ob sich die Summe all dieser Emotionen gut oder schlecht anfühlte – sie weckte auf jeden Fall ein Bedürfnis, all das in einer gehörigen Menge Alkohol zu ertränken.

Wie immer, wenn sie getrunken hatte, wurde seine Mutter touchy, lachte albern und griff Mirko immer wieder an den Arm. Mehr denn je erinnerte sie ihn in diesen Momenten an Sonja. Er fragte sich, ob alle Frauen diese Seite in sich trugen, diese Tendenz zur ungefragten Vertraulichkeit, der Mann sich nur schwer entziehen konnte. Mirko sah, wie sein Vater auf der anderen Seite missbilligend die Stirn runzelte. Vielleicht würde heute *doch* noch etwas geschehen, der Vater im Zorn wenigstens *ein*mal zeigen, wer er war hinter der Maske aus schwabbeliger Gleichgültigkeit?

Aber nein. Unter Mirkos interessierten Blick ließ sein Vater den Fehdehandschuh fallen, bevor er ihn ergriffen hatte. Wie hätte er sich denn auch in den Kampf begeben können, wenn sein Gegner der eigene Sohn war? Gegen den hatte er doch niemals eine Chance im Wettstreit um die mütterliche Liebe gehabt!

Als Mirko am Folgetag mit einem ordentlichen Schädel zurück nach Ulm fuhr, war er nicht schlauer als zuvor. Dort, bei seinen Eltern, in der alten Heimat, würde er keine Antworten finden. Nicht darauf, wer er war, wohin er wollte – und schon gar nicht auf die Frage, ob er schwul war.

12

Weil ihm bei der Korrektur seiner Masterarbeit langweilig war (natürlich, höhnte er selbst, nur deswegen!), registrierte er sich bei einer Gay-Dating-App.

Er chattete mit HobyToby, der ihn fragte, ob er Bock habe zu cruisen. Cruisen? Das musste Mirko erst nachlesen:

„Sich mit unbekannten gleichfalls Schwulen unter Einhaltung gegenseitiger Anonymität ausschließlich zum Zwecke des Geschlechtsverkehrs treffen ... oftmals am Rande von Autobahnraststätten oder in Parks oder Wäldchen praktiziert."

Vor dieser Vorstellung konnte Mirko nicht anders als zurückschrecken, auch wenn das mit der Anonymität nicht schlecht klang. Aber nicht zu wissen, auf wen man traf?! Klar, wenn es jemand wie Judy wäre, der auf ihn wartete ...

„Nein, danke", schrieb Mirko, „ich will nur chatten."

„Ok, schade", antwortete HobyToby und war weg.

Andere Männer akzeptierten seine Bedingungen – virtuell grinsend.

Dave87 fragte: „Bist noch Jungfrau?"

„Ja", tippte Mirko, korrigierte dann aber: „nee, nicht wirklich."

„Ach", antwortete Dave87, „willst du erzählen?"

Mirko zögerte kurz, dann begann er zu tippen. Von Sonja erzählte er Dave (wenn er denn wirklich so hieß!) und von Judy.

„Mmh. Klingt heiß", kommentierte Dave, „und jetzt fragst du dich, ob du schwul bist?"

„Ja", antwortete Mirko und ergänzte schnell, bevor er es sich anders überlegen konnte: „Was meinst du?"

Die Antwort war ein Smiley – gefolgt von einer Gegenfrage: „Hast du nen Steifen, wenn du an ihn denkst?"

Nicht nur dann, dachte Mirko und sah an sich herunter. „Äh", schrieb er zurück – ebenfalls mit Smiley.

„Hast du JETZT GRAD nen Steifen?", fragte Dave.

„Erwischt", antwortete Mirko. Ohne Smiley.

„Ich auch", kam es zurück, „fühlt sich gut an. Willst du ihn rausholen für mich?"

Mirko schluckte. Schloss die Augen. Fühlte in seine Hose hinein und strich über den Schaft seiner Latte. Ging zur Tür und drehte den Schlüssel im Schloss.

„Hallo? Bist du noch da?", fragte Dave.

„Ja. Musste erst sichergehen, dass keiner hier reinkommt."

Die belohnende Antwort darauf waren ein Smiley UND ein Daumen hoch. Und. „Och ... ich würd gern mal bei dir reinkommen ... irgendwann." Erneuter Smiley

Mirko schluckte erneut. Wäre Dave hier gewesen, hätte Mirko spätestens jetzt angefangen, zu stottern und zu stammeln – und sich dann mit einer mit irgendeiner Ausrede schnell aus dem Staub gemacht. Doch der andere *war* nicht hier, nicht real. Mirko wartete.

„Bist du soweit?", erschienen Daves nächste Worte auf dem Bildschirm.

„Ja", antwortete Mirko, „mehr geht nicht."

„Mehr geht immer", kam es in Sekundenschnelle zurück. Smiley. „Nimm ihn in die Hand, ok, und schreib mir, wie sich das anfühlt. Ich mache das auch so." Bevor Mirko antworten konnte, ergänzte Dave: „Du hast sicher große Hände, oder?"

Mirko sah auf seine Hände. Woher wusste Dave das? Ach so, ja, er hatte ja seine Maße angegeben bei der Erstellung seines Alias (M.?123).

„Ja", antwortete er und, weil ihn plötzlich der Schalk ritt, „groß und stark genug, um kräftig zuzupacken. Und: es fühlt sich gut an. *Sehr* gut sogar."

„Oh Gott", schrieb Dave und „ich komm gleich. Schreib mir noch was! Schnell!"

Doch Mirko konnte nichts mehr schreiben. Keuchend ergoss er sich in Hand und Hose. Ein Spritzer erwischte auch den Bildschirm. Mirko schämte sich zu Tode, als er ihn hastig wegwischte. Doch Dave lachte (virtuell), als er ihm davon schrieb.

Sie chatteten immer mal wieder. Sich gemeinsam mit dem anderen aufzugeilen, gefiel Mirko. Doch machte ihn das homosexuell? Er solle beim Umhergehen in der Stadt einmal darauf achten, ob andere Männer ihn antörnten, riet Dave87 – sowie auch Jonnyboy, mit dem er ebenfalls chattete. Sobald er das tat, hatte er permanent dicke Eier. Aber war das nicht trotzdem in die Tasche gelogen, so eine Art Self-fulfilling prophecy? Schließlich nahm man irgendwann *alles* wahr, wenn man sich nur ausreichend darauf konzentrierte, oder etwa nicht? Und er *hatte* doch Spaß gehabt mit seinen (weiblichen) Partnerinnen! Schwul wurde man nicht plötzlich, sondern war es schon immer! Oder? Mirko sehnte sich danach, sich darüber mit jemanden auszutauschen – von Angesicht zu Angesicht, nicht nur im Chat. Doch da war niemand – außer Judy. Und dem gegenüber verspürte er nach wie vor eine seltsame Scheu.

Irgendwann fragte er Dave, wo er wohne. Köln, schrieb er.

Ok, Köln sei es, dachte Mirko. Nicht, dass er vorhatte, Dave zu treffen. Aber irgendwohin wollte er, warum nicht Köln. Hätte Dave Mannheim oder München geschrieben, wäre es Mannheim oder München geworden.

Leider fand er nicht sofort eine Stelle in Köln, wie er es sich gewünscht hätte, sondern zunächst nur einen Praktikumsplatz bei einem der bekanntesten Unternehmensberater. Finanziell stellte das kein Problem für ihn dar. Da er Einzelkind war und die Eltern nicht schlecht verdient hatten (mittlerweile war sein beim Finanzamt tätiger Vater verrentet), hatten diese niemals damit gedroht, den ihn unterstützenden Geldhahn zuzudrehen. Nein, im Gegenteil, ohne zu fragen, füllte der elterliche Dauerauftrag auch zu Beginn seiner Kölner Zeit sein Konto jeden Monat aufs Neue. Zudem hatte er eigene Reserven aus seiner Zeit beim Militär. Damals hatte er gut verdient und das Ersparte auf Grund seines bescheidenen Lebensstils bis heute nicht ausgegeben. Mit diesem Puffer könnte er lockere zwei Jahre als Praktikant leben, ohne irgendwelche Abstriche machen zu müssen.

Aus diesem Grund zog er in eine kleine eigene Wohnung in der neuen Stadt, und nicht etwa erneut in eine WG. Dieses diskretere Wohnen passte besser dazu, dass er vorhatte, sich in Köln vermehrt auszuprobieren (vielleicht würde er Dave doch einmal treffen?!) - und zu seinem neuen Status als „fertiger Akademiker".

Mirko verstand bis heute nicht, wieso Judy mit seinem festen regelmäßigen Einkommen damals in Ulm zu ihnen in die WG gezogen war und sich nicht, so wie er jetzt, gleichfalls etwas komplett Eigenes gegönnt hatte.

Judy …

Beim Auszug, als der Umzugswagen schon gepackt war, hatte Mirko es endlich geschafft, seinem Mitbewohner nicht nur in die Augen zu schauen, sondern ihn zum Abschied zu umarmen. Ihm zu sagen, was er schon längst hätte tun sollen, dass er ihm keine Vorwürfe machte und sich selbst erst einmal sammeln müsse … Dave87 und Jonnyboy indes erwähnte Mirko nicht.

13

Obwohl er keine 100 Kilometer von Köln entfernt aufgewachsen war, kannte Mirko die Stadt kaum. Mit dem Dialekt und der Art der Rheinländer verhielt es sich trotzdem so, wie zurück nach Hause zu kommen. Mirko war sich bewusst, dass er – sei es in der Altstadt oder am Rhein – hier jederzeit zufällig auf einen seiner alten Klassenkameraden treffen konnte, so unwahrscheinlich das bei einer Stadt mit 1 Million Einwohner auch sein mochte. Unversehens war ihm der Laternenpfahl am heimatlichen Bahnhof wieder ein Stück näher gerückt. Dieses Wissen machte ihn dünnhäutig und war vielleicht ein Grund, warum er sich *nicht* mit Dave traf. Mirko hatte das Gefühl, dass der andere ihn nach all ihren Chats schon gut kannte. Jemand, der das tat, besaß ein höheres Potential ihn zu verletzen. Davor hatte Mirko Angst und beschloss deshalb, sich, wenn dann, mit jemand völlig Fremden zu treffen. Doch das war später.

Zunächst beging er seinen ersten Arbeitstag bei Fritz&Old. Leider steigerte dieser Mirkos Unsicherheit, die ihn mit dem Umzug hierher befallen hatte. Sein Teamleiter und damit direkter Vorgesetzter, den er im Rahmen des Einstellungsprozesses bislang nicht kennengelernt hatte, sah Mirko mit großen Augen an, als er das erste Mal durch die Eingangstür des modernen Großraumbüros trat, und lachte dann.

„Hilfe! Wenn wir dich so zum Kunden schicken, bekommt der ja Angst", meinte er und musterte Mirko mit einer Mischung aus

Bewunderung und Unglaube. Dabei hatte der sich extra, in Gedenken an Judy, in ein halbwegs schickes Hemd gepresst. Vielleicht saß es ein wenig knapp. Aber sollte er nach all seinem Training jetzt Muskeln wieder in Fett umwandeln, nur, um hier besser hineinzupassen? Natürlich würde er das nicht tun und wusste auch, dass es niemand wirklich von ihm verlangte.

Dennoch ... es ging darum, dazuzugehören, hineinzupassen. Und zwar so, wie er war. Danach sehnte er sich schon sein ganzes Leben. Als Jugendlicher war es ihm nie gelungen, der „Zu fett"-Sticker haftete unlösbar an seiner Stirn. Auch beim Militär hatte er nicht dazugehört, trotz seiner jetzt optimierten Figur. Seine späteren Freundinnen, Selena, Steffi und so weiter, ja, die hatten ihn so gemocht, wie er war. Aber das reichte ihm nicht mehr, jetzt wollte er ... lieber einen Mann. Oder?

Sein Chef, Michael-nenn-mich-einfach-Mick, jedenfalls, klopfte Mirko jovial auf die Schulter, als er merkte, wie unangenehm dem neuen Praktikanten seine Bemerkung war.

„Passt schon", lächelte er, „vermutlich schadet es nicht, unseren Konzepten beim Kunden auch optisch ein wenig Nachdruck zu verleihen!" Die Umstehenden, Mirkos neue Kollegen und Büronachbarn, lachten und er fühlte sich ein bisschen besser.

Um die Sache mit „den Männern" voranzutreiben, hatte Mirko sich bei einer neuen Dating-App registriert. In seinem Profil hatte er offenherzig zugegeben, über keinerlei Erfahrungen zu verfügen und sich damit als Anfänger geoutet. Natürlich verleugnete er Judy damit ebenso wie Dave und Jonnyboy. Doch die überaus direkte und anzügliche Art, wie die Jungs der Szene im anderen Chatroom miteinander (und damit auch mit ihm!) umgegangen waren, verschreckte und ängstigte ihn etwas. Auch wenn ihn die Vorstellung anmachte, wollte er zunächst weder Cruisen noch einem Swinger-Club beitreten, sondern nur - ja, was? Ein paar Erfahrungen sammeln, ja, vielleicht, und hoffentlich danach schlauer sein.

Mit Markus traf er eine Verabredung in einer Bar namens „Men's Inn", die allein schon vom Namen her verdächtig war. Als er diesen von seinem Chatpartner vorgeschlagenen Ort googelte, wurde er dort als „hippe queere location" angepriesen. Genau das hatte er doch gewollt, oder?

Mirko war schon vor dem Date so nervös, dass er seine Oberbekleidung dreimal wechselte, bevor er dann doch wieder bei der ersten Wahl – einem engen, mittelblauen, kurzärmligen Hemd – landete und nach all dem Hin und Her eine Straßenbahn später nahm als geplant. Obwohl er dies ursprünglich nicht gewollt hatte, hatte er Markus ein Foto von sich geschickt, damit dieser ihn erkennen würde.

„Wow", war dessen Antwort gewesen und „Ich freue mich darauf, dich kennenzulernen!"

Das „Mens'Inn" zu finden war kein Problem. Etwas orientierungslos blieb Mirko auf der Türschwelle der gut (vorwiegend, aber nicht nur mit Männern) gefüllten Bar stehen und sah sich um. Wie sollte Markus ihn denn hier finden? Vielleicht sollte er doch draußen, vor der Tür, warten?

Doch da spürte er bereits eine Hand auf seiner Brust. Eine fröhliche Männerstimme sagte in sein linkes Ohr: „Das ist ja noch besser als auf dem Foto! Willkommen in Köln, Mirko!"

Mirko drehte sich leicht und blickte in ein hübsches, jungenhaftes Gesicht, aus dessen braunen Augen der Schalk blitzte. Markus war in etwa genauso groß wie er, doch lange nicht so muskulös. Er trug eine Jeansjacke, die ihn jünger wirken ließ, als er es ohnehin war. Himmel, war der Typ überhaupt schon volljährig? Statt, dass die Tatsache, dass *er* der deutlich Ältere war, half, verstärkte sie Mirkos Verlegenheit. Markus ließ sich jedoch nicht aus der Ruhe bringen von seinem Date, welches nur verwirrt dastand und ihn anstarrte.

„Komm!", sagte er und nahm Mirko an die Hand, „ich hab uns zwei Plätze an der Bar reserviert!"

Während Mirko dem jungen schlanken Mann mit dem knackigen Hintern in den Stretchjeans folgte, sah er, dass händchenhaltende Pärchen hier keine Seltenheit waren, und entspannte sich etwas.

Als sie sich auf zwei nebeneinanderstehende Barhocker gesetzt hatten, rückte Markus seinen ein wenig näher an Mirkos heran.

„Ist ja hier kein Geschäftsessen", grinste er und sah Mirko so tief in die Augen, dass dieser nicht wusste, wohin mit sich und seinen Gefühlen. Verlegenheit war nur eines davon. Als sie sich über die Getränkekarte beugten, berührten sich ihre Hände immer wieder (Markus hatte schöne Hände mit langen Fingern, die in ordentlich manikürten Nägeln endeten) – und spätestens, als Markus ihm mit einem dieser feinen Finger über die Wange strich, hatte Mirko vergessen, was er 20 Sekunden zuvor bestellt hatte. Nachdem sie angestoßen hatten (er hatte offenbar einen Gin Tonic geordert), wanderte Markus' Hand seinen Rücken hinunter und fand zielsicher die leicht eingezogene Stelle in der Mitte seines Steißes, die ein Gleiten seiner langen Finger ein Stück weit unter den Hosenbund ermöglichte. Scharf sog Mirko Luft ein.

„Wir haben uns doch nicht hier getroffen, damit ich dir diese Bar zeige, oder?", flüsterte Markus in sein Ohr. Deutlich spürte Mirko den heißen Atem seiner Stimme und roch sein herbes Eau de Toilette. Was es war, wusste er nicht, er hatte sich nie für Düfte interessiert. Irgendetwas Männliches jedenfalls, was seine Erregung in dieser Situation steigerte.

„Ich sollte dir doch etwas anderes zeigen, oder?", fuhr Markus fort und streifte mit seinen Lippen jetzt über Mirkos rasierte Wange. Dessen Seufzen war ihm Antwort genug, denn er lächelte zufrieden und schob Mirko seinen Drink hin: „Komm, lass uns austrinken, und uns dann einen privateren Ort suchen!" Wieder glitzerten Markus' Augen, als sein Blick begehrlich über Mirkos Körper glitt. Dieser war kaum noch Herr seiner Selbst. Seit Sonja vor drei Jahren nach ihrem Einzug in die WG hatte ihn niemand so massiv mehr angemacht – und ein Kerl noch nie. Mirko befürchtete, dass seine Knie nachgeben würden, wenn er jetzt aufstünde, um Markus zu folgen, der sich schon zum Gehen erhoben hatte. Er nahm zwei kräftige Atemzüge, um sich zu stabilisieren, und sah sich erneut um. So eng umschlungen dazusitzen, wie Markus und er es getan hatten, war hier nichts Ungewöhnliches, im Gegenteil. Entspann dich, mahnte er sich, was du hier tust, ist das Normalste der Welt! Nur, dass es das für ihn bislang eben nicht gewesen war!

14

In der lauen Abendluft draußen angelangt, presste Markus Mirko gegen die Hauswand der Bar und küsste ihn. Lang, begehrlich, sinnlich. Mirko hätte nicht gewusst, wohin mit seinen Armen und Händen, doch die hatte sein jugendliches Gegenüber ohnehin schon gepackt und rechts und links von ihm an den Stein gedrückt. Mirko schloss die Augen und hieß das ihm bekannte Gefühl der Ohnmacht, was heute so süß schmeckte, willkommen. Als Markus den Kuss beendete, schnappte Mirko nach Luft. Der andere lachte – ebenfalls ein wenig atemlos: „Jungfrau hin oder her – küssen kannst du!"

Konnte er das? Beziehungsweise hatte er das? Den anderen zurückgeküsst? Mirko wusste es nicht. Wenn Markus es sagte …! Mirkos Herz flatterte in seiner Brust wie ein Schmetterling. Sein Körper stand in Flammen. Er fühlte sich wie bei seinem ersten Date, damals mit Valentina. Unbeholfen, doch bis zum Äußersten erregt. In gewisser Weise *war* es sein allererstes Date. Sein allererstes, schwules Date. Trotz seiner rauschhaften Gefühlsüberladung zuckte ein kleiner kognitiver Teil in ihm bei diesem Gedanken zusammen.

Markus indessen trieb die Sache weiter voran.

„Ich wohne noch bei meinen Eltern", sagte er, „also, die wissen natürlich Bescheid. Aber, wenn ich mit so jemanden wie dir da aufkreuze …" Markus' verlangende Blicke ließen keinen Zweifel daran, wie gut ihm Mirkos Körperbau gefiel. „… Also, dann könnten sie sich vielleicht doch Sorgen machen. Sprich: Können wir zu dir?"

„Ich …", stotterte Mirko. Dass Markus' Hände sich erneut auf Wanderschaft (von seinen eigenen Händen die Arme hoch … kurzes Verweilen an den Ellbogen … weiter in Richtung Schultern … die Brust …) gemacht hatten, erleichterte ihm das Denken nicht.

„Wie alt bist du eigentlich?", brachte er jetzt dennoch hervor. Es stellte sich heraus, dass Markus 19 war, von dieser Seite her also nichts dagegensprach, ihn mit zu sich nach Hause zu nehmen.

Der Weg dorthin war die reinste Folter. Markus konnte auch in der U-Bahn seine Finger nicht von ihm lassen. Deren Reise befeuerte

Synapsen Mirkos, von deren Existenz er bislang gar nichts gewusst hatte. Dennoch war ihm das Ganze (in der Öffentlichkeit! Unter den Augen aller! Und dann mit einem Mann!) unangenehm. Wollte diese Fahrt denn nie enden?

„Wieso hast du eigentlich einem Date im „Men's Inn" zugestimmt, wenn du auf der anderen Seite der Stadt wohnst?", wollte Markus wissen.

„Mmh", Mirko wand sich. Die wahrheitsgetreue Antwort wäre, dass er diese erste Exkursion in die Welt der Kölner Homosexuellen fernab seines neuen Heimatviertels unternehmen wollte. Dort kannte ihn keiner. Weil es ihm peinlich war zu sein, was er (vielleicht!) war! Aber das konnte er Markus kaum sagen. Zumal seine, sich im Schritt spannende Hose klar zeigte, wie gut ihm all das hier gefiel.

Irgendwann kamen sie schließlich an. Erleichtert schloss Mirko die Wohnungstür hinter sich und seinem … ja, was? Geliebten? Ja, offenbar.

Nun konnte er sich etwas entspannen. Nicht für lange, denn jetzt, hier drinnen, wurde Markus fordernder und dachte nicht daran, sich mit einem angezogenen Mirko zufriedenzugeben. Mit rauer Stimme fragte er ihn: „Du hast doch bestimmt ein Bett hier, oder?!"

Mirko freute sich, dass sich sein junger Gespiele nun auch die eigene Erregung anmerken ließ. Bislang hatte er sich mit ihm gefühlt wie der hilflos umhergeworfene Ball im Spiel des überlegenen Jongleurs.

Als sie sich – eng und gierig – umarmten, spürte Mirko neben seiner eigenen pulsierenden Männlichkeit auch den ebenso heißen Steifen Markus' an seinem Bauch. Das Gefühl war unbeschreiblich und kam nichts gleich, was er je erlebt hatte.

„Bitte!", wimmerte er, als Markus mit den Fingern ein weiteres Mal seinen unteren Rücken entlangfuhr – und sich dieses Mal nicht vom Bund der Hose, deren vorderen Verschluss er zuvor bereits geöffnet hatte, aufhalten ließ!

„Bitte – was?", fragte Markus grinsend.

Sich gegenseitig die Klamotten vom Körper reißend, landeten sie auf dem Bett. In Erinnerung an seine Nacht mit Judy hatte Mirko die Laken frisch bezogen und genoss jetzt die Kühle des Satins in seinem Rücken, als er zum Liegen kam.

Die Kühle hielt nicht lange. Ausgiebig widmeten sich Markus' Hände und im Verlauf auch seine Zunge Mirkos jetzt endlich entblößten Oberkörper. Nicht langsam neckend wie in seinem erotischen Traum, sondern zügig und verlangend.

Wie schon damals mit Judy, realisierte Mirko erst jetzt, dass er hier mit einem Mann zusammen war. Was hieß, dass … Mirko biss sich auf die Lippen. Natürlich wusste er, wie es „die Schwulen" (zu denen er jetzt gehörte – oder etwa nicht?) trieben – und irgendetwas in ihm verlangte genau *danach*. Doch der weitaus größere Teil von ihm fühlte sich noch nicht bereit dafür.

Mit der ganzen Weisheit eines 19-Jährigen (und Mirko hätte sich zu Tode schämen mögen dafür, wie haushoch Markus ihm selbst in all diesen Dingen überlegen war!) erkannte Markus, in welchen Nöten sich dieser attraktive, muskulöse, aber dennoch so schüchtern-naive Gespiele von ihm befand und fragte knapp: „Sixty Niner?"

Ohne eine Antwort abzuwarten, legte sich Markus zwischen Mirkos Beine und begann mit dem, was er vorgeschlagen hatte. Mirko selbst starrte auf den sich direkt in seiner Blickweite befindlichen Schwanz des anderen – und stellte zu seiner Überraschung fest, dass er *es tun wollte*. Schließlich wusste er wesentlich besser, worauf er sich einließ, als er das bei seinen weiblichen Oralverkehr Partnerinnen je getan hatte. Dort hatte seine Zunge sich mühsam auf unbekanntem Terrain ihren Weg suchen müssen. Markus' Körperteil hingegen, das hier und heute vor ihm lag und freudig zuckte, kannte er nur zu gut. Ja, er hatte Lust, sich diesen prallen Prügel in den Mund zu nehmen, und war gespannt, nein, begierig darauf, Markus auf diese Art gleiche Laute der Lust zu entlocken, wie sie ihm über die Lippen kamen.

Es gelang ihm. Problemlos sogar. Markus kam, als Mirko – neugierig darauf, wie sich der Hoden des anderen anfühlen würde – diesen mit festem Griff umfasste und begann, mit den Fingerspitzen langsam am Ansatz herumzufummeln.

Sekunden später konnte sich auch Mirko endlich all seiner mittlerweile über Stunden (wenn man es genau nahm, eher über Wochen!) aufgebauten Spannung entledigen. Mit einem tiefen Seufzen drückte er danach sein Gesicht in Markus' Oberschenkel und schloss die Augen. Federleicht fühlte Mirko sich, rundherum zufrieden. Alles war so, wie es sein sollte.

Mühelos hätte er so ins Reich der Träume finden können, doch nach einigen Minuten kniff Markus ihn sanft in den Bauch: „Hey! Erde an Mirko! Ich mach mich dann mal wieder auf den Weg!"

„Mmh", nuschelte Mirko, „du kannst gern hier übernachten!"

„Lass mal, ich hab morgen noch was vor. Außerdem", er lächelte, als er Mirkos enttäuschtes Gesicht sah, „kann ich doch nur wiederkommen, wenn ich vorher gegangen bin, oder?"

Als sie sich ein letztes Mal küssten, schmeckte jeder die eigene Lust auf den Lippen des anderen.

„War schön mit dir, Süßer", sagte Markus und „ich freue mich aufs nächste Mal!"

Als Mirko, nach einer traumlosen durchgeschlafenen Nacht, am nächsten Morgen aufwachte, erfüllten ihn die zwei Flecken auf dem Laken mit Stolz. Er hatte es getan! Sein erstes „richtiges" (also nüchternes) Mal mit einem Mann! Und das Sperma in seinem Bett bewies, dass es auch Markus gefallen hatte. Erst jetzt begriff Mirko, dass ein Teil seiner Angst vor dem Beisammensein mit Männern eine altbekannte war: Nicht zu gefallen, nicht alles richtig zu machen, nicht zu genügen. Wie unnötig seine Sorgen doch gewesen waren! Jetzt, wo alles (fürs Erste, dachte er lächelnd) vorbei war, kam ihm seine gestrige Nervosität lächerlich vor. Gestern, vorher, hatte er sich ein weiteres Mal wie ein dummer Schuljunge gefühlt, der Angst vor allem möglichen hatte. Jetzt, nachher, war er ein Mann – und fürchtete sich vor nichts mehr. Oder?

Mirkos Hochstimmung hielt den ganzen Sonntag über an. Jetzt, im späten Frühling, nutzte er Kölns Freibäder für sein wöchentliches Schwimmtraining. Längst hatte er seine Anfangsschwierigkeiten überwunden und fand beim gleichmäßigen Ziehen seiner Bahnen zu großem innerem Frieden. Zudem freute er sich über seine eigenen Fortschritte in Distanz und Geschwindigkeit, denn, wie er sich es ja schon gedacht hatte, über die nötigen Schwimmermuskeln verfügte er definitiv.

Sein Training im Fitnessstudio hatte er zwar nicht eingestellt, aber doch derzeit auf 2-3-mal wöchentlich reduziert. Die viele nackte und schweißglänzende Haut dort irritierte ihn ebenso wie das Konkurrenzgehabe vor allem unter den Männern.

Hier im Schwimmbad hingegen genoss er die bewundernden Blicke (von Männern und Frauen!), als er sich nach absolviertem Training zum Trocknen auf der Wiese ausstreckte.

15

Auch den halben Montag über hielt die warme Zuversicht, welche ihm die Erinnerungen an das schöne Wochenende schenkten, an. Am Vormittag nahm sich ein Kollege die Zeit, ihm am PC einiges zu zeigen und so bekam Mirko erstmals in seinem nun schon zwei Wochen währenden Praktikum eine Ahnung davon, was seine Firma eigentlich machte.

Doch als er abends den Wohnungsschlüssel in der Türe herumdrehte, fühlte er sich wieder wie ein kleiner Junge. Was war passiert?

Sein Chef (Michael-nenn-mich-einfach-Mick) hatte beschlossen, ihn an diesem Nachmittag das erste Mal zu einem Kunden mitzunehmen.

„Du brauchst und sollst nichts machen!", versicherte Mick ihm, „bleib nur bei mir und schau zu!"

Auf der Fahrt in die andere Firma (ein etwas größerer im Maschinenbau tätiger Mittelständler) informierte Mick Mirko über „den dortigen Stand des (von Fritz&Old angestoßenen und begleiteten) Transformationsprozesses". Die von Fritz&Old angebotenen Impulsvorträge seien alle gelaufen und gut angenommen worden. Die Geschäftsführung habe sich „committet" und dem Workflow ihrer

Matrix voll zugestimmt. Soweit, so gut. Nur gäbe es da ein paar Abteilungen, die nicht so optimal performten im Rahmen des Rearrangements – und aus diesem Grunde habe man die Hilfe von Fritz&Old noch einmal angefordert.

Dank seines BWL-Studiums konnte Mirko Micks sprachlich verklausulierten Ausführungen folgen – auch wenn sich die modernen Business-Begriffe mit dem schwäbischen Akzent seiner Ulmer Professoren netter angehört hatten als im perfekten Oxford-Englisch (zumindest vermutete Mirko, dass es sich um ein solches handelte) seines Chefs.

Dass Mick ihn als einen „Junior Account Manager in Einarbeitung" vorstellte, gefiel Mirko gut – im Gegensatz zu dem, was danach geschah. Mirko hatte, speziell, was die Vorgeschichte des heutigen Kundenbesuchs betraf, als neuer Mitarbeiter zu wenig Erfahrung, um beurteilen zu können, wie angemessen das Auftreten seines Chefs war. Auf der anderen Seite hatte er genug Vorwissen, um zu verstehen, was hier gespielt wurde. Ob auf eigene Kappe, oder gewünscht und gedeckt durch die auftragsgebende Firma: Mick setzte die Mitarbeiter, mit denen er hier sprach, massiv unter Druck.

„Wenn das Outcome der KPIs in nächster Zeit nicht deutlich gepusht werden kann, müssen wir eine Eskalation auf Personalebene in Erwägung ziehen", klang zwar vielleicht besser als „Wenn ihr nicht mehr leistet, werdet ihr gefeuert", bedeutete aber genau dasselbe. Mirko sah in den angstgeweiteten Pupillen der einen, dass sie Micks Sprache verstanden, während andere ihn völlig ratlos anschauten. Mirko wusste nicht, welchen Typ von Mitarbeitern er mehr bemitleidete.

Wenn Mick von ihm in dieser Situation verlangt hätte, etwas zu sagen, hätte er nicht gewusst, was. Keinesfalls wollte er durch einen eigenen Beitrag die Lage dieser in die Enge getriebenen Menschen weiter verschlimmern. Doch Mick erwartete nichts von ihm, zog mit ihm durch die zweite und dritte Abteilung der „verfahrensoptimierten" Firma und verabschiedete sich dann überaus freundlich in der Chefetage.

„Na, das lief doch hervorragend", freute sich Mick im Auto bei der Rückfahrt, „die haben wir doch gut wieder auf Spur gebracht. Ich glaube, es war gut, dass du dabei warst. Deine schweigende Anwesenheit hat unserer Botschaft Nachdruck verliehen!"

Mirko sagte nichts, was Mick in seiner Hochstimmung gar nicht aufzufallen schien.

„Wie wär's denn mit einem Feierabendbier?", fragte sein Chef, als sie sich Köln näherten. „Hast du schon mal Kölsch probiert?"

Hatte Mick denn nicht seinen Lebenslauf gelesen? Dann wüsste er doch, dass Mirko vom Niederrhein stammte und damit nicht erwachsen geworden sein konnte, ohne diese spezielle Kölner Biersorte zu kosten!

„Klar, gern, können wir machen!", antwortete Mirko.

„Und – bist du gut angekommen hier? Was treibst du so, wenn du nicht bei uns bist?", fragte Mick nach seinem ersten großen Schluck Kölsch und wischte sich den Schaum von der Lippe. Vorsicht, dachte Mirko. Irgendein Gefühl sagte ihm, dass sein neuer Chef seine Ausflüge in die queere Szene Kölns nicht unbedingt gutheißen würde. Aber vielleicht schloss er nur von seiner eigenen bisherigen unbewusst vernagelten und vorurteilsbehafteten Einstellung Schwulen gegenüber auf den anderen – und dieser war in Wirklichkeit weltoffener, als Mirko das vermutete.

So oder so – allein der Gedanke ans Schwulsein ließ ihn seine momentane Umgebung anders sehen. So, als ob er eine getönte Brille aufgesetzt hätte, erschien jetzt alles (und vor allem: alle!) in einem anderen Licht. Nicht nur die anderen Besucher der Kneipe scannte Mirko daraufhin, ob sie ihm (als Mann!) gefielen und von sich aus entsprechende Signale aussendeten, sondern auch Mick, seinen Nachbarn und Chef.

Mick sah, trotz seiner geringen Körpergröße, nicht schlecht aus. Er hatte ebenso gepflegte Fingernägel wie Markus, auch wenn seine Hände deutlich kleiner waren. In Erinnerung an Markus' Hände verirrten Mirkos Gedanken sich kurz, so dass er Micks nächste Sätze nicht mitbekam. Doch das spielte keine Rolle, sein Chef sprach ohnehin nur von sich selbst. Unauffällig nahm Mirko dessen weiteres Äußeres in sich auf. Er hatte recht kurze braune Haare und ein junges, jugendliches Gesicht, dem eine rahmenlose Designerbrille einen intellektuellen Touch verlieh. Vermutlich war Mick nicht viel älter als er, maximal Anfang 30, schätzte Mirko. Na, wahrscheinlich reicht ein Bachelor für die Teamführung, dachte er abfällig.

Sonja und er hatten über diesen Typus Mann („Smart'n' Sexy" – zumindest in den eigenen Augen) immer gespottet. Sonja hatte solche Typen gern so lange vollkommen übertrieben angehimmelt und dabei immer wieder ihr Dekolleté zurechtgerückt, bis jene sie nur noch sprachlos sabbernd anstarrten und damit jeglichen Hauch ihrer Überlegenheit verloren.

Erst später fiel Mirko auf, dass er heute das erste Mal seit ihrer Trennung in wohlwollender Weise an Sonja gedacht hatte.

Mick verabschiedete sich nach zwei Kölsch – immerhin war erst Montag und er ein verantwortungsvoller Chef. Er verließ die Kneipe mit der Gewissheit, nicht nur die ausscherenden Abteilungen der durch ihn betreuten Firma, sondern auch seinen neuen Mitarbeiter „auf Spur" gebracht zu haben. Mirko hingegen kehrte in seine Wohnung zurück - nicht mit der Überzeugung, aber doch einer konkreten Ahnung, dass in *dieser* Firma nicht seine berufliche Zukunft liegen würde.

16

Am Ende der Woche fühlte Mirko sich reif für den nächsten Absturz. Jetzt, wo er Mick von seiner „fiesen" Seite kennengelernt hatte, begegnete ihm diese, für Fritz&Old übliche autoritäre Besserwisserei, (stets verpackt in schöne, meist englische Worte) mehrfach täglich. In Emails, die vermehrt über seinen Schreibtisch gingen, bei den Telefonaten seiner Kollegen oder einem weiteren Firmenbesuch, den er mit Annie, einer Mitarbeiterin, am Donnerstag absolvierte.

Egal, wie es beruflich weitergehen mochte – jetzt käme ihm Trost, am liebsten von Seiten des hübschen jungen Markus, sehr gelegen. Doch Markus hatte an diesem Wochenende keine Zeit. Enttäuscht spielte Mirko mit dem Gedanken, sich mit jemand anderem zu verabreden. Oder sollte er allein ins „Men's Inn" gehen und schauen, was passierte?

Aber nein, das traute er sich nicht! Was, wenn er dort den ganzen Abend allein bliebe? Oder von jemanden angesprochen würde, der ihm nicht gefiel? Er konnte sich nicht entscheiden, was schlimmer wäre.

Am Freitagmorgen wusste er immer noch nicht, was er am Abend tun würde. Dann erhielt er eine Nachricht von Markus – per WhatsApp, denn jetzt waren sie ja nicht mehr anonym.

„Hi, Süßer! Hast du am Wochenende immer noch nichts geplant?"

„Wieso? Kannst du doch?"

„Nee, leider nein. Aber ein Freund von mir sucht eine Begleitung für heute Abend, das ist ein ganz Netter!"

„Ein Freund?!"

„Na ja … du weißt schon … (Smiley). Das ist nicht so ein Softie wie ich. Ich hab ihn aber schon gebrieft, dass er dich nicht so hart rannehmen soll."

„Ach, Markus, ich weiß nicht …"

„Ach, komm schon, Mirko! Du wirst es nicht bereuen! Außerdem hat Ronnie Konzertkarten für die Hoodies, heiß begehrt, da kämst du sonst gar nicht rein."

Mirko wusste nicht, was er davon hielt, von Markus weitergereicht oder ausgeliehen zu werden. Und was sollte das bitte schön mit dem „nicht so hart rannehmen?" Doch bevor er den Abend allein verbrächte, würde er in jeden sauren Apfel beißen.

Die Hoodies waren eine überregional bekannte Indie-Rock-Band. Mirko hörte in ein paar Songs rein, als er sich für den Abend bereitmachte. Das Wetter war schwül-heiß und sein Blick glitt sehnsuchtsvoll zu den kurzen Shorts. Letztendlich fand er die dann aber zu gewagt. Er entschied sich stattdessen für dünne lange Chinos und wählte zum Ausgleich obenherum ein durchsichtiges enges Muskelshirt, das seine Oberarm- und Brustmuskulatur betonte. Deswegen hatte es Sonja damals schließlich beim gemeinsamen Shopping auch für ihn ausgesucht. Zufrieden betrachtete sich Mirko im Spiegel. Er wusste, dass er gut aussah, hatte bei der vorherigen Rasur alle überflüssigen Haare (überall!) entfernt – und war bereit für ein neues Abenteuer!

Was nicht hieß, dass er nicht nervös gewesen wäre – im Gegenteil!

Vor dem Konzert trafen sie sich in einer einschlägigen Bar, die vermutlich jeder Schwule in Köln, mit Ausnahme von Mirko, kannte. Zählte er sich denn mittlerweile dazu? Ja, irgendwie schon, sonst wäre er ja nicht hier, oder?

Dieses Mal hatte er schon ein Foto seines Dates, das Markus ihm geschickt hatte. „Der könnte ja mein Vater sein!", war sein erster Eindruck des etwas älter wirkenden Mannes mit den vielen Lachfalten und dem am Ansatz schon graumelierten Haar.

Es stellte sich jedoch heraus, dass Ronald „Ronnie" alles andere als eine Vaterfigur war. Seine Haare standen ihm wild gegelt zu allen Seiten des Kopfes ab, er trug ein eher auffälliges Hawaii-Hemd über sehr engen Jeans. Alles an Ronnie war kantig und spitz, ebenso wie sein Humor. Und sein Alter?

„Och, irgendwas mit Ende 30", meinte er wegwerfend, „vielleicht Anfang 40. In meinem Alter vergisst man so was schnell. Aber psst! Nichts davon zu Markus! Sonst ist mein Ruf bei den Jungs völlig ruiniert!"

Ronald lachte schallend. Er machte oft Scherze, gern auch der derberen Natur, wie Mirko im Laufe des Abends herausfinden sollte. Jetzt jedoch betrachtete er Mirko erst einmal anerkennend von allen Seiten und freute sich dann: „Ich sehe, Markus hat mir nicht zu viel versprochen! Geilen Körper hast du!"

Mirko wand sich. Er war es nicht gewohnt, so offensiv komplimentiert zu werden. Frauen waren da eher zurückhaltender. Mit Sonja hatte er zuletzt schon eine Freundin der weniger schüchternen Sorte gehabt. Doch auch bei ihr war das Maß an Zuwendungen, die er ihr gegenüber erbringen musste, um gelegentlich einmal ein Kompliment ihrerseits zu erhalten, mit jedem Monat ihrer Beziehung angestiegen.

Als sich Ronald und Markus ihren Weg zur Theke des „Freshman's Resort" bahnten, spürte Mirko die bewundernden Blicke der anderen Männer. Prompt legte ihm Ronald einen besitzergreifenden Arm um die

Hüften, dessen Hand auf seinem rechten Gesäß zum Liegen kam – und blieb.

„Ich hab gehört, du stehst auf Cocktails?", fragte Ronald, als sie an der Theke standen.

„Ja, schon – ich nehm aber auch gern ein Bier", gab Mirko zurück. Er freute sich darüber, dass es ihm im Umgang mit Ronnie im Gegensatz zu seiner Verabredung mit Markus nicht vollkommen die Sprache verschlug, sondern er sich halbwegs normal verhalten konnte.

„Ok, dann zwei Mojito Bier!", orderte Ronald und zwinkerte Mirko zu: „Biercocktails! Ist ne Spezialität des Hauses, schmeckt echt gut und knallt ordentlich, wirst schon sehen!"

Dann beugte er sich zu Mirko und küsste ihn, während seine Hände ihm begehrlich unter sein Shirt fuhren. Jetzt doch recht verdattert schaute Mirko seinen Begleiter an. Der lachte schon wieder:

„Aha! Auch was das Küssen angeht, hat Markus nicht übertrieben! Wie schön!"

Hatte Markus Ronnie *alles* erzählt über ihn? Mirko wusste nicht, ob ihm das gefiel. Bevor er sich unwohl fühlen konnte, kamen ihre Drinks.

„Na dann: Cheers!", prostete Ronald ihm zu und winkte ab, als Mirko nach seinem Portemonnaie kramen wollte: „Die Drinks gehen auf mich! Schließlich bin ich dir dankbar, dass du mich heute Abend begleitest. Ich meine, alternativ hätte ich meine Schwester gefragt! Wie uncool ist das denn? Nein, ich bin mir sicher, wir beide werden heute noch richtig Spaß haben!"

Wie er ihn ansah! Als wären sie schon entkleidet in der Horizontale und nicht hier, halbwegs manierlich und angezogen, in einer Bar!

Während sie tranken, erzählte Ronald, dass er als Chirurg in einer Kölner Klinik arbeitete. Weil er wegen des eng getakteten Dienstplans seine Privattermine immer schon ewig im Voraus planen musste, hatte er die zwei Konzertkarten bereits vor einem halben Jahr gekauft, ohne zu wissen, wer mit ihm gehen würde – und dass ausgerechnet an diesem Tag all seine Bekannten etwas anderes vorhätten. „Und wenn ich schon freihabe, will ich auch was davon haben", sagte Ronald und grinste Mirko anzüglich an.

Auch dieser erzählte. Wo er arbeitete und – kurz zögerte er – dann, wie es ihm dort ging. Dafür war er schließlich hier heute Abend, um Druck abzulassen, nach der anstrengenden Woche. Wenn er jetzt mit Ronald unterwegs war, würde *der* ihm eben zuhören (und damit als seelischer Mülleimer fungieren) müssen.

Es war für Mirko neu, so zu denken. Bislang hatte er seine eigenen Bedürfnisse stets zurückgestellt und immer erst geschaut, was er für sein Gegenüber tun konnte, bevor er etwas von diesem verlangt hatte.

Doch für Ronald war es anscheinend völlig ok, den Sorgen seines jungen Begleiters zu lauschen.

„Tja, kann ich verstehen, dass dir das nicht gefällt", kommentierte er das Gehörte dann, „bei uns in der Klinik laufen auch immer so ein paar QM-Typen rum, die meinen, uns im Auftrag der Geschäftsleitung sagen zu können, was wir wie zu tun und zu lassen haben. Zum Glück", hier blitzten die blauen Augen Ronalds auf, „bin ich ja Chirurg und bis in den OP folgen die mir nicht. Erstens klappen die dann zusammen, weil sie kein Blut sehen können, und zweitens dürfen die da nicht rein – aus hygienischen Gründen!"

Es tat Mirko gut, seine Einschätzung zum Thema „Prozessoptimierung über die Köpfe der Mitarbeitenden hinweg" aus dem Mund des Arztes bestätigt zu hören.

„Wollen wir dann mal?", fragte Ronald und schielte in sein leeres Glas. Mirkos war noch halb voll. Schnell beeilte er sich gleichzuziehen.

Es war nicht weit von der Bar bis in den etwas größeren Club, in dem die Hoodies heute spielen würden. Als Ronald bereits zum zweiten Mal innerhalb kürzester Zeit Getränke holte (offenbar schien er entschlossen, aus seinem freien Abend in *jeglicher* Hinsicht das Maximum herauszuholen!), schaute Mirko sich um. Dicht an dicht standen die Leute hier, Markus hatte nicht übertrieben damit, wie begehrt die Tickets für diese Band waren. Das Publikum war gemischt. Den eher etwas weicheren Grundrhythmen der Hoodies war es zu verdanken, dass sich hier (im Gegensatz zu anderen Rockkonzerten) einige Frauen herumtrieben. Mirko entdeckte viele Heteropaare, sah aber auch einige

Homosexuelle, die aus ihrer Zuneigung keinen Hehl machten. Während sich ein Teil von ihm bei diesem Anblick darüber freute, dass sie, wenn Ronald ihn im Verlauf des Abends berühren würde, nicht auffielen, ärgerte sich ein anderer darüber, dass dies für den ersten überhaupt eine Rolle spielte. Er war ein erwachsener Mann im 21. Jahrhundert und hatte jedes Recht, sich zu vergnügen, mit wem er wollte! Wie schwer es doch war, dieses erlernte Abscannen der Umgebung auf potenzielle Kritiker abzustellen.

Der ihm ein weiteres Bier in die Hand drückende Ronald unterbrach seine Überlegungen. Nach zwei tiefen Schlucken sah der Arzt genervt auf die Uhr: „Zum Mich-volllaufen-lassen bin ich eigentlich nicht hergekommen. Wenn die immer noch nicht anfangen zu spielen … wollen wir die Zeit nicht anders nutzen?" Lächelnd fuhr er Mirko unters Shirt und begann mit dessen Brustwarze zu spielen. „Die Toiletten sind dahinten … na, wie wärs?"

Nicht die Berührung Ronalds, sondern dessen Frage irritierte Mirko. Erst später begriff er, was der andere in diesem Moment mit ihm vorgehabt hatte. An diesem Abend jedoch wurde er durch die ersten Bassklänge der Band, die jetzt doch endlich zu spielen begann, einer Antwort enthoben.

Die Musik gefiel Mirko, ebenso wie die Atmosphäre des Konzerts. Dass Ronald beim Tanzen nie mehr als wenige Zentimeter entfernt war, war auch der Enge des Publikumsraumes geschuldet – die Orte, an denen der hinter ihm Tanzende ihn berührte, sicher nicht. Überall schienen sie zu sein, die Finger des Arztes, und als sie ihm einmal komplett in die Hose (beide Hosen!) fuhren und sanft über den Schaft seines Penis strichen, war Mirko kurz davor, sich umzudrehen und den anderen zu bitten, damit aufzuhören. Er war sich nicht sicher, ob es ihm gefiel, wie eine Puppe oder zumindest ein willenloses Lustobjekt nach Ronalds Gusto befummelt zu werden. Andererseits konnte er nicht leugnen, dass ihm der sich an seinen Hintern pressende harte Schwanz Ronalds Schauer der eigenen Lust über den Rücken laufen ließ und dessen Berührungen ihn antörnten. Also drehte er sich *nicht* um und ließ Ronald gewähren.

Kaum war die letzte Zugabe verklungen, drehte Ronald ihn zu sich um und nahm ihn in eine innige Umarmung. „Komm, wir gehen zu mir", schrie er ihm gegen den herrschenden Geräuschpegel ins Ohr, „ich wohne nicht weit von hier, nur ´n paar U-Bahn-Stationen. Alternativ hab ich aber auch mein Auto hier stehen!"

Er klimperte mit einem Schlüsselbund vor Mirkos Augen, der zum zweiten Mal an diesem Abend auf dem Schlauch stand bezüglich dessen, was von ihm verlangt wurde.

„Lass uns die U-Bahn nehmen", stotterte er.

17

Mirko hatte geglaubt, nach seinem Abend mit Markus darüber hinweg zu sein, in der U-Bahn von jedermann als schwul erkannt zu werden. Doch Ronalds Schamlosigkeit verblüffte ihn dann doch. So, als sei es das Normalste der Welt und sie beide allein im Abteil, fasste er Mirko unter den (sich meist pikiert abwendenden!) Augen der anderen Passagiere überall hin und lachte, als er sah, wie unangenehm das seinem Begleiter war.

„Mensch Mirko, du musst lockerer werden", spottete er und knetete sanft Mirkos prall gefüllte Hoden. Dieser stöhnte – und wurde rot.

Wie schon mit Markus war es eine Erleichterung endlich aussteigen zu können.

„Ich will dich in mir spüren", sagte Ronald und sah Mirko tief in die Augen, bevor er die Wohnungstür aufschloss. Den anderen Arm hatte er auf dem Rückweg nicht von der rechten Gesäßbacke des BWLers genommen. Mirko sagte nichts und sah sich um.

Ronalds Wohnung war karg, aber überraschend geschmackvoll eingerichtet, zudem erstaunlich ordentlich für einen Männerhaushalt.

„Ich bin eh kaum hier", kommentierte Ronald wegwerfend, als er ihn durch das mit einem Glastisch, einer modernen Wohnwand und einem Ledersofa ausgestattete Wohnzimmer führte, „und meine Putzfrau sorgt für Ordnung!"

Einzig das Schlafzimmer wies Zeichen auf, dass hier jemand lebte. Auf den Borden neben dem Bett lagen Dildos, daneben Gleitgel und ein paar Zeitschriften mit nackten Männern auf dem Cover. Ronald war Mirkos Blick gefolgt. „Geil, die Typen, nicht wahr?" Plötzlich stand er wieder dicht neben ihm. „Aber nicht so geil wie du!"

Und er biss Mirko in den Hals, bevor er sich an seiner und dessen Hosen zu schaffen machte.

„So", sagte er dann, „Markus kann mir viel erzählen darüber, dass du dir noch nicht sicher, auf der Suche und weiß Gott wie unerfahren bist. Ich spür doch, dass du soweit bist, und es ebenso willst wie ich. Also los!" Und damit drehte er sich um und streckte Mirko seinen nackten Hintern entgegen. Dieser schluckte. Das heißt, er hätte es gern, wäre denn Speichel *dagewesen* zum Runterschlucken. Doch sein Mund war vollkommen trocken, so, als habe er monatelang nichts getrunken. Zweifelnd starrte er auf Ronalds Gesäß.

„Nicht so schüchtern, Sweetie", spornte dieser ihn an, „ach so, ja, Kondome sind hier!"

Er griff in die Nachttischschublade und warf Mirko eine Packung Durex nach hinten. Zögernd streifte sich dieser ein Gummi über. Ja, er wollte das. Sich, sein bestes Stück, mal wieder irgendwo hineinversenken, außer in die eigene Hand. Das letzte Mal mit Sonja war schon Monate her. Ronalds Hintern vor ihm sah zudem gut aus. Und doch …

„Himmel – lebst du noch? Als Nächstes kommt das Gleitgel. Nimm das grüne, das riecht so gut!", instruierte ihn Ronald geduldig.

Vorsichtig rieb Mirko sich etwas von der glibbrigen Masse auf den Schwanz und näherte sich mit seinen gegelten Händen dann langsam Ronalds Gesäßbacken. Dieser stöhnte, als er sie leicht berührte.

„Du musst viel nehmen und es ordentlich auftragen! Und wenn ich dir jetzt noch mehr Anweisungen geben muss, drehen wir den Spieß herum und du bist an der Reihe!", prophezeite Ronald. Seine Stimme klang amüsiert, aber auch entschlossen. Dennoch zuckte Mirko ein weiteres Mal kurz zurück, als er mit einem gelverschmierten Finger in Ronalds Anus glitt. Danach zögerte er nicht mehr - so sehr erregte ihn diese köstliche Enge, die er da spürte. Die fast fiependen Geräusche, die Ronald dabei von sich gab, steigerten Mirkos Geilheit zusätzlich.

Nach der gründlichen Auftragung des Gleitgels packte Mirko sich Ronalds Popbacken (Oh, wie gut sich das anfühlte! Mirko begriff nicht, wie er sich all die Jahre mit diesen runden Frauenhintern hatte begnügen können!) und stieß in dessen Enge hinein. Ronald wimmerte vor Lust. Mirko hielt nur drei Stöße durch, bevor er sich stöhnend ergoss. Die letzten Zuckungen seines Penis' genießend legte er seine Wange auf Ronalds Rücken.

Später sah er, dass das Kondom blutig war. „Habe ich dir wehgetan?", fragte er Ronald erschrocken.

Dieser sah ihn schmunzelnd an: „Wenn ich etwas erlitten haben, waren es Schmerzen der Lust. Du hast eine prächtige Latte, die sich mit jedem Stoß so gut angefühlt hat in mir, wie ich mir das schon den ganzen Abend vorgestellt hab!"

Als Mirko in Erinnerung an Markus schüchtern fragte, ob er jetzt zu sich nach Hause fahren solle, zuckte Ronald mit den Schultern: „Kannst gern hier pennen. Dann können wir uns heute Nacht nochmal vergnügen, wenn uns danach ist. Ich schlafe allerdings meistens wie ein Stein, wenn ich mal frei hab – also sei nicht enttäuscht. Morgen um 8 muss ich schon wieder in der Klinik sein, aber du kannst gern ausschlafen!"

Obwohl er dem Körper des anderen nah war und es sich gut anfühlte, seinen Kopf gegen dessen Nacken zu legen, während sie in Löffelchenstellung zum Einschlafen kamen, fühlte Mirko sich seltsam verloren mit dem, wie er glaubte, schon halb schlafenden Ronald. Überraschend nuschelte dieser dann aber noch: „Wieso gehst du nicht zum Film?"

„Wie meinst du das?"

„Na, als Job, meine ich. Hier in Köln gibt's mehrere Studios. WDR, RTL und so. Die suchen immer nette und gutaussehende junge Menschen – für die Orga oder aber als Statisten oder so. Kann ich mir gut vorstellen bei dir!"

Und damit war Ronald dann eingeschlafen und regte sich nicht mehr bis zum Morgen.

Er weckte Mirko mit einem begehrlichen Griff an den Hintern.

„Was für eine Folter", beschwerte er sich, „neben so einem Prachtstück wie dir aufzuwachen und doch keine Zeit zu haben, das zu genießen, weil man arbeiten muss!"

Mirko lächelte verschlafen, hörte, wie der andere sich im Nebenraum fertigmachte – und war dann schon wieder eingeschlafen.

Als er aufwachte, hatte er sich tief in Ronalds Decken vergraben. Der Arzt hatte eine Klimaanlage in seinem schicken Appartement – und so dafür gesorgt, dass Mirko, der in seiner eigenen Bude nicht nur seiner permanenten erotischen Phantasien wegen derzeit ständig schweißgebadet wach lag, wenigstens *eine* Nacht ruhig hatte schlafen dürfen. In der Küche fand er einen Zettel: „Brötchen gibt's unten beim Bäcker, hab leider nichts mehr da. Sorry. War schön mit dir. Gern wieder! Zungenkuss, Ronnie"

Mirko beschloss, sich mit seiner erstandenen Brezel direkt aufzumachen. Nicht nach Hause, nein, er wollte etwas laufen, die Beine in Bewegung versetzen in der Hoffnung, dass seine Hirnzellen es ihnen gleichtäten. Mit der Bahn fuhr er raus aus der Stadt, dorthin, wo es grün war am Rhein und er mit Blick auf das glitzernde blaue Wasser entspannt ausschreiten konnte.

Etwas nagte an ihm und er wusste nicht einmal zu sagen, was. Der gestrige Abend war nett gewesen. Mehr als das. Der unverschämte Humor Ronalds hatte ihn zum Lachen gebracht und der Sex ... war unglaublich aufregend gewesen. Und doch ... fehlte etwas. Die Nacht mit Markus hatte ihn innerlich erwärmt und zufrieden zurückgelassen. Heute jedoch war er unruhig. Wie schon so oft in den letzten Monaten wünschte er sich, mit jemanden darüber sprechen zu können. Jemanden, der sich mit solchen Dingen auskannte. Abermals glitten seine Gedanken zu Judy. Wie von selbst griff er nach seinem Handy. Er wusste nicht, was er damit wollte – seinen ehemaligen Mitbewohner anrufen und ihm sein Herz ausschütten?

Doch als er auf das Display blickte, sah ihm von dort aus Ronald entgegen. Ronald und er ausgelassen lachend. Ach ja, sie hatten gestern ja dieses Selfie gemacht und es sofort als Hintergrundbild eingespeichert. Nachdenklich blickte Mirko auf das Bild und schickte es dann spontan an Judy. Dazu schrieb er: „Ich bin mir zwar nicht sicher, aber ich probier das jetzt einfach mal!"

Ja, dachte er, als er sich auf eine Bank setzte und begann an seiner Brezel zu nagen: Ich probier das jetzt. Wieso nicht? Das Schwulsein, das Daten von Männern, die Kölner Szene. Und die Spielarten unterschiedlicher Männer eben. Warum nicht?

18

Bald stellte er fest, dass ihm das nicht reichte. Da er sein Praktikum trotz all seiner Zweifel und einer vollzogenen *inneren* Kündigung dennoch ordnungsgemäß durchziehen wollte, fehlten ihm auf beruflicher Seite die Herausforderungen gänzlich. Seine bisherigen Hobbies (Fitnessstudio und Schwimmen) betrieb er weiterhin, doch war er dabei immer allein. Zuviele Stunden verbrachte er mit sinnlosen einsamen Versuchen, die Zeit totzuschlagen, wie Online-Gaming oder –Shopping. Was ihm fehlte, war ein neues Hobby und mehr noch ein neuer Freundeskreis. Bei seinen Exkursionen ins Kölner Nacht- (und Tag-) Leben hatte er sich bislang gescheut, auf Unbekannte zuzugehen. Er wusste nicht, wie er es anstellen sollte. Er war immer schon schüchtern gewesen, doch nun kam eine zusätzliche Problematik hinzu. Alle Männer, die er neu kennenlernte, betrachtete er, ohne, dass er etwas dagegen tun konnte, als potenzielle Sexualpartner und zog sie ihn Gedanken aus. Das wiederum machte ihn selbst so verlegen, dass er ihnen kaum in die Augen schauen konnte, geschweige denn ein vernünftiges Gespräch beginnen. Bei den Frauen gab es ein anderes Problem. *Sie* mochte er nicht ansprechen aus Angst, dass sie es als Anmache verstehen könnten. Denn wenn sie darauf eingingen, was sollte er dann sagen? „Entschuldige, aber ich bin schwul, zumindest glaube ich das derzeit"?

So kam ihm der kleine Artikel in der Kölner Rundschau, eine Zeitung, welche trotz der Affinität von Fritz&Old zu den neueren Medien stets tagesaktuell in Mirkos Büro auslag, wie gerufen:

„Nur noch wenige Plätze frei – Am kommenden Sonntag veranstaltet die Volkshochschule Köln eine sportliche E-Bike-Tour zum Drachenfels in Königswinter. Die insgesamt knapp 100 km lange Strecke kann durch die Verwendung des ÖPNV für den Rückweg verkürzt werden. E-Bikes müssen selbst gestellt werden. Treffpunkt ist um 9:00 Uhr am Neumarkt."

Eine E-Bike-Tour – das klang nach einer eher älteren Klientel, Männer und Frauen also, vor denen er nichts zu befürchten hatte. Dass die Strecke elektrisch unterstützt bewältigt werden sollte, kam im Übrigen auch ihm entgegen. Bis zum Beginn seines Schwimmtrainings vor einigen Wochen hatte er um Ausdauersport bislang immer einen weiten Bogen gemacht. Das Radfahren stellte hier, obzwar er eines besaß und es ab und an sogar benutzte, keine Ausnahme dar.

Kurz entschlossen meldete Mirko sich an.

Jetzt galt es ein E-Bike aufzutreiben. Doch das sollte in einer Großstadt wie Köln kein Problem sein, oder? Nein, war es nicht. Bei Mirko um die Ecke gab es einen Radladen, der neben Verkauf und Reparatur den Verleih von E- und normalen Bikes anbot.

Um am Samstag nicht ohne Rad dazustehen, machte Mirko sich am Mittwochnachmittag auf den Weg eben dorthin. Schon durchs Schaufenster bewunderte er die gebräunten und durchtrainierten Waden des Mannes im Verkaufsraum. Dem anhaltenden schwülwarmen Wetter und seinem eher sportlichen Job angemessen trug er knielange Shorts. Vermutlich selber Radfahrer, dachte Mirko und: Du bist hier, um ein Rad zu leihen, beherrsch dich!

Der Verkäufer, dessen blonde Haare kurz geschnitten waren und freie Sicht auf sein etwas kantiges, aber dennoch hübsches Gesicht gewährten, begrüßte Mirko freundlich: „Was kann ich denn für dich tun?"

„Ich wollte mir ein Fahrrad leihen", begann er und spezifizierte sofort: „Ein E-Bike."

„Ah, ok!" Bildete sich das Mirko nur ein, oder musterte der Mann ihn eine Spur verachtungsvoll?

„Na, dann komm mal mit rüber in den Nebenraum!"

Als Mirko dem anderen folgte, blieb sein Blick an dessen Oberschenkeln, die in einem durchtrainierten, schlanken Hintern endeten, hängen. Er schluckte, als er begriff, dass das, was er für das untere Ende von Bermudas gehalten hatte, die farbliche Kante zwischen gebräunter und ungebräunter Beinhaut war. In Wirklichkeit trug der Verkäufer wesentlich kürzere, gleichfalls helle Shorts. Auch an den Oberarmen, die im Übrigen ebenfalls muskulös und sehnig schlank waren, fand sich diese farbliche Kante.

„Wofür brauchst du das Rad denn?", unterbrach der derart Gemusterte Mirkos Betrachtungen.

„Für eine Tour nach Königswinter, zum Drachenfels", antwortete Mirko.

„Ah, ok. Und fahrt ihr da auch hoch, auf den Drachenfels?"

„Nein, dafür nehmen wir die Zahnradbahn, soweit ich weiß", sagte Mirko.

„Mmh, ok, dann eher ein Bike für die Ebene. Am besten was möglich Leichtes, damit du auch dann noch Spaß hast, wenn du den Motor ausschaltest." Der Mann musterte erst Mirko, dann die vor ihm stehenden Fahrräder kritisch und zog schließlich eines heraus: „Hier, probier das mal. Das müsste passen!"

„Ich brauch's aber erst am Samstag", fiel es Mirko jetzt ein.

„Am Samstag?", fragte der Mann verwundert und ein wenig pikiert zurück. „Was willst du denn dann heute schon hier? Ach, egal, probier's halt trotzdem schon mal aus! Ich bin übrigens Rainer!"

Und er streckte Mirko eine Hand hin, die dieser gern nahm und den kräftigen Händedruck seines Fahrradberaters erwiderte. Das ausgesuchte Rad passte tatsächlich. Rainer erklärte Mirko kurz, wie er die Schaltung und die elektrische Unterstützung bedienen musste. „Wenn du es am Samstag schon früh brauchst, kommst du's besser schon am Freitagabend holen. Am besten vor 17:00."

Zufrieden verließ Mirko den Laden, die direkt hier und heute erstandene Radflasche unterm Arm.

Da es ausgerechnet an diesem Freitag noch am späten Nachmittag eine wichtige interne Besprechung bei Fritz&Old gab, schaffte Mirko es nicht bis 17:00. Laut Homepage hatte der Laden bis 19:00 geöffnet, so dass er zuversichtlich war, Rainer dort dennoch anzutreffen.

Das tat er auch. Dieses Mal stand er hinter der Theke, als er Mirko begrüßte: „Ja?!"

„Ich bin hier, um das E-Bike abzuholen. Das hatten wir am Mittwoch besprochen!"

Das Gesicht des anderen hellte sich auf: „Ach ja, klar."

Während er sprach, fiel Mirko auf, dass Rainer heute Locken trug. Dabei hätte er schwören können, dass seine Haare hierfür gar nicht lang genug gewesen waren.

„Dann komm mal mit nach hinten!", sagte der Verkäufer. Auch seine Stimme klang anders, mindestens eine Oktave heller als am Mittwoch. Als sie nebeneinanderher in den Mirko jetzt schon bekannten Verleihbereich des Shops spazierten, dämmerte es ihm.

„Du bist gar nicht Rainer, oder?", brach es aus ihm heraus.

Der Mann grinste: „Ich hab mich schon gefragt, wann du darauf kommst! Ich bin Damian, Rainers Zwillingsbruder. Aber keine Sorge, er hat mir von deinem Rad erzählt und es beiseitegestellt."

„Oh, dann führt ihr den Radladen hier gemeinsam?", fragte Mirko. Die Vorstellung, mit einem (und dann noch Zwillings-!) Bruder zusammen selbstständig zu sein, erfüllte ihn, der sich immer Geschwister gewünscht hatte, mit Neid.

Doch Damian schüttelte lachend den Kopf. Er hatte ein sympathisches Lachen, das ihm leichter über die Lippen zu kommen schien als seinem Bruder.

„Nee, ich helfe hier nur aus, wenn Rainer mal wieder auf Tour ist. Ich arbeite als Physiotherapeut und darf die müden Muskeln, die mein Bruder verursacht hat, dann wieder auf Vordermann bringen!"

„Müde Muskeln? Du meinst wegen der Räder, die er verkauft?", hakte Mirko nach.

„Nein. Also, das heißt: Ja, das auch. Aber nicht nur." Damian deutete auf drei an der Tür zum Verleihraum hängende Plakate, die Mirko am Mittwoch nicht aufgefallen waren. „Rainer leitet mehrere Trainingsgruppen, übrigens auch jetzt gerade, weshalb du mit mir die Ehre hast!" Er deutete eine Verbeugung an und beide lachten.

„Und du? Fährst du auch Rad?", fragte Mirko. Erst jetzt bemerkte er, dass dieser Zwilling anders gekleidet war. Mit der bis zur Hälfte der Waden reichenden Cargo und dem dünnen kurzärmligen Hemd wirkte er etwas weniger sportlich, aber mindestens ebenso lässig wie sein Bruder.

„Ich? Nee, nicht wirklich. Rainer würde sagen: Nein. Doch für meine Ansprüche reicht's. Und du? Fängst du jetzt erstmal an mit „E"?"

„Ach, ich *hab* schon ein anderes Rad, zu Hause. Dieses hier brauche ich für eine Tour …" Und er erzählte Damian vom Ausflug der VHS nach Königswinter.

„Drachenfels … klingt ja gut. Da bekäme ich fast Lust mitzukommen. Aber ich bin morgen leider schon wieder hier eingeplant. So – VHS-Tour? Bist du neu in Köln?"

Fast eine halbe Stunde redeten sie, bevor Mirko mit einem Lächeln im Gesicht und dem Rad unterm Hintern den Laden wieder verließ. Da der Shop am Sonntag geschlossen wäre, durfte er das Bike bis Montag behalten.

19

Wie Mirko es erwartet hatte, war der Großteil der Gruppe, die sich am folgenden Morgen am Neumarkt zusammenfand, fortgeschrittenen Alters. Die Länge der Strecke schien die eher fitteren Vertreter der Babyboomer-Generation hergelockt zu haben. Auf mehr als einem Paar

Oberschenkel erblickte Mirko die erstmals bei Rainer entdeckten Radfahrerbräune. Sicher war er trotz seiner Muskeln nicht der konditionsstärkste dieser Gruppe. Dennoch bemerkte er, wie die anderen Teilnehmer bewundernd und skeptisch seinen Körperbau musterten. Vermutlich fragten sie sich, was ein Kerl wie er bei einer E-Bike-Tour wie dieser zu suchen hatte, dachte Mirko beschämt.

Die altersmäßige Ausnahme stellten zwei zu Beginn albern giggelnde und sich im Verlauf der Tour als Tanja und Sophie vorstellende Mädels mittlerer Fitness dar.

Das Radfahren machte Mirko ebenso Spaß wie die Gesellschaft. Dennoch verfolgte er ein wenig neidisch, wie Tanja und Sophie mit einigen anderen Teilnehmern ihre Räder in Rhöndorf am Fuß des Drachenfels in den Zug verfrachteten. 16 Uhr war schon durch und ihm graute ein wenig vor dem langen Rückweg. Doch sich als mit Abstand jüngster Mann die Blöße zu geben, die Strecke gleichfalls abzukürzen – wollte er nicht!

Wider Erwarten wurde dieser Teil der Tour (von radfahrerischer Seite her) für Mirko der schönste. Dadurch, dass sie jetzt nicht mehr so viele waren, und der Verkehr auf den Straßen und Wegen mit der Zeit nachließ, radelten sie oft in völliger Ruhe. So hatte Mirko die Muße, seine Gedanken auf die Reise gehen zu lassen und gleichzeitig intensiv das Gefühl des Radfahrens zu genießen. Das laue Lüftchen, das ihm über die Haut strich … die gleichmäßige Bewegung seiner Beine … die Sonne, die sich in den Speichen brach … all das fühlte sich sehr, sehr gut an und erweckte in Mirko den Wunsch, es nicht nur bei einem einmaligen Ausflug mit dem Fahrrad zu belassen.

Seine trotz der elektrischen Unterstützung am nächsten Tag schmerzenden Beine verkürzten die Runde, die er sich für den folgenden Sonntag vorgenommen hatte, allerdings erheblich.

Dennoch völlig zufrieden mit sich und der Welt spazierte Mirko mitsamt seines E-Bikes am Montag in den Radladen. So langsam werde ich hier zum Stammkunden, dachte er, und es war ein guter Gedanke.

Rainer empfing ihn mit einem seltenen Lächeln: „So – hat alles geklappt?"

„Ja, hervorragend sogar!", berichtete Mirko begeistert. „Vielen Dank fürs Ausleihen! Ich könnte mir vorstellen, so was öfter zu machen!"

„Na, dann tu's doch!", antwortete Rainer prompt.

„Mmh. Das war jetzt halt ein Ausflug mit einer Gruppe. Ansonsten kenne ich niemanden hier in Köln, mit dem ich Rad fahren könnte. Und allein mache ich schon genug", antwortete Mirko.

„Na, dann schau doch mal bei uns vorbei!", bot Rainer an und deutete auf die Plakate, die Damian Mirko schon gezeigt hatte. „Ich betreibe neben dem Laden ein paar Trainingsgruppen. Sind alles nette Leute mit Spaß am Rad fahren."

„Aber …" auch wenn Mirko sich gewünscht hatte, dass Rainer ihm dieses Angebot machte, wurde ihm jetzt doch etwas klamm zumute. Die auf den Aushängen abgebildeten Radsportler sahen sportlich und durchtrainiert aus – und waren sicher um Längen schneller als er.

„Du kannst ja wieder das E-Bike nehmen", bot Rainer an, der erraten hatte, was seinen Kunden beschäftigte, „zumindest für den Anfang!"

Mirko lächelte. Diese Entwicklung der Dinge gefiel ihm, ebenso wie die beiden Zwillinge und die Aussicht darauf, hier mit einem neuen Hobby zu beginnen.

„Ich habe drei Gruppen. Mehr als die Mittwochsgruppe ist für dich momentan nicht drin." Rainer deutete auf die Plakate. An der Seite, dorthin, wo Mirko bislang nicht hingeschaut hatte, waren in Rot gedruckte Zahlen angegeben. Maximal 25, ca. 28, mindestens 30 – so waren die drei Aushänge tituliert. Fragend sah Mirko Rainer an. Dieser seufzte, offenbar entsetzt über Mirkos mangelnde Kenntnis in diesem Bereich.

„Das sind km/h-Angaben. Geschwindigkeiten. Da die E-Bikes ihre Unterstützung bei 25 einstellen, halte ich eine schnellere Gruppe für nicht so ratsam für dich, oder?"

Beschämt stimmte Mirko zu.

Überraschend lachte Rainer nun doch: „Ist das erste Mal, dass ich jemanden mit E-Bike nehme. Die anderen werden Augen machen. Ich glaube aber nicht, dass sich jemand daran stört, vermutlich sehen sie das eher als Herausforderung. Ich bezeichne diesen Trupp insgeheim immer als meine Hausfrauengruppe. Jetzt, im Sommer, geht's am Mittwoch immer schon um 7:00 los. Schaffst du das?"

Mirko nickte.

„Ok, dann würde ich vorschlagen, dass wir uns um 6:45 hier am Laden treffen. Um 7:00 kommen die anderen. Dann kann ich dir vorher noch das Rad rausgeben. Am besten nimmst du wieder dieses hier, das lief doch gut am Samstag, sagtest du, oder?" Rainer deutete auf das nach wie vor zwischen ihnen stehende entliehene und heute zurückgebrachte Rad.

Verdutzt über diese plötzliche Begeisterung seines Gegenübers (offenbar musste man mit Rainer nur über die richtigen Themen sprechen!) stimmte Mirko allem zu.

In einer Firma wie Fritz&Old, welche die Work-Life-Balance ihrer MitarbeiterInnen großschreibt, war es natürlich kein Problem, einmal später ins Büro zu kommen.

„Rad-Trainingsgruppe, oha!", sagte Mick anerkennend. „Super Sache, Sport ist nie verkehrt!"

„Na ja", stammelte Mirko, „ich versuch's erstmal mit einem E-Bike." Schon, als die Worte seine Lippen verlassen hatten, bereute er es, sich vor dem Chef diese Blöße zu geben. Doch Micks Lächeln verrutschte nicht: „Klasse! Ich fahre auch E-Bike und bin immer wieder neu begeistert, wie gut es geht. Da haben wir ja was gemeinsam!" Und er klopfte Mirko kumpelhaft auf die Schulter, bevor sie zum dienstäglichen Feierabend auseinandergingen. Mirko wusste nicht, ob er sich darüber freuen sollte, dass Mick sein neues Hobby akzeptierte – oder sich schämen, dass er sich mit der Benutzung eines unterstützten Fahrrads auf dessen (wohl eher geringes) Fitness-Level hinab begab.

Am Mittwochmorgen bereute Mirko seine Entscheidung von vor zwei Tagen zutiefst. Es war doch noch so früh! Erneut hatte er wegen der Hitze nur mäßig geschlafen – und jetzt wollte er derart übernächtigt einer Horde halbprofessioneller Rennradler hinterherhetzen?! Was hatte er sich dabei gedacht? Seine Laune verbesserte sich beim Blick in den Kleiderschrank nicht. Schon am Samstag war ihm das Fehlen einer gepolsterten Radhose in seiner Garderobe schmerzlich bewusstgeworden. Leider hatte er es seitdem versäumt, sich eine solche zu besorgen. Also musste es, wie am Samstag, auch heute Morgen sein Fitnessstudio-Outfit (bestehend aus einer engen Shorts und dem Funktions-Shirt) tun.

Rainer erwartete ihn schon. Der passionierte Radsportler trug eine schwarze Radhose, deren Bündchen exakt an der Braun-Weiß-Grenze seiner Oberschenkel endete, und ein enges, weißes Trikot, das nicht nur seine Bräune, sondern auch seine Figur hervorragend betonte. Wie eine Sanduhr war er gebaut: Die für einen (vermutlich!) Nicht-Bodybuilder erstaunlich breiten Schultern mündete in einer schlanken Taille. Weiter unten verbreiterte sich die Kontur dann wieder in kräftige Hüften und die überaus muskulösen Oberschenkel.

Neben Rainer stand ein schlichtes schwarzes Rennrad.

„Schickes Rad", sagte Mirko und meinte den Mann. Rainer freute sich über das Kompliment.

„Ja, ist ein echtes Liebhaberstück. Für den Ernstfall ein bisschen zu schwer, aber für die Mittwochsgruppe reicht's. Für die Freaks am Sonntag nehme ich mir gern immer das neueste Stück aus dem Laden!"

Als die beiden Männer diesen samt Mirkos E-Bike wieder verließen, hatten sich schon einige Frühradler eingefunden. Die meisten Teilnehmer waren weiblich, alle fuhren sie Rennrad. Über Mirkos E-Bike indessen machte sich niemand lustig, im Gegenteil: Alle waren überaus interessiert, wie solch ein Ding funktionierte und boten großzügig an, mit Mirko Räder zu tauschen, falls es ihm mit Motor zu langweilig würde.

„Dann mal los!", bestimmte Rainer, als die Glocken einer nahen Kirche 7 Uhr schlugen. Zu Mirko sagte er: „Ich muss mich um Anja kümmern, die ist auch erst das zweite Mal da. Ich komm dann nachher zu dir!" Die Hand, die Rainer ihm freundschaftlich auf die Schulter legte, war angenehm warm.

Als sie losfuhren, verstand Mirko, warum Rainer sein „Zu-ihm-kommen" so explizit angekündigt hatte. Die Gruppe fuhr in einer strengen Zweierformation, jeweils zwei Radler bildeten ein Paar, welches den ihn nachfolgenden, leicht versetzt Fahrenden Windschatten bot. Danach folgten die nächsten zwei, usw. Weil damit für alle (bis auf Mirko auf seinem im Vergleich zu den Rennrädern hohen E-Bike) durch die Vorfahrenden die Sicht nach vorne versperrt war, gaben sie sich mit Worten und Gesten Zeichen, was im Fahrtverlauf zu erwarten war. „Frei" und „Halt" wurde ebenso oft geschrien wie mit der rechten Hand in Richtung Boden gewedelt, wenn sich dort ein Hindernis wie ein vorstehender Kantstein oder nur eine Glasscheibe, die keiner in seinem Reifen haben wollte, fand.

Zunächst ungewohnt, hatte Mirko sich bald an diese spezielle Fahrweise gewöhnt. Nicht zuletzt dank seines Motors flogen die Kilometer nur so dahin. Sie hatten schon mehr als die Hälfte der avisierten Strecke absolviert, als Mirko zur Seite sah und statt Rudi, dem nur noch in Teilzeit arbeitenden älteren Hausmeister und Radsportler seit Kindesbeinen, Rainer neben sich erblickte.

„Na, läuft's?", fragte der ihn freundlich.

„Ja, es macht großen Spaß", antwortete Mirko begeistert.

„Prima, das freut mich zu hören. So, jetzt lass mal gucken, wie du auf dem Rad sitzt. Ja, wie ein Affe auf dem Schleifstein, ich hab's befürchtet!"

„Hey", beschwerte Mirko sich lachend, doch Rainer begann schon mit den Korrekturen: „Als erstes rutsch ein Stück im Sattel zurück, so dass dein Oberkörper unter Spannung kommt. Ja, so ist es gut. Und jetzt: Schultern durchdrücken. Dann die Position der Füße auf den Pedalen: Es sollte das vordere Drittel des Fußes fest auf der Trittfläche ruhen. Ja, besser!"

Mirko kam sich vor wie eine dieser beweglichen Schaufensterpuppen, die in Position gerückt wurde, befolgte Rainers Anweisungen jedoch brav.

„So, jetzt kommen wir zu deinem Fahrstil! In welchem Gang bist du?"

Mirko sagte es ihm.

„Viel zu hoch! Optimal wäre eine Trittfrequenz von etwa 100 Umdrehungen pro Minute. Gehst du da wesentlich drunter und trittst immer diese dicke Mühle, übersäuerst du zu schnell."

Gehorsam schaltete Mirko zwei Gänge runter – und hatte jetzt seine liebe Mühe, seinen Sitz auf dem Rad mit seinen wirbelnden Beinen zu koordinieren.

„Nur ruhig!", mahnte Rainer, „und vor allem: gleichmäßig! Komm, ich zähl die Tritte mit: 1,2,3 ..."

Niemals hätte Mirko gedacht, dass Radfahren so kompliziert wäre. Das war fast so schlimm wie damals in der ersten Fahrstunde. Und es sollte noch weitergehen.

„Da vorne kommt eine Kurve", kündigte Rainer an.

„Ja, na und?", gab Mirko zurück.

„Da musst du runterschalten! Wie sonst willst du denn die Trittfrequenz halten, wenn du nach der Kurve wieder beschleunigen willst? Machst du beim Auto doch auch, oder?"

Nur für kurze Zeit überwog Mirkos Ärger derart gemaßregelt zu werden. Schon bald hatte er in den neuen ihm vorgegebenen Takt gefunden und festgestellt, dass es so tatsächlich leichter lief.

Er genoss es, wie die jetzt langsam wärmende Sonne die Schweißtropfen, die die koordinative Anstrengung auf sein Shirt gezaubert hatte, trocknete und begann, sich auf die folgende Dusche zu freuen, als Rainer meinte: „So, willst du es jetzt mal ohne probieren?"

„Ohne?", quietschte Mirko, „ohne was?"

„Ich bitte dich!", antwortete Rainer und seine Mundwinkel (er hatte einen sehr schönen Mund, wie Mirko in diesem Moment unpassender Weise bemerkte) verzogen sich in jetzt unverhohlenem Spott. „Du willst doch nicht ewig weiter mit dieser Rentnerschaukel durch die Gegend eiern! Guck mal, wie locker die Mädels da vorne durchradeln mit ihren Bikes – da kommst du mit ein bisschen Einsatz auch schnell hin!"

Da war es wieder, dieses männlich-herausfordernde Konkurrenzgehabe, was Mirko (nicht nur bei seinem Job) so sehr scheute. Doch hier und heute kam er aus der Nummer nicht raus. Außerdem wollte er den so völlig mühelos und lässig neben ihm fahrenden Rainer zu gern beeindrucken … irgendwann einmal!

„Ja", sagte er daher, „ja, ist ok. Challenge accepted!"

Rainers zufriedenes Lächeln belohnte ihn für seinen Entschluss.

„Du hast deine 100er-Frequenz? Stabile 24 km/h auf dem Tacho? Dann darfst du den Motor jetzt abstellen. Und weitertreten! Nicht irritieren lassen, dass es schwerer wird. Du wirst dich schon bald daran gewöhnen!"

Würde er das? Schon nach wenigen Minuten kam Mirko gehörig ins Schwitzen. Wäre die Gruppe nicht vor und sein unbarmherziger Trainer nicht neben ihm gewesen, hätte er zwei Gänge runtergeschaltet, das Tempo reduziert und wäre gemächlich nach Hause geradelt. Die Beschleunigung nach der nächsten Kurve ließ ihn vor Anstrengung keuchen.

„Sehr gut machst du das!", lobte Rainer und klopfte ihm auf den Oberschenkel. „Und falls du morgen Muskelkater hast, denk dran, dass das ein Zeichen dafür ist, dass du ordentlich trainiert hast!"

Dann verabschiedete er sich, um wieder nach Anja zu schauen. „Da vorne kommt ein Hügel! Schau mal, wie weit du kommst ohne Motor! Notfalls stellst du ihn halt an", sagte er gönnerhaft.

Grimmig sah Mirko Rainer nach, wie er leichtfüßig beschleunigte und sich an die Spitze der Gruppe setzte. Dir werd ich's zeigen, schwor er sich, na ja, irgendwann …

Natürlich kam Mirko erwähnten „Hügel" nicht ohne Unterstützung hoch. Hätte er nicht auf einem E-Bike gesessen, hätte ihn die Gruppe spätestens hier gnadenlos abgehängt.

Kurz, bevor sie Köln erreichten, war Rainer plötzlich noch einmal neben ihm. Nachdenklich schaute der Trainer auf Mirko und sein Rad und meinte dann: „Wenn du willst, gibt's nochmal ne Stunde Privatunterricht bei mir – auf einem richtigen Rad! Kostet aber extra!"

„Klar, kein Problem", begann Mirko, als Rainer ihn unterbrach: „Quatsch, das war nur ein Scherz! Das Training ist natürlich umsonst. Mir macht's Spaß, andere von meinem Lieblingssport zu begeistern.

Wenn ihr eure Ausrüstung und eure Bikes dann bei mir im Laden kauft, ist das natürlich umso besser!"

Sie verabredeten sich für kommenden Samstag um 16:00 „nach Ladenschluss." Zusammen mit Mirko wollte Rainer ihm „ein hübsches" Rad zusammenstellen – „erstmal zum Verleih, wenn's dir dann gefällt, ist es mir auch recht!"

20

Mirko fand sich bereits am Freitag schon wieder auf dem Weg zu seinem neuen Lieblingsladen. Sich ein weiteres Mal die Hoden an den Synthetik Shorts wundscheuern wollte er nicht und sich daher endlich mit der passenden Kleidung eindecken. Geduldig wartete er, bis Damian seine Kundin vor ihm (eine mittelalte Dame, die auf der Suche nach einem schicken Helm war) bedient hatte.

„Ach, schau an, der begeisterte E-Biker!", begrüßte der andere Zwilling ihn strahlend. „Na, hat mein Bruder dich mit seinem Radwahn angesteckt?"

„Ein bisschen", gab Mirko lachend zu. Seine auch heute noch ordentlich schmerzenden Oberschenkelmuskeln erwähnte er nicht. „Aber mir fehlt das passende Outfit!"

„Oh, und da soll *ich* dir jetzt zu verhelfen?! Aber das mache ich doch nur zu gern!", freute sich Damian und warf die kurzen Locken zurück. „Was brauchst du denn alles?"

„Öh, ja, was braucht man denn? Hose und Trikot, oder?"

„Radhandschuhe, Helm, Windbreaker, Flasche …", begann Damian aufzuzählen.

„Nee, lass mal", unterbrach ihn Mirko, „mir geht's erstmal nur um meinen Hintern. By the way – wo ist eigentlich dein Bruder?"

„Na, unterwegs mit seiner Gruppe, wie immer Freitagnachmittag. Vermisst du ihn etwa schon, den alten Schinder?" Gespielt schmollend schob Damian die Unterlippe vor.

Flirteten sie hier etwa miteinander?

„Nee - nicht, solange ich *dich* hab! Also, zur Beratung", schob Mirko schnell hinterher. Man wusste ja nie …

„Gut, dann lass uns mal schauen. Tja – also mit S kommen wir bei dir nicht weit", grinste Damian. „Geh doch mal in die Umkleide dort, ich bringe dir ein paar Sachen!"

Das tat er. Obwohl Damian nicht ein einziges Mal aus der Rolle des zuvorkommenden Verkäufers herausfiel, hatte Mirko das Gefühl, dass er es genoss, ihm die verschiedensten Radklamotten zu bringen– und ihn nachher, Sprüche reißend, in den unterschiedlichsten Kombinationen zu betrachten.

Mirko entschied sich für zwei schlichte schwarze gepolsterte Radhosen und zwei Trikots: dunkelblau und hellgrün. „Ist vielleicht was ungewöhnlich, die Farbe", meinte Damian, „aber steht dir total!"

Als sie sich an der Theke gegenüberstanden und Mirko zahlte, schob Damian ihm seine Visitenkarte hin: „Hier – falls du, nachdem mein Bruder mit dir durch ist, ne Massage brauchst. Wenn du dir vorher ein Rezept beim Onkel Doktor holst, zahlt's sogar die Krankenkasse!"

Und er zwinkerte ihm zu.

Der hat doch eindeutig mit mir geflirtet!, grübelte Mirko auf dem Heimweg. Aber leider war ein Radladen nicht das „Men's Inn". Dort konnte man sich sicher sein, wie die Signale gemeint waren. Hier, in der freien Wildbahn, war das Spiel gefährlicher. Wie peinlich wäre es, wenn er auf Damians Sprüche einstiege und sich der andere dann pikiert abwendete – weil es von seiner Seite eben doch nur kumpelhaft gemeint gewesen war? Bei der Vorstellung einer (Ganzkörper?!-) Massage durch den Blondgelockten zogen sich Mirkos radfahrgeschundene Hoden allerdings vor Vorfreude zusammen …

Als Mirko am Samstagnachmittag im Radladen eintraf, fand er dort mit Rainer wiederum nur *einen* Zwilling vor. Mirko fragte sich, ob es einen Grund gab, dass man die Brüder nie zusammen sah, beschloss aber, dieses Thema, wenn überhaupt, mit dem Umgänglicheren der beiden (also nicht Rainer!) zu besprechen.

„Ah, ich sehe, Damian hat dich eingekleidet", begrüßte Rainer ihn und inspizierte Mirko mitsamt seiner Radhose und dem grünen Trikot wohlwollend.

„Gut, gut. Ich hatte heute zwischendurch ein wenig Zeit und hab die genutzt, um ein bisschen für dich rumzuschrauben. Komm!"

Dieses Mal steuerte der vorausgehende Rainer statt den Verleihraum eine kleine Werkstatt an. In dessen Mitte stand ein hellblaues Rad, dessen „Gattung" Mirko nicht so recht einordnen konnte. Prinzipiell war es wohl ein Rennrad, doch waren die etwas breiteren Reifen mit einem kräftigeren Profil ausgestattet. Auch der Lenker schien Mirko robuster als bei den Rädern, die die anderen Mitglieder der Mittwochsgruppe gefahren waren.

„Das ist ein Querfeldeinrad", erläuterte Rainer, „ich hab gedacht, so jemand wie du würde sich bestimmt unwohl fühlen auf einem klassischen Renner ..."

Was hieß denn das? „So jemand wie er?" Da ihm das Rad gefiel, ersparte Mirko sich und dem anderen die Rückfrage.

„Ich verleih diesen Typ Rad normalerweise nicht. Ist zu speziell. Doch für dich mache ich eine Ausnahme. Ich geh davon aus, dass du es ja jetzt öfter brauchst, oder?"

Rainer lächelte ihn so freundlich an, dass Mirko sich fragte, ob er seine Einschätzung dieses Zwillings der letzten zwei (nein, es waren ja schon drei!) Male, als harten Hund, der schwer zu knacken sein würde, revidieren müsste.

„Lass uns den Sattel mal ordentlich auf deine Größe einstellen", schlug Rainer vor, „soweit bin ich noch nicht gekommen. Setz dich doch mal!"

Mirko sah sich um. In der engen Werkstatt würde er bei diesem Manöver nicht nur seinem persönlichen Radtrainer sehr, sehr nahekommen, sondern befürchtete auch, mit einer der Regalwände oder reparationsbedürftigen Fahrrädern zu kollidieren. Auch Rainer erkannte das in diesem Moment. Er griff sich einen Bund von Inbusschlüsseln und sagte: „Na, vielleicht gehen wir dafür lieber nach draußen!"

Mehrfach verstellte Rainer den Sattel und schließlich den Lenker, bevor er endlich zufrieden war. Auch wenn Mirko das neue Rad gefiel, war ihm flau im Magen. Mit diesem Supersportler heute ohne Netz und doppelten Boden (denn als das hatte er den Motor des E-Bikes bei seinen letzten zwei Touren schätzen gelernt) loszuradeln, machte ihn nervös. Notfalls lasse ich Rainer eben Rainer sein und fahre in meinem Tempo nach Hause, dachte er sich – wusste aber, dass er das nicht tun würde. Der alte Mirko, der er noch bis vor wenigen Monaten gewesen war, hätte das vielleicht getan. Nicht aber er, wie er jetzt war!

Rainer unterbrach ihn mitten in seinen Überlegungen um Oberschenkelkrämpfe, gerissene Fahrradketten und mehr. Sehr nah stand er auf einmal bei ihm und legte erneut, wie schon am Mittwoch, eine Hand auf Mirkos Oberschenkel. „So! Outfit stimmt. Ausrüstung vollständig. Fehlt die Muskelpower!"

Und er kniff Mirko sanft ins Bein. Seinen kleinen Aufschrei angesichts der erstaunlich intensiven Mischung aus Lust und Schmerz (denn der Muskelkater von vor-vorgestern war noch nicht vollständig verschwunden), die ihn hierauf durchfuhr, versteckte Mirko in einem Räuspern: „Und du, Rainer? Willst du dich nicht umziehen?"

Rainer sah an sich herab (er trug seine üblichen kurzen Hosen und ein ärmelloses Sporttop) und grinste: „Ach, für eine Ausfahrt mit dir reicht's!"

Gut, dachte Mirko und machte sich auf das Schlimmste gefasst.

Wenn Mirko geglaubt hatte, dass sie heute etwas anderes tun würden als Rad zu fahren, hatte er sich getäuscht. Rainer hatte eine abgespeckte Variante der Mittwochsstrecke geplant. „So in etwa 30 Kilometer", sagte er.

Die ersten paar Kilometer liefen erstaunlich gut. Friedlich rollten sie nebeneinanderher und Rainer erzählte ihm allerlei Anekdoten aus dem Radsportgeschäft.

Dann aber sah er auf seinen Tacho und meinte: „So, genug getrödelt. Mittlerweile solltest du dich ein wenig an dein Rad gewöhnt haben, oder?"

Mirko musste zugeben, dass dem so war.

„Dann beginnen wir jetzt mit dem Training! Wie du vielleicht bemerkt hast, hast du hier, im Gegensatz zum E-Bike, zwei Scheiben! Beide dürfen benutzt werden. Halt!", kommandierte er, als Mirko schon beginnen wollte zu schalten, „wir machen das Schritt für Schritt – unter Einhaltung der Trittfrequenz! Lass mal schauen – ja, jetzt bist du ungefähr bei 100, oder?"

Mirko nickte.

„Also gut. Dann schalte jetzt mal einen Gang hoch. Und – Weitertreten!"

Rainer war unbarmherzig. Rauf und runter hieß er ihn schalten, immer unter Beibehaltung der verdammten Trittfrequenz oder einer bestimmten Geschwindigkeit. Bald lief Mirko der Schweiß in Strömen, zumal es auch heute wieder schwülwarm war.

„Gut machst du das", kommentierte Rainer und „schön zu sehen, wenn andere ins Schwitzen kommen!"

Na warte, dachte Mirko nicht zum ersten Mal. Das Gemeinste an der ganzen Sache war, dass sein fitter Fahrradtrainer auf seinem schwarzen „Liebhaberstück" sich im Gegensatz zu ihm nicht im Geringsten anzustrengen brauchte. Mal war er neben, mal hinter oder vor ihm – doch nie außer Atem oder mit einem anderen Gesichtsausdruck als dem des kritischen Trainers.

Irgendwann, als die Straßenschilder besagten, dass es noch 3 km bis zu ihrem Kölner Stadtteil wären, glaubte Mirko, es geschafft zu haben.

Doch Rainer deutete auf eine Anhöhe zu ihrer Linken: „Da fahren wir jetzt noch hoch!"

Das war der „Hügel", der ihm schon am Mittwoch den Rest gegeben hatte. Doch war dessen Überwindung nötig? Rechts und links des Berges entdeckte Mirko jede Menge Umgehungsstraßen.

„Ich schaff das nicht mehr, Rainer", stieß er keuchend *das* hervor, was er sich geschworen hatte, nie auszusprechen. Doch seinen Trainer interessierten seine Worte ohnehin nicht.

„Papperlapapp!", meinte er. „Das glaubst du nur! Das ist alles eine Sache der mentalen Stärke! Oder, wie ein berühmter Tour de France – Fahrer einstmals sagte: Quäl dich, du Sau!"

Das sagte Rainer tatsächlich – und fuhr dann ihm voraus, links abbiegend, die Steigung empor: „Schau mal, ob du bei mir dranbleiben kannst!"

Allein die Kraft seiner Wut ermöglichte es Mirko, diese letzte Herausforderung des Tages zu meistern.

„Das war doch nicht schlecht für den Anfang", lobte Rainer, als sie wieder vor dem Radladen standen, „willst du das Rad mit zu dir nach Hause nehmen, also leasen – wo du es doch jetzt vermutlich öfter brauchst?"

„Ja", sagte Mirko, „aber nur unter einer Bedingung: Am Mittwoch will ich wieder das E-Bike!"

Rainer betrachtete ihn mit zur Seite gelegtem Kopf, so, als überlegte er, wie weit er bei diesem seinen neuen Schützling gehen konnte.

„Ok, einmal noch", sagte er schließlich, „und dann treffen wir uns nächstes Wochenende, damit du's dann die Woche drauf nicht mehr brauchst! Kannst ja unter der Woche zusätzlich einmal allein losfahren!"

21

Schon als Mirko auf seinem dauerhaft gemieteten brandneuen Querfeldeinrad nach Hause fuhr, wurde ihm klar, dass es mit dem „nochmal allein losfahren" nichts würde. Sicher hätte er jetzt Muskelkater bis Dienstag. Da könnte er aber nicht trainieren, da er sich am Mittwoch wieder mit der Gruppe treffen würde. Für den nächsten freien Zeitraum, Mittwoch bis Samstag, galt dann dasselbe. Gut, dann eben nicht, dachte er erleichtert, als er das Rad im Keller anschloss und seine bereits jetzt brennenden Muskeln die 2 Etagen bis zu seiner Wohnung hochquälte.

Am Abend saß er mit einem Magnesiumshake vor dem Fernseher, als Markus sich per WhatsApp meldete. „Na, heute Abend noch zu haben? Lust auf nen Drink? Oder etwas anderes?"

Mirko antwortete: „Heut Abend leider nicht. Bin zu müde vom Radfahren. War mit Rainer unterwegs."

Er hatte Markus, mit dem er regelmäßig chattete, letztes Wochenende von seinem neuen Hobby erzählt.

„Oh, nicht dein Ernst. *schmoll*. Muss ich jetzt eifersüchtig sein auf diesen Rainer?", kam es nach einer kleinen Pause zurück.

Mirkos Auflachen hallte in seinem nach anderthalb Monaten in Köln noch nicht üppig möblierten Wohnzimmer. Markus – eifersüchtig? Ausgerechnet *er*? Mirko hatte schnell verstanden, dass Treue in der hiesigen Schwulenszene nicht unbedingt als Tugend galt und weder Markus oder Ronald, noch vermutlich Dave, mit dem er sich jetzt eigentlich auch mal treffen könnte, an einer monogamen Beziehung interessiert waren. Mirko war das recht. So konnte er sich mit den verschiedensten Männern ausprobieren, ohne, dass es (auf welcher Seite auch immer!) Tränen gab.

Wie anders Frauen da doch waren! Hätte er damals in seinen ersten heterosexuellen Beziehungen gleiche Freiheiten genossen, hätte er vermutlich schon früher von Mädels genug gehabt. Längst schon war Mirko klar, dass er entgegen seinen anfänglichen Überlegungen nicht erst seit der Nacht mit Judy schwul war. Nein, hätte er sich das eher auszuprobieren getraut, wäre ihm früher ein Licht aufgegangen!

Markus jedenfalls konnte so viel betteln und jammern, wie er wollte (was er tatsächlich auch tat!) – Mirko hätte selbst Mister Universum heute nicht mehr vom Sofa bewegt!

Als er im Bett lag, dachte er sehnsüchtig an Damians Massageangebot – das des „sanften" Bruders!

Am nächsten Tag regnete es. Als Mirko in die grauen Wolken schaute und seine Oberschenkel sich schon beim ersten Schwung aus dem Bett bitterlich beschwerten, tauchten Damians Gesicht und sein nettes Grinsen erneut vor seinem inneren Auge auf.

Neben der Quittung für Trikots und Hosen fand er die Karte des Physiotherapeuten. Darauf prangte neben der Adresse seiner Praxis – Bingo! – eine Handynummer!

Wer nichts wagt, gewinnt auch nichts, sagte sich Mirko – und wählte.

„Damian Huber", meldete sich eine ruhige Stimme.

„Hallo Damian, hier ist Mirko. Ich war bei euch im Radladen …", begann Mirko zögerlich.

„Ich weiß, wer du bist!", lachte Damian fröhlich. „Ich hab gehört, du warst gestern mit meinem Bruder unterwegs?! Und – lebst du noch?"

„So gerade eben", gab Mirko zu und wunderte sich erneut, wie leicht ihm die Kommunikation mit diesem Zwilling fiel. „Deshalb rufe ich an. Also, äh, vergibst du Massagetermine auch am Sonntag?"

Kurzes Schweigen. Dann: „Ja … ja, wieso nicht?"

Bildete Mirko sich das nur ein, oder klang Damians Stimme jetzt ein wenig dunkler als zuvor?

„Am besten kommst du zu mir nach Hause, wenn's dir recht ist. Ich habe auch hier eine Massageliege, für besondere Fälle!"

Besondere Fälle! In Mirkos Bauch kribbelte es, als habe er auf nüchternen Magen ein Glas Sekt getrunken.

„Ist in Ordnung", sagte er. „Jetzt musst du mir nur deine Adresse verraten!"

Das Wetter bot Mirko eine gute Ausrede das Fahrrad stehenzulassen und den nicht weiten Weg zu Damian zu Fuß zurückzulegen. Nur wenige Momente, nachdem er geläutet hatte, ließ Damian ihn schon herein. Zum Glück für Mirkos Beine hatte das Haus einen Aufzug, den er gern benutzte.

Damian stand in der Tür und betrachtete grinsend Mirkos schwerfälligen Gang.

„Oh, oh!", machte er, „da hat's aber jemand nötig! Ich hab den Raum schon vorgeheizt - nicht, dass du frierst!"

Das bezweifelte Mirko, zumal hier, ebenso wie in seiner eigenen Wohnung, noch die Hitze der vorangegangenen Tage hing.

„Ich nehme an, es geht um die Beine?", fragte Damian, als er Mirko in einen kleinen Raum geführt und dieser auf der in der Mitte stehenden Massageliege Platz genommen hatte. Durch seine sitzende Position musste Mirko jetzt zum Physiotherapeuten aufschauen und hatte so einen hervorragenden Blick auf die Stoppel eines lässigen blonden 3-Tage- Barts. Zusammen mit den unordentlichen blonden Locken und dem engen coralfarbenen (ja, es war tatsächlich Coral!) T-Shirt, was er über einer Jogginghose trug, machte dieser Damian unwiderstehlich süß und sexy.

„Ja, die Beine", gab Mirko daher, abgelenkt von seinen in eine andere Richtung wandernden Gedanken, nur knapp zurück.

„Du, Damian, was bekommst du denn dann dafür? Ein Rezept vom Arzt hab ich nicht …"

„Über die Bezahlung sprechen wir später", sagte Damian, „dann zieh doch mal die Hose aus und mach's dir hier bequem. Am besten zuerst einmal auf dem Bauch. Schau, die Liege hat hier oben so eine Mulde, da kannst du dein Gesicht reinlegen …"

Mirko tat, wie ihm geheißen. Unterhose und T-Shirt ließ er an.

Es klirrte und klimperte im Hintergrund. „Ich hab das Massageöl aufgewärmt", sagte Damian, „dann fühlt es sich besser an!"

Er lachte über Mirkos erschrockenen Aufschrei, als der erste Tropfen der heißen öligen, nach Zitrone und Pinien duftenden Mischung auf dessen Haut tropfte.

Zielgerichtet und kräftig machte Damian sich daran, Mirkos schmerzende Wadenmuskulatur zu lockern. Nur bei den ersten Handgriffen verkrampfte sich Mirko, dann begann er sich langsam zu entspannen. Schließlich ließ er sich in die zugreifenden und doch sachten, professionellen und gleichzeitig sinnlichen Berührungen seines heute persönlichen Physiotherapeuten vollends fallen. So vertieft war in diesen Genuss, dass er es kaum merkte, wie Damians Hände langsam höher wanderten … über seine empfindlichen Kniekehlen kreisten … die Rückseiten seiner Oberschenkel kneteten … Erst als Damian seine Bemühungen einstellte, erwachte Mirko aus seiner Trance.

„Soll ich …", Damians Stimme klang belegt und er räusperte sich, „… soll ich weiter nach oben gehen? Ich meine – vom Sitzen im Sattel tut dir sicher auch dein Hintern weh."

Mirko hörte die Verlegenheit in Damians Stimme und begriff, dass auch der andere sich unsicher war bezüglich der Natur ihrer Beziehung, all seinen pfiffigen Sprüchen zum Trotz. Mirko grinste in seine Mulde hinein, bevor er den Kopf nur minimal hob, um zu erwidern: „Ja, bitte!"

Nur dieser zwei Worte bedurfte es, um das Spiel von Damians geschickten Händen von Neuen zu entfesseln. Als er sich – auf einmal quälend langsam, wie es Mirko schien – über das letzte Stück der Oberschenkel bis hin zu seinem Gesäß vorgearbeitet hatte, lag Mirko schon lange nicht mehr bequem. In der Bemühung, seinem durch das eigene Körpergewicht eingequetschte Gemächt ein wenig Erleichterung zu verschaffen, rutschte er unruhig auf der Liege hin und her. Er hörte, wie Damian hinter ihm scharf einatmete. Dann hörte er nichts mehr außer dem Pochen des eigenen Bluts in den Ohren, denn jetzt widmete Damian sich seinem Hinterteil. Mühelos glitten seine Hände unter Mirkos Boxer. Seine Technik, die einzelnen Muskelstränge zu umfassen und sie dann mit Hilfe beider Hände in leichte Vibrationen zu versetzen, hatte sicherlich einen lockernden Effekt – und war verdammt erregend. Als Damian sich mit beiden Daumen Mirkos empfindlichen Dammbereich näherte, stöhnte er laut auf – und beseitigte damit den letzten Zweifel an seiner eigenen Geilheit, denn Damian fragte ihn jetzt mit seidenweicher und kein Stück mehr unsicherer Stimme:

„Möchtest du dich jetzt umdrehen?"

Als er das getan und dabei seine Unterhose mit einer entschiedenen Bewegung in eine Ecke des kleinen Raumes gepfeffert hatte, sahen sich beide Männer für einen langen Moment gebannt in die Augen, bevor Damian sich ein weiteres Mal räusperte und von Neuem mit der Massage begann – wie schon an Mirkos Rückseite bei den Knöcheln! Obgleich er, als Damian das nach wie vor warme Massageöl in die seitlich seiner Schienbeine liegenden Muskeln knetete, spürte, wie nötig auch diese das hatten, entstieg Mirkos Kehle ein frustriertes Grollen. Das ging ihm alles zu langsam!

Unter gesenkten Lidern beobachtete er, wie Damian, gewissenhaft keinen Quadratzentimeter Haut auslassend und mit sich über die Lippen fahrender Zunge fortfuhr, seine Beine zu verwöhnen. Endlich hatte Damian seine Oberschenkel erreicht. Während sich seine übrigen Finger unschuldig in Mirkos Quadrizepsmuskulatur bohrten, fuhren seine Daumen die empfindliche Innenseite von dessen Schenkeln entlang – und verharrten wenige Millimeter vor seinen Hoden.

„Ist dir warm genug?", fragte Damian und lächelte unschuldig. Mirko keuchte.

„Mir ist unglaublich heiß", stieß er wenig schlagfertig, aber wahrheitsgemäß hervor.

„Dann ist es ja gut", sagte Damian und ließ seine Daumen einen entscheidenden Zentimeter weiter nach oben wandern. Ohne sich an Mirkos Wimmern zu stören, wandte er seine bewährten Massagegriffe an dessen Hoden und schließlich seinem Penis an. Zumindest solange, wie Mirko es aushielt! Was nach der prächtigen zuvor geleisteten Vorarbeit nicht mehr lang war. Ganz der routinierte Masseur nahm Damian sich danach ein kleines Tuch und wischte die Überreste des Massagegels sowie die glänzende Spur von Mirkos Samen fort, was diesem weitere unspezifische Laute der Lust entlockte.

Tief befriedigt seufzend richtete Mirko sich auf und kam auf der mittlerweile schweißnassen Liege zum Sitzen. Auch Damian hatte geschwitzt. Die Nässe, die sein Shirt an der Brust kleben ließ, schmälerte seine Attraktivität nicht im Geringsten. Im Gegenteil!

„Was die Bezahlung angeht ...", begann Damian und sah Mirko ein weiteres Mal tief in die Augen. Was er dort entdeckte, schien er als Zustimmung zu deuten. Ohne seinen Satz zu vollenden, schlüpfte er aus Jogging- und Unterhose. Zwischen seinen zum Haupthaar passenden blondgelockten Schamhaaren prangte ein voll erigiertes Glied. Ebenfalls wortlos kniete sich Mirko vor Damian und revanchierte sich.

Später, bei einem Kaffee in der Küche, redeten sie über belanglose Dinge. Beim Abschied bedankte Mirko sich „für die gelungene Massage" und Damian für die „angemessene Gegenleistung".

Auf dem Nachhauseweg fragte sich Mirko, wie viele „müde Muskeln, die mein Bruder verursacht hat", Damian auf diese Weise schon behandelt hatte – und entschied sich dann, das gar nicht so genau wissen zu wollen. Ebenso wenig, ob Rainer von ihrem heutigen Treffen erfahren würde.

22

Welchem Teil von Damians Therapie Mirko das auch immer zu verdanken hatte – am Montag fühlten sich seine Beine schon viel besser an. Da sich nach der gestrigen Abkühlung heute die Sonne wieder zeigte, beschloss er, nach Feierabend eine Runde auf seinem neuerworbenen Rad zu drehen. Vielleicht könnte er neben den Kalorien auch den Frust verbrennen, der ihn nur dieser erste Arbeitstag der Woche schon wieder beschert hatte. Er konnte seine ehrgeizigen jungdynamischen, ach-so-freundlichen und doch permanent mit ihren Ellbogen arbeitenden Kollegen von Tag zu Tag weniger leiden.

Mirko hatte einen guten Orientierungssinn und somit (bis auf eine falsche Abzweigung) keine Probleme damit, die vorgestern mit Rainer zurückgelegte Strecke nachzufahren. Nur den Berg am Schluss ließ er aus, was ihn gegenüber dem Trainer mit einer trotzigen Genugtuung erfüllte, die er im gleichen Moment selbst kindisch fand – was aber nichts an seinem Gefühl änderte. Er war zufrieden damit, die 30 km mit zwar nur 20 km/h, aber doch locker gefahren zu sein.

Wie als Belohnung dafür, seinen inneren Schweinehund heute überwunden zu haben, fand er am Abend in seinem Posteingang die Nachricht eines Recruiters. Schon in der zweiten Arbeitswoche bei Fritz&Old hatte Mirko seinen Verfügbarkeitsstatus bei Xing erneut auf „available" eingestellt.

Man sei auf Mirkos überaus attraktives Portfolio aufmerksam geworden und ob er sich vorstellen könnte … Seit er im Rahmen eines Praktikums bei einem Personaldienstleister einmal selbst solche Texte geschrieben hatte, kannte er die gängigen Phrasen. Der Recruiter schrieb ihm im Namen einer „namhaften Größe in der Medienbranche im Großraum Köln". Sein Kunde sei auf der Suche nach einer „vielseitigen Persönlichkeit" für eine „interessante Tätigkeit im mittleren Management". Mirko dachte an Ronalds (ihm damals eher abwegig erscheinende) Idee, er solle doch beim Fernsehen anfangen.

Bis spät in die Nacht und am nächsten Tag in der Früh ordnete Mirko seine Bewerbungsunterlagen, um sie noch morgens vor der Arbeit an den Recruiter zu schicken.

Sein Einsatz wurde belohnt: Schon am selben Abend erhielt er das passende Stelleninserat. RTL suchte einen Produktionsassistenten in Vollzeit. Einstellungsvoraussetzungen seien fließendes Englisch, Führerschein Klasse B, eine kaufmännische Ausbildung, Kommunikationsstärke und Organisationstalent. Die Stellenbeschreibung umfasste die Organisation von Castings, koordinierende Tätigkeiten am Set, Kostenkalkulation, aber auch Fahrdienste für die Crew, Beschaffung von Materialien etc.

Eine Art Mädchen-für-alles-Job, dachte Mirko und: Warum nicht? Das Gehalt befand sich deutlich unterhalb des Betrages, den er bei Fritz&Old im Falle einer Übernahme verdient hätte, eine Tatsache, die Mirko nicht im Geringsten störte. Das Wenige, was er zum Leben brauchte, würde er sich auch mit dieser Summe locker leisten können – und Karriere machen war (zumindest momentan) nicht seine Priorität. Außerdem – wer sagte denn, dass man das beim Film nicht konnte? Auch von „attraktiven Entwicklungsmöglichkeiten im Bereich der Budgetplanung und des Managements (persönliche Eignung vorausgesetzt)" berichtete das Angebot.

Ohne weiter darüber nachzudenken, schrieb Mirko dem Recruiter, dass er großes Interesse an der angebotenen Stelle habe und jener doch bitte alles dafür tun sollte, dass er zu einem Vorstellungsgespräch eingeladen und dann bitte auch eingestellt würde. In anderen, schöneren Worten, versteht sich.

Und dann war schon wieder Mittwoch. Auch heute klingelte der Wecker wieder viel zu früh. Während er in seine Radsachen schlüpfte, fragte sich

Mirko, ob er der heutigen Ausfahrt jetzt entspannter oder sorgenvoller als vor einer Woche entgegensah. Einerseits kannte er die Gruppe und wusste, dass er von keinem der Teilnehmer (Dank seines E-Bikes) konditionell etwas zu befürchten hatte. Andererseits war da Rainer. Wie würde dieser mit ihm umgehen – falls sein Bruder ihm von der intensiven Massage erzählt hatte? Mirko hatte nicht den Hauch einer Ahnung, was er von dem Trainer erwarten sollte – Spott und Häme, Wohlwollen, Ärger? So umgänglich der andere Zwilling war, so groß waren die Rätsel, welche dieser ihm aufgab.

Mirko hätte sich nicht sorgen brauchen. Rainer war wie immer – wortkarg, sachlich und vor allem am Radsportthema interessiert. Immerhin verlor er kein weiteres Wort der Missbilligung, als er Mirko das E-Bike herausgab, sagte aber, bevor er die Hand vom Rahmen nahm und es damit Mirko überließ: „Nächsten Samstag um 4 sehen wir uns! Mit deinem *richtigen* Rad!"

Mirko nickte.

Die „Hausfrauen" waren auch heute wieder mit dabei, ebenso Hausmeister Rudi, mit dem Mirko sein in der Vorwoche unterbrochenes Gespräch gern wiederaufnahm. Dieses Mal kündigte Rainer nicht an, extra nach ihm schauen zu wollen. Umso mehr bemühte sich Mirko, alles richtig zu machen, achtete auf die Trittfrequenz, schaltete vor den Kurven und stellte den Motor nur dann an, wenn er ihn wirklich brauchte. Ob Rainer irgendetwas davon bemerkte, wusste Mirko nicht. Erst gegen Ende tauchte der Trainer im Rahmen seiner allgemeinen Runde durch die Gruppe kurz neben ihm auf und fragte ihn, ob alles ok sei. Auch bei der endgültigen Abgabe des E-Bikes wechselten die beiden Männer nur die nötigsten Worte.

Als er unter der Dusche stand und den Strahl des heißen Wassers auf seiner Haut genoss, musste Mirko sich eingestehen, dass Rainers ausgebliebene Reaktion ihn enttäuschte – und schalt sich einen Narren! Was dachte er eigentlich? Nur weil der eine Bruder schwul war, hieß das doch noch lange nicht, dass das auch für den anderen galt. Und selbst wenn – musste dieser sich nicht zwingend ausgerechnet für ihn interessieren, oder?

Der Gedanke an Rainer begleitete ihn den ganzen Tag.

Am Donnerstag erhielt Mirko die Einladung zu einem Vorstellungsgespräch in der nächsten Woche. Lächelnd blickte Mirko auf die mail – und fragte sich, mit wem er diese frohe Kunde teilen wollte. Die Beziehungen zu „seinen Männern" waren ihm zu kompliziert, als dass er irgendeinen der losen Fäden (einen schmollenden Markus, den vermutlich arbeitenden Ronnie, den undurchschaubaren Rainer oder Damian, seinen sexy Masseur) heute, an einem Donnerstagabend, hätte aufnehmen wollen. Und Frauen? Es wunderte Mirko selbst, wie bedeutungslos diese in seinem Leben derzeit waren. Seit seiner Liebelei mit Judy hatte er keiner Einzigen mehr auf den Hintern gestarrt, kein Dekolleté bewundert, nicht einmal mehr flirtende Blicke erwidert. Es war, als habe sein ehemaliger Mitbewohner einen Schalter in ihm umgelegt in dieser einen Nacht, ein Schalter, der die eine Hälfte der Menschheit für ihn (zumindest in sexueller Hinsicht) ausblendete. Paradox, dass ausgerechnet Judys bester Kumpel mit der extravertierten Aileen eine Frau war. Er selbst würde Zeit benötigen, bevor er wieder Vertrauen zu *dieser* Hälfte der Menschheit fasste. Gut, dass es da noch die *andere* Hälfte gab ...!

Also wählte Mirko an diesem Abend die unwahrscheinlichste aller Nummern, nämlich die seiner Eltern. Bei denen hatte er sich ohnehin schon lange wieder einmal melden sollen.

Wie erwartet war seine Mutter am Apparat. Sie schien sich über seinen Anruf zu freuen, wirkte jedoch seltsam zerstreut.

„Ah, bei RTL ja, sagst du?", fragte sie abwesend.

„Ja, Mama", antwortete er ungeduldig, „ist alles in Ordnung bei euch?"

„Ja, ja. Du, mein Schatz, das freut mich sehr für dich, dass du einen neuen Job in Aussicht hast! Du rufst dann nächste Woche direkt nach deinem Vorstellungsgespräch an und erzählst, wie es gelaufen ist, ja?"

Das klang schon eher nach der Mutter, die er kannte. Doch bald schon verabschiedete sie sich mit einem Vorwand. Kopfschüttelnd legt Mirko auf und ging zu Bett.

23

Es nutzte nichts, dass Mirko sich am Samstagmorgen sagte, dass er vor der nächsten Trainingseinheit mit Rainer keine Angst haben müsste. Schließlich hatte er letzte Woche schon eine überlebt – und seitdem zwei Mal trainiert. Aufgeregt war er trotzdem. Es half auch nicht, dass er gestern nicht pünktlich ins Bett gegangen war, sondern den Abend im „Men's Inn" verbracht hatte. Zwar war er seinem Vorsatz, die Nacht in seinem eigenen Bett allein zu verbringen, treu geblieben, doch waren die Stunden in der Bar mit seinem neuesten Flirt Ivan wie im Fluge vergangen. So kam er deutlich später zuhause an als geplant. Ivan konnte zwar nicht gut Deutsch, hatte aber den Tanzbärenrhythmus im Blut. Das Beste war: Er tanzte nicht nur wie ein Kosake, sondern sah auch wie einer aus – zumindest so, wie Mirko sich diese östlichen Reiterfürsten immer vorgestellt hatte: groß, kräftig, imposant. Es war selten, dass Mirko einen Mann traf, der ihn an Größe und Muskelstatus übertraf, und er genoss das Gefühl, sich anlehnen zu können und in Ivans Armen zu versinken. Auf der Tanzfläche, auf dem Weg zum Klo, draußen vor der Bar …

Seufzend drehte Mirko sich im Bett. Sein dröhnender Kopf war der Beleg dafür, dass Ivan und er obendrein mindestens zwei Drinks zu viel gehabt hatten. Na ja, dachte sich Mirko, ich hab ja noch Zeit bis um 4. Doch Rainer machte ihm einen Strich durch die Rechnung.

Am Mittag klingelte Mirkos Telefon.

„Rainer hier. Hallo Mirko. Ich hab deine Nummer von Damian. Du, ich mach den Laden heut schon früher zu. Kannst du schon um 2?"

Von Damian, so, so. Damit war die Frage, ob der andere Zwilling dem Radtrainer von ihrem sonntäglichen Treffen erzählt hatte, wohl beantwortet. Doch wer hat Damian eigentlich erlaubt, meine Nummer weiterzugeben?, haderte Mirko. Wohl oder übel sagte er zu. Bringen wir es hinter uns, dachte er sich.

Rainer hatte den Laden schon abgeschlossen und erwartete Mirko vor der Tür. Kritisch beäugte der Trainer seinen Schützling und sein Gefährt: „Bist du gut umgegangen mit meinem Rad?"

Es ist mein Rad, dachte Mirko trotzig, ich zahle dir Miete dafür. Doch er sagte nichts. Das wäre ihm albern vorgenommen. Vielleicht sollte er Rainer sein Bike direkt hier und heute abkaufen, dann wäre es wirklich seins. Andererseits bot die Tatsache, dass er sich mit dem Rad verbunden fühlte, Rainer vielleicht einen Grund, ihn samt seinem Rad bei ihrer Ausfahrt nicht irgendwo stehen zu lassen.

„Also, zu unserem heutigen Pensum …", unterbrach der Trainer Mirkos Überlegungen. Dabei trommelte er mit seinen Fingern ungeduldig auf Mirkos Lenker herum. Hat er es eilig und heute nach unserer Tour noch was vor?, dachte Mirko. Vielleicht eine Trainingseinheit, die auch ihn ein bisschen fordert?

„Also", wiederholte sich Rainer, „ich schlage vor, dass wir uns heute auf die Mittwochsrunde begeben, circa 50 km. Die steht nächste Woche dann auch für dich an. Das Tempo sollten wir nochmal modifizieren. Wie du weißt, ist es die 25er-Gruppe, das heißt, wie fahren nicht mehr als 25 km/h im Schnitt. Mindestens 24 sind es aber, ehrlich gesagt, meistens schon, das ist auch unser heutiger Maßstab."

Irgendetwas in Mirkos Blick oder seiner Köperhaltung schien ihm zu verraten, dass jener innerlich bockte.

„Oder willst du dich abhängen lassen von den Mädels am Mittwoch?", fügte er grinsend hinzu. Seine Absicht, sich, wenn er sich am Mittwochmorgen nicht bereit für die Challenge fühlte, mit einer vorgeschobenen Sommergrippe aus der Affäre zu ziehen, teilte Mirko Rainer nicht mit, sondern schüttelte stumm den Kopf. Ihm war heute ohnehin nicht nach Reden.

Der Anteil der Strecke, auf der Mirko Schonfrist gewährt wurde, war heute noch kürzer als letzte Woche.

„Genug getrödelt!", bestimmte Rainer nach nur wenigen Minuten und trat in die Pedale. „Häng dich einfach dran!", riet er.

Dann zeigte er Mirko, wie man im Windschatten fuhr. Letzten Samstag waren sie meistens nebeneinander gefahren – und auf seinem hohen E-Bike hatte Mirko ohnehin nie den Hauch einer Chance gehabt, den Windschatten eines der auf ihren Rennrädern geduckten anderen Gruppenmitglieder zu nutzen. Heute jedoch gelang es ihm mit jedem Kilometer besser.

„Wirklich erstaunlich, wie viel das ausmacht!", sagte er zu Rainer, als sie eine kleine Trinkpause bei einer Bank im Grünen machten.

„Ja, nicht wahr?", meinte Rainer und nahm einen Schluck aus seiner Radflasche.

„Und – hast du dich schon gut eingelebt in Köln?" Es war das erste Mal, dass sie über etwas anderes als das Radfahren sprachen – war das eine Anregung seines Bruders?

„Ja, schon", antwortete Mirko und erzählte Rainer dann von seinem anstehenden Vorstellungsgespräch in der nächsten Woche.

„Fernsehen, aha", äußerte sich Rainer eher wenig enthusiastisch, „na, wenn du den Job kriegst, kannst du da ja mal Reklame machen für meinen Laden!" Mirko war sich nicht sicher, ob er es ernst meinte. Auf jeden Fall war Rainer so wieder bei seinem Lieblingsthema!

Auf dem Rückweg machte sich die heute doch deutlich längere Strecke und das höhere Tempo bemerkbar. Mirko kam zunehmend außer Atem. Die einstmals von Damian so gut gelockerten Beine brannten wieder. Doch als er Rainer um eine weitere Pause bat, wies dieser ihn nur darauf hin, dass er eine solche am Mittwoch auch nicht bekommen würde.

„Stell dich nicht so an!", hieß es knapp. Mit zusammengebissenen Zähnen fuhr Mirko weiter.

Endlich näherten sie sich Köln – und dem Abschlussberg. „Einfach nur: nein!", keuchte Mirko, als Rainer ihn von der Seite ansah.

„Ach komm schon, denk an Jan Ullrich! Der hat dann nachher auch die Tour de France gewonnen!", stichelte Rainer – und bog auf die

Zufahrtsstraße zur Anhöhe ab. Verärgert blickte Mirko seinem Trainer hinterher – und folgte ihm dann doch.

Doch als Rainer sich in etwa auf halber Höhe zu ihm umsah und mit einem Grinsen aus dem Sattel ging, um im Stehen (und entsprechend schneller!) weiterzufahren, reichte es Mirko endgültig. Er brachte sein Rad zum Stillstand und stieg ab. Nur mit Mühe konnte er sich davon abhalten, sein Bike ins Grüne zu pfeffern, und lehnte es stattdessen vorsichtig gegen einen Baum. Dann blickte er nach unten, dahin, von wo sie gekommen waren, und malte sich aus, wie er sich dort entlang auf die Abfahrt begeben würde, sich rollen und den impertinenten Rainer hinter sich lassen ...

Als Rainer bemerkt hatte, dass Mirko ihm nicht folgte, kehrte er um und stieg ebenfalls ab. Trotzig erwiderte Mirko den Blick des anderen. Nun geschah alles schnell. Mirko realisierte nicht, wie es dazu kam. Plötzlich waren Rainers Lippen auf den seinen und er küsste ihn wild und ungestüm. Seine Hände hatte Rainer so fest an Mirkos Hinterkopf und sein Gesäß gepresst, dass es wehtat. Mit seinen Lippen und der Zunge erzwang er eine Fortsetzung des Kusses, selbst dann noch, als Mirko die Luft ausging.

„Sei doch nicht so ein dickes Baby!", sagte Rainer mit rauer Stimme. „Andererseits ist es genau das, was ich so an dir mag!"

„Wa – was?", stotterte Mirko. Er war völlig schockiert von der plötzlichen Wendung und wusste nicht so recht, wie ihm geschah. Unnötig zu sagen, dass Rainers Titulierung mindestens 20 unerwünschte Erinnerungen längst vergangener Zeiten in ihm weckten. Ebenso unnötig zu erwähnen, dass diese im Rausch seiner rasch zunehmenden Aufregung und Erregung untergingen.

„So, und jetzt ab nach Hause!", kommandierte Rainer und kniff ihm kräftig in den Po, „dann wollen wir mal sehen, wie viel Puste du noch hast!"

Wie in Trance fuhr Mirko Rainer hinterher. Später wusste er nicht einmal mehr, ob sie den verfluchten Berg am Ende dann doch noch hoch oder direkt wieder heruntergefahren waren. Rainer führte ihn zu sich nach

Hause. Erst, als er neben ihm verwundert vor dem mehrstöckigen Mietshaus stand, wurde ihm klar, dass ein kindlicher Teil von ihm geglaubt hatte, Rainer würde im Radladen leben. Klar, so wie die Verkäuferinnen im Supermarkt wohnten oder die Lehrer in der Schule!

Die Räder stellten sie im Keller ab. Als Mirko dem anderen die Stufen hoch zu seiner Wohnung folgte, klopfte ihm sein Herz nicht nur vor Anstrengung. Er hatte ein wenig Angst, gestand er sich ein. Gleichzeitig fachte die Tatsache, dass er Rainer nicht vollkommen vertraute und dieser weiterhin unberechenbar war für ihn, seine Fantasie und damit auch seine Erregung an.

Als sich die Wohnungstür hinter ihnen geschlossen hatte, küsste Rainer ihn erneut. Wieder presste er ihn so hart gegen die Wand, dass es für Mirko kein Entkommen gab. Auch Markus hatte ihn so geküsst. Doch bei, mit und für Markus war das alles ein Spiel gewesen, federleicht und von einem Lächeln begleitet. Dem Mann, mit dem Mirko heute zusammen war, war es ernst mit allem, was er tat. Mirko schluckte.

Rainer stieß mit dem Fuß die hinter ihm liegende Schlafzimmertür auf. Seine Wohnung bestand aus einem breiten Flur, von dem die einzelnen Räume abzweigten.

„Rein mit dir!", befahl er.

„Aber – sollen wir nicht erstmal duschen?", fragte Mirko und sah an sich herab. Er hatte geschwitzt wie ein Eber und war sich sicher, dass man das sowohl sah als auch roch.

„Ach was", gab Rainer zurück, „ich hab dir doch schon gesagt, dass ich es mag, wenn andere für mich schwitzen!"

Hatte er jetzt etwa doch einen Scherz gemacht? Nein, vermutlich meinte er sogar *das* völlig ernst!

Rainers Schlafzimmer war schlicht eingerichtet. Bett, Nachttisch, Schrank, alles in dunklem Holz. An der dem Bett gegenüberliegenden Wand hing ein Rennrad. Und an der Wand über dem Bett …. Mirko lächelte und trat näher, um sich die Bilder genauer anzuschauen. Es waren Fotos von Radsportlern mit ihren Bikes – allesamt spärlich bekleidet.

„Meine Vorbilder", sagte Rainer in Mirkos Rücken.

Als Mirko sich zu ihm umsah, hatte Rainer seine Hose schon heruntergelassen.

„Na los!", forderte er Mirko auf, genauso, als ginge es darum loszuradeln, „der Sieger ist oben!"

Mirko starrte Rainer an. Plötzlich machte etwas Klick in ihm und der benommene Dämmerzustand, in dem er sich seit dem unerwarteten Kuss befunden hatte, wich von ihm. Er begriff, dass er hier real mit Rainer in dessen Schlafzimmer stand - und sie sich lieben würden. Und das, gemäß Rainers Ankündigung, auf eine Art, wie Mirko es bislang nicht gewagt hatte. Trotz seiner ihn bei diesem Gedanken durchflutenden Nervosität betrachtete er den sehnigen Körper seines Trainers bewundernd. Auch jetzt, wo er komplett ausgezogen war, blieb durch die scharfe Farbkante an Oberarmen und -schenkeln die Illusion, er trüge einen weißen Body. Zerstört wurde diese allerdings durch seine erigierten rosafarbenen Brustwarzen und den, sich im gleichen Zustand befindlichen, hoch aufgerichteten Penis. Ja, Rainer begehrte ihn. Mirko lächelte. So langsam begann ihm die Sache Spaß zu machen. Dass Rainer nicht spielen mochte, musste ja ihn selbst nicht davon abhalten, oder?

Betont langsam ließ er seine eigenen schweißnassen Klamotten fallen. Es war, nebenbei gesagt, eine gute Entscheidung gewesen, direkt zwei Radoutfits zu kaufen. Sonst wäre er aus dem Waschen gar nicht mehr herausgekommen. Zufrieden registrierte Mirko Rainers Reaktion, als dieser ihn zum ersten Mal vollkommen entkleidet sah. Jetzt auch seine Rückseite demonstrierend drehte sich Mirko zum Fenster um und sah durch zwei Lamellen der hinuntergelassenen Plissees hinaus.

Als er dann noch neckisch mit dem wohlgeformten Hintern wackelte, wusste er, dass er zu weit gegangen war, schon bevor er Rainers Hände an demselben spürte und dieser ihn kräftig in die rechte Schulter biss. Dicht hörte Mirko Rainers Stimme an seinem Ohr:

„Ab mit dir aufs Bett! Es sei denn, deine Muskeln machen das stehend mit …"

Du Arsch, dachte Mirko, bevor er sich gehorsam aufs Bett kniete. Blitzlichtartig fuhr ihm seine Nummer mit Ronald und wie dieser ihn dabei Schritt für Schritt instruiert hatte, durch den Kopf. Würde Rainer sein Gesäß jetzt auch mit Gleitgel versorgen? Nein, offenbar nicht. Ohne große Umschweife nahm Rainer Kondom und Gel und drang dann mit seinem ordentlich eingeriebenen Penis in Mirkos Inneres. Dieser verkrampfte sich ächzend – erst vor Schreck, dann zunehmend vor Erregung. Das Gefühl, dass diesen intimen, empfindlichen Raum in ihm jemand füllte, war einzigartig und anders als alles, was er je erlebt hatte. Als Rainers Hand jetzt seitlich um Mirko herumlangte, nach seinem Ständer griff und diesen dann gekonnt im Rhythmus seiner eigenen Stöße bearbeitete („Immer die Frequenz beibehalten", fuhr es Mirko wild durch den Kopf), verblasste alles Denken in einer einzigen Explosion der Gefühle. Seine Beine spürte er schon lange nicht mehr.

Später, als alles vorbei war, betrachtete Rainer Mirkos Hintern kritisch. „Schmierst du dich eigentlich vor dem Radfahren ein?", fragte er ihn.

„Äh, öh, nö. Wieso denn und – wo?" Unwillkürlich glitt Mirkos Blick zu der neben ihnen liegenden Gleitgeltube.

Rainer zeigte sein seltenes Lächeln: „Nein, nicht damit!"

Und er fasste Mirko so zart an den empfindlichen Dammbereich und fuhr dann zur Innenseite seiner Oberschenkel, dass sich in ihm von Neuem die Lust regte. Doch Rainer war schon wieder geschäftsmäßig: „Du bist ganz rot da. Es hilft, wenn man die Stellen vor dem Radfahren eincremt. Da gibt´s einen speziellen Schutzbalsam, den du natürlich für viel Geld bei mir kaufen kannst – aber Vaseline oder Melkfett tut's auch."

Als sie sich schon wieder anzogen, fügte er hinzu: „Wär doch schade drum, wenn dich Wundsein ausgerechnet an *diesen* Stellen ausbremst, oder?"

24

Auf dem Nachhauseweg fragte Mirko sich, ob diese Nummer eine Strafaktion für seine Verweigerung des Berges gewesen war. Wenn ja, so dachte er und grinste in sich hinein, würde er sich gern beim nächsten Mal wieder etwas zu Schulden kommen lassen.

Rundherum zufrieden schlief er in der nächsten Nacht den restlichen Kater, die schmerzenden Muskeln und den Nachhall seines Tête-à-Têtes aus.

Beim Frühstück erhielt er eine Nachricht von Damian: „Ich hab gehört, du hast wieder trainiert. Brauchst du mich heute nicht?"

Irritiert starrte Mirko auf sein Handy. War das Damians Ernst? Nicht, dass seine Beine eine Massage nicht nötig gehabt hätten, aber ... Das mit der Polygamie war eine Sache – aber mit Brüdern ...?!

„Nein, danke, aber vielen Dank fürs Angebot", schrieb er und biss in sein Brötchen.

„Hast du etwa keinen Muskelkater?", kam es zurück, „oder hat es dir letztes Mal nicht gefallen?"

Mirko seufzte. Der Gedanke an den blondgelockten umgänglichen Zwilling und seinen kuscheligen kleinen Massageraum war überaus verführerisch. Ehrlich währt am längsten, dachte er und schrieb: „Ich würde gern. Aber ich hab Angst, dass mich dein Bruder dann beim nächsten Training noch mehr quält!"

Zwei Minuten später klingelte sein Telefon.

Damian lachte ihm fröhlich ins Ohr: „Guten Morgen, Mirko! Ich kann dir hiermit versichern: Rainer wird dich so oder so beim nächsten Training mindestens so schinden wie bei letzten Mal. Das ist sein Job!"

Mirko stimmte in Damians ansteckendes Lachen mit ein, blieb aber skeptisch: „Ich weiß ja nicht ..."

„Aber ich", erwiderte Damian, jetzt nicht mehr lachend, fest, „er ist schließlich mein Bruder, ich kenne ihn. Außerdem ...", nun kicherte er doch wieder, „...hast du dir mal überlegt, dass er es im Gegenteil als zusätzliche Herausforderung begreifen könnte, wenn du heute nach eurer gestrigen Tour keiner Massage bedürftest – und dich entgegen deiner Annahme beim nächsten Mal noch härter rannimmt, wenn du heute *nicht* zu mir kommst?"

Daran hatte Mirko in der Tat nicht gedacht. Nur zu gern ließ er sich von dem überzeugen, was er ohnehin (mittlerweile mehr als nur ein bisschen!) wollte, und stand eine halbe Stunde später vor Damians Haustür.

Dieses Mal gab Damian sich gar nicht die Mühe, den Anschein eines seriösen Physiotherapeuten zu geben, sondern stand bis auf eine Boxershorts, in deren Mitte sich eine deutliche Wölbung abzeichnete, nackt in der Wohnungstür, als er Mirko begrüßte.

„Mir ist beim Gedanken an dich schon so warm geworden", kommentierte er seinen Mangel an Kleidung grinsend.

Wortlos folgte Mirko ihm in sein kleines Massagezimmer und entkleidete sich ebenfalls.

Damian massierte für eine Zeit tatsächlich Mirkos Waden und Oberschenkel. Doch als seine Finger sich auf den Weg nach weiter oben machten, legte Mirko seine eigene Hand auf Damians.

„Stopp!", sagte er leise und sah seinem Liebhaber (einem seiner Liebhaber, herrje!) in die Augen.

Damian erwiderte seinen Blick lächelnd.

„Das hab ich mir schon gedacht, dass du das willst!", sagte er nur und ließ dann auch die Shorts fallen.

Ach ja, dachte Mirko, dann hast du mehr gewusst als ich. Die Gedanken an gestern ... die Erinnerung an Ronalds köstliche Enge ... das war ihm eben erst gekommen, als er sich ebenso wenig hatte sattfühlen können an Damians massierenden Händen wie sich sattsehen an seinem jungen schlanken Körper und es ihm infolgedessen jetzt schon fast schmerzhaft in den Lenden zog.

Als Damian ihm seine Rückseite entgegenstreckte, sah Mirko sich suchend um. Sein Blick fiel auf das auch heute wieder aufgewärmte Massageöl und er grinste. Damian quietschte vor Überraschung, als er es ihm großzügig auftrug, seufzte dann aber behaglich.

„Was für eine hervorragende Idee. Wobei – ein bisschen fühlt sich's an wie ein Einlauf!"

Im Gegensatz zu seinem Bruder verließ Damian sein Humor offenbar auch hier nicht. Schon seltsam, dass sie so unterschiedlich sind, dachte Mirko. In Erinnerung an Ronalds Enge drang er nur langsam in Damian ein. Doch es stellte sich heraus, dass er hier mehr Platz hatte. Wie alles an Damian war auch dieser Bereich seines Körpers genau richtig für Mirko, fühlte er sich sanft und dennoch kräftig umfangen und rundherum wohl mit dem anderen. Damians katzenartiges Maunzen gefiel ihm ebenfalls sehr gut. Sich an seine gestrige Erfahrung erinnernd tastete sich Mirko vorsichtig an Damians Vorderseite entlang, umrundete dessen Hoden und fand schließlich den Damm und die Stelle, an der ihre Körper vereint waren.

Sie kamen gleichzeitig und wären beim nachfolgenden Zusammensacken ihrer zuvor so gespannten Körper fast beide von der engen Liege gestürzt. Kichernd und sich gegenseitig unterstützend fanden sie schließlich, immer wieder unterbrochen von Küssen und Streicheleinheiten, zurück in ihre Klamotten.

Beim Kaffee danach fragte Mirko: „Wo hast du eigentlich deine Praxis?"

„Wie jetzt? Möchtest du da einen Termin für eine ähnliche Behandlung – mitten im laufenden Betrieb, nur durch einen Vorhang getrennt vom Rest der Kunden?", fragte Damian lachend.

„Och … Wenn *du* das nicht willst, findest sich ja vielleicht einer deiner Kollegen …", scherzte Mirko.

Zum ersten Mal heute verschwand der Schalk aus Damians Augen.

„Nee, mein Lieber, das rate ich dir nicht. Mein Bruder – das ist völlig ok. Und ansonsten: Was ich nicht weiß, macht mich nicht heiß. Aber mit einem meiner Mitarbeiter herumpimpern – das geht gar nicht!"

Ok, damit hatte Damian die Spielregeln ihrer Beziehung jetzt klar definiert – ebenso wie das geringe Maß der Treue, was zumindest er, *dieser* Zwilling, von ihm, Mirko erwartete. Und andersherum? Mirko sah Damian ins jetzt schon wieder lächelnde Gesicht und beschloss, das gar nicht so genau wissen zu wollen. Überhaupt fühlte er sich jetzt noch viel zu wohl, um diesen Zustand durch irgendetwas zu gefährden.

Erst am Montag wurde Mirko siedend heiß bewusst, dass sein Vorstellungstermin am Mittwochmorgen mit dem Treff der Mittwochsgruppe kollidierte. Kurzentschlossen wählte er Damians Nummer.

„Eine wunderschöne neue Woche", flötete der ins Telefon. „Was kann ich für dich tun?"

Mirko musste lachen. „Kannst du mir Rainers Nummer geben?", fragte er.

Kurze Pause, dann: „Wie jetzt? Bin ich dir nicht genug?" War Damian wirklich beleidigt oder tat er nur so?

Mirko vermochte es nicht zu sagen, beeilte sich aber zu antworten: „Nein, gar nicht. Es ist nur so, dass mein Vorstellungsgespräch, von dem ich dir erzählt hab, ausgerechnet am Mittwochmorgen ist … und ich möchte deinem Bruder gern persönlich sagen, dass ich deshalb nicht zum Training komme. Nicht, dass er glaubt, ich wolle mich drücken und dann über Zusatzausfahrten nachdenkt …"

Damian lachte. „Oh, Rainers Nummer kann ich dir gern geben. Aber glaub ja nicht, dass du um ein Extra-Training herumkommst. Ich kenn doch meinen Bruder! Schließlich verpasst du eure Ausfahrt am Mittwoch, egal, aus welchem Grund – also muss sie nachgeholt werden!"

Natürlich behielt Damian recht. Rainer konnte verstehen, dass Mirko den Vorstellungstermin nicht des Trainings wegen verschieben wollte, aber: „Das müssen wir dann halt nachholen. Wie wär's, lass mich mal überlegen …! Donnerstagabend, da könnte ich Damian fragen, ob er den Laden übernimmt. Ist ja abends lange hell. Magst du mich um 7 am Shop abholen?"

Mirko blieb nichts anderes übrig, als zuzusagen. Natürlich *hätte* er eine Wahl gehabt. Doch das Training mit Rainer und das Radfahren, der Spaß, die erwartete Belohnung, waren für ihn unverzichtbar geworden.

Vielleicht war er in Gedanken einfach schon zu sehr bei seinem Vorstellungsgespräch, als dass ihn der Tag danach jetzt schon interessiert hätte. Der Job bei RTL war *die* Chance, Fritz&Old vorzeitig zu verlassen. Neben der Drangsalierung der Mitarbeiter der betreuten Firmen störte ihn an seinem Praktikumsplatz vor allem, dass er nichts zu tun hatte. Klar, die Zeit tot schlugen sich alle mit unzähligen Meetings – aber wirklich dabei herumkam, zumindest soweit er das beurteilen konnte, nichts.

Klar, auch er war ein Fan durchlässiger Organigramme und stand prinzipiell hinter der Idee Abläufe in Unternehmen zu optimieren. Schließlich war es um genau *dieses* Thema im Wesentlichen auch in seiner

Masterarbeit gegangen. Aber doch nicht so, wie es bei Fritz&Old praktiziert wurde!

25

Dementsprechend euphorisch war er, als er sich am Mittwoch zum Produktionsstudio von RTL aufmachte. Seine Kleidung hatte er am Morgen so oft gewechselt wie vor seinen Dates und sich schließlich für ein moderat auffälliges buntes Hemd über einer schlichten schwarzen Jeans entschieden. Das Fernsehen war eine Branche, bei der „Sehen und Gesehen werden" im Mittelpunkt stand, so glaubte er. Es taugte vermutlich wenig, dort als graue Maus aufzulaufen. Andererseits hatte er vor allem in der Beziehung zu Sonja gelernt, dass Menschen, die viel auf sich hielten und gern im Mittelpunkt standen, es nicht mochten, wenn andere *zu* auffällig waren. Auch wenn es sich dabei vielleicht um ein mieses Vorurteil handelte, glaubte Mirko, beim Fernsehen vermutlich genau diesem Typ Mensch zu begegnen.

Die Gegend im Nordwesten Köln, wo sich die Studios befanden, kannte Mirko vage von den Radtouren mit Rainer. „Das ist die flache Runde!", war es der Trainer nicht müde geworden zu betonen. Auf irgendeine Art war der Gedanke an Rainer tröstlich und minderte Mirkos Aufregung, als er vor dem großen Gebäude aus Stahl und Glas stand.

Er hatte sich insgeheim auf eine Art kreatives Chaos eingestellt, wurde aber angenehm überrascht. Die Dame an der Rezeption wusste sofort, wer er war, und beschrieb ihm den Weg zum Büro des Produktionsmanagers in klaren Worten. Ihr gegenüber fühlte Mirko sich deutlich underdressed. Genauso ging es ihm auch im Vergleich mit der Sekretärin des Produktionsmanagers, die ihn 5 Stockwerke weiter oben empfing und die wie die Rezeptionistin mit einem Blusen-Rock-Jackett-Kostüm klassisch gekleidet war.

Er atmete auf, als sich sein eigentlicher Gesprächspartner, der Produktionsmanager, ähnlich wie er selbst in legerem Hemd und Hose präsentierte. Dieser (Niko Versteuben, „aber nenn mich Niko, wir duzen uns hier alle!") war genauso, wie Mirko sich das ausgemalt hatte. Enthusiastisch, die eigene flammende Rede mit ausladenden Gesten unterstreichend, von der persönlichen Großartigkeit völlig überzeugt. Sprich: der Typ Mann, auf den Mirko überhaupt nicht stand, den er aber seit seiner Kindheit dennoch insgeheim bewundert hatte. Mirko musste an seinen Vater denken, der, wie er selbst, mit seiner unauffälligen, zurückhaltenden Art das glatte Gegenteil dieses Prototyps Mann darstellte. Wie mochte *er* sich gefühlt haben (immer noch fühlen), wie ging es *ihm* mit seiner eigenen Männlichkeit, wie vielleicht auch mit der seines mittlerweile so gut trainierten Sohnes, der jetzt zumindest äußerlich jedes Virilitätsideal erfüllte? Mirko nahm sich vor, beim nächsten seiner momentan sehr seltenen Heimatbesuche das Gespräch mit seinem Vater nochmals zu suchen – rief sich für den Moment aber in die Gegenwart zurück. Schließlich suchte er hier in Niko weder einen Freund noch einen Vater, sondern einen neuen Chef.

Weitschweifend sprach Niko von den allgemeinen Aufgaben eines Produktionsassistenten und der Philosophie sowie der Entwicklung von RTL. Das Gute an einem Gespräch mit solchen Leuten, fand Mirko, war, dass sie sich selbst so gern reden hörten. Man musste als ihr Gegenüber nicht so furchtbar viel sagen. Hinterher hatten sie trotzdem das Gefühl, man habe geglänzt, weil vor allem ihre eigenen Worte sie derart überzeugt hatten!

Nach einer Dreiviertelstunde kam Niko dann endlich doch zum konkreten Anlass von Mirkos Besuch. RTL plante die Produktion einer neuen Sitcom mit dem Namen „Unter euch" – eine zunächst wöchentlich laufende Serie mit der Zielgruppe „New Adult" – „Junge Menschen bis etwa Mitte 20, da würdest du fast noch reinpassen!", scherzte Niko und ließ ein dröhnendes, joviales Lachen ertönen. Dabei musterte er Mirko, als registriere er dessen Anwesenheit jetzt erst, was vermutlich auch der Fall war. Ja, und für dieses Projekt habe man ein paar „alte Hasen" gewinnen können, es seien aber auch viele „Newcomer" und komplette Neulinge am Start, sowohl auf Darstellerseite als auch bei der Crew. Um all das zu koordinieren, brauche man dringend Unterstützung. Ob Mirko sich das vorstellen könnte?! Ja, er konnte.

Prima, das Gehalt legten sie fest und man freue sich.

Moment!

„Soll ich nicht erst einen Tag hospitieren oder so?", fragte Mirko verwirrt.

„Nein, nicht nötig", befand Niko, „unsere Verträge gehen ohnehin immer nur für ein Jahr, außerdem hast du Probezeit ..."

Dann verriet Niko ihm, dass sie schon mittendrin steckten im Produktionsstart, es an allen Ecken und Enden aber an Personal mangele – und ob er, Mirko, direkt nächste Woche anfangen könnte. Benommen und glücklich bejahte Mirko.

Nach den in der Ausschreibung erwähnten Aufstiegs-möglichkeiten fragte er Niko nicht. Hauptsache weg von Fritz&Old, lautete seine momentane Devise. Für seinen Ehrgeiz reichte es derzeit völlig, sein sportliches Ziel, bei der Mittwochsgruppe entspannt mitradeln zu können, zu verfolgen.

„Prima!", freute sich Niko, nahm den Hörer seines Telefons ab und sprach mit seiner Sekretärin. Sie solle doch den vorbereiteten Vertrag hineinbringen und, wenn vorhanden, zwei Gläschen Sekt. Als die Dame zehn Minuten später das Zimmer betrat, musterte sie Mirko neugierig.

„Das ist Renate, meine Hand und mein Hirn", scherzte Niko. „Ohne sie könnten wir alle hier einpacken! Renate, das ist Mirko Jordans, mein neuer Assistent!"

Lächelnd schüttelte Renate Mirkos Hand: „Na dann: Willkommen im Team!"

Die Summe des ausgemachten Gehalts trug Niko handschriftlich in den Vertrag ein, sie unterschrieben beide, prosteten sich zu – und Mirko hatte einen neuen Job.

Erst als er, leicht beduselt von dem Sekt und im Übrigen völlig geflasht von seiner neuen Perspektive, zur S-Bahn spazierte, wurde ihm klar, was er getan hatte. Nächste Woche schon wollte er anfangen bei RTL. Sicher, die Stelle bei Fritz&Old war nur ein Praktikum, und genau das hatte er sich bei Niko gedacht, als er ihm seinen schnellen Einstieg zugesagt hatte. Ja, nur ein Praktikum. Aber ... aber Mick würde es sicher dennoch nicht gefallen, wenn er von einem Tag auf den anderen alles schmiss. Immer langsamer wurden Mirkos Schritte, als er sich zurechtlegte, was er Mick sagen würde.

Er erwischte ihn noch am selben Tag, kurz vor Feierabend.

„Kann ich kurz was mit dir besprechen?", fragte er seinen Chef.

„Klar doch", antwortete dieser und legt Mirko eine Hand um die Schulter, wofür er sich gewaltig strecken musste, als er ihn in sein Büro führte. „Lass mich raten: Es geht um deine berufliche Zukunft bei Fritz&Old!"

Mirko fühlte sich miserabel, als er herumzudrucksen begann: „Nein, nicht wirklich, also, irgendwie doch, aber …"

So unglücklich wirkte er, dass selbst Mick merkte, dass etwas nicht stimmte. Prüfend betrachtete er Mirko. „Du willst gar nicht bei uns bleiben?", fragte er dann.

„Nein, also doch ... ich würde gern, aber ... es tut mir so leid ...", stammelte Mirko – und verfluchte sich selbst. Wo bitte schön war er, der neue selbstbewusste Mirko, Liebhaber gleich zweier Männer, wenn man ihn brauchte? Musste er heute nicht nur wieder klingen wie ein Schuljunge, sondern sich auch wie einer fühlen? Reiß dich zusammen, mahnte Mirko sich innerlich, holte tief Luft und begann von Neuem zu sprechen.

Er betonte nochmals, wie leid es ihm täte ... aber er habe da diese einmalige Chance zum Einstieg ins Filmbusiness ... und sich die Entscheidung nicht leichtgemacht. Aber ... wenn es bei Fritz&Old natürlich nicht ginge ohne ihn, werde er schon einen Weg finden ... aber eigentlich …

Dass es sich bei der „einmaligen Chance" um die profane Stelle eines Produktionsassistenten handelte, erwähnte er Mick gegenüber nicht. Vermutlich würde dieser es nicht gut aufnehmen, eines solchen Jobs wegen verprellt zu werden. Und völlig verscherzen wollte Mirko es sich mit Mick nicht.

Beim Wort „Filmbusiness" bekam Mick glänzende Augen und erzählte Mirko, wie er einmal als Jugendlicher Fotoaufnahmen als Werbung für eine lokale Limonadenspezialität gemacht habe – „Das waren Zeiten, Mirko!" Aber leider hatten seine Wege ihn dann anderswo hingeführt. Seinem Mitarbeiter wünschte er von Herzen alles Gute, wollte seinem Glück und Erfolg nicht im Wege stehen und überhaupt: „Reisende soll man nicht aufhalten, gell?"

„Und am Freitag gibst du dann deinen Ausstand, oder?"

Äh, ja, das müsste er wohl. Obwohl Mirko nicht die geringste Ahnung hatte, wie er zwischen Radfahren, seinen letzten zwei Arbeitstagen und der Lektüre dutzender RTL-Flyer, die Niko ihm mitgegeben hatte, auch das noch organisieren sollte, sagte er notgedrungen ja.

26

Am Abend rief ihn Damian an. Natürlich Damian, nicht Rainer.

„Und – darf man gratulieren?"

Mirko erzählte Damian von seinem erfolgreichen Vorstellungsgespräch, dem unterschriebenen Vertrag und von der Unterredung mit Mick.

„Aber das klingt doch alles Bombe!", freute Damian sich für ihn.

„Ja, schon – aber ich muss am Freitag irgendwas mitbringen ins Büro, zum Ausstand, und hab keine Ahnung, wann ich mich darum kümmern soll. Mit dem Training morgen Abend mit Rainer, was du ja schon richtig vorhergesehen hast!", beschwerte sich Mirko.

Damian lachte. „Lass mich mal nachdenken! Ich hab mir den Donnerstagnachmittag in der Praxis freigeschaufelt – um eure Radrunde zu ermöglichen, im Übrigen! Wenn ihr euch erst um 7 trefft, hätte ich vorher Zeit, um ein bisschen Shoppen zu gehen – Saft, Sekt und Brezeln geht doch vermutlich in Ordnung, oder? Und am Freitagnachmittag arbeite ich eh nie. Da könnte ich die Brezeln dann noch frisch bebuttern, später mit dem Zeug bei dir im Büro vorbeikommen, mit euch anstoßen

– und wir die Feier danach bei mir fortsetzen! Was meinst du? Am Freitag brauchst du bestimmt wieder eine Massage!"

Der verführerische Unterton in Damians Stimme war nicht zu überhören und beflügelte Mirkos Fantasie sofort. Aber…

„Du, das ist ein super großzügiges und nettes Angebot, aber es geht nicht!", antwortete er gepresst.

„Geht nicht? Wieso denn nicht?", fragte Damian zurück.

„Ich … die im Büro wissen nichts von dir und … das soll auch so bleiben!", brachte Mirko heraus und wusste im selben Moment, wie abweisend es klang.

Dementsprechend verletzt reagierte Damian: „Bin ich dir etwa nicht gut genug? Stört dich irgendwas an mir?"

„Nein! Nein, natürlich nicht!", beeilte sich Mirko zu sagen, „es ist nur: die wissen nicht, dass ich schwul bin und … ich will es ihnen auch nicht sagen!"

Nach einer kurzen Pause stöhnte Damian: „Himmel! Das ist doch nicht dein Ernst! Ist das Wort Coming-out dir irgendein Begriff?"

„Ja, natürlich", entgegnete Mirko beschämt, „aber … ich geh da doch eh, da will ich dieses Fass dort jetzt nicht aufmachen in letzter Minute …"

„Okay, wie du willst", antwortete Damian beleidigt.

Mirko seufzte. „Und im Übrigen will ich nicht, dass du dir so viel Arbeit machst für meine blöden Arbeitskollegen", fiel es ihm jetzt noch ein, „das sind die doch gar nicht wert!"

Doch Damian ließ sich nicht versöhnen und legte kurze Zeit darauf auf. Mirko seufzte erneut. Auf seine „Neue-Stelle-Euphorie" war ein kleiner Schatten gefallen.

Mirko war verwirrt. Er fühlte sich auf unbestimmte Art schuldig und das ärgerte ihn. Hatte er Damian bei ihren Treffen nicht in ausreichender Weise gezeigt, wie sehr er ihr Beisammensein genoss? Warum musste dieser nun von ihm verlangen, dass es Menschen erfuhren, mit denen er nach übermorgen sowie nichts mehr zu tun haben würde? Das Gespräch mit Damian und wie es geendet hatte, irritierte Mirko über alle Maßen.

Als das Telefon ein weiteres Mal klingelte, dachte er, es sei erneut Damian. Erst, als er beim Abnehmen feststellte, dass dem nicht so war, merkte er, wie sehr er sich nach einer schnellen Versöhnung mit dem Physiotherapeuten gesehnt hatte.

Seine Mutter war dran, natürlich.

„Und?", fragte sie, „wie ist es gelaufen?"

„Gut", antwortete er, „ich habe den Job und fange nächste Woche dort an."

„Nächste Woche schon?!", rief sie erstaunt. „Aber selbst bei Praktikumsverträgen gibt es doch eine zweiwöchige Kündigungsfrist!" Die Mutter hatte sich im Rahmen einer Anstellung bei einem Anwalt eine Zeitlang ihres Lebens intensiv mit Arbeitsrecht beschäftigt.

„Ja", sagte Mirko, „ich hab meinem Chef bei Fritz&Old etwas von einer einmaligen Chance beim Film erzählt, da war er gleich Feuer und Flamme und hat mich gehen lassen!"

„Das hast du gut gemacht, mein Schatz!", lobte die Mutter.

Ja, dachte Mirko, in ihren Augen ist alles, was ich tue, großartig. Ob sie das auch noch so sähe, wenn ich ihr sagte, dass ich schwul bin? Dabei fiel ihm Niko, sein künftiger Chef, wieder ein und was ihn beim Vorstellungsgespräch mit ihm bewegt hatte.

„Kann ich mal mit Vater sprechen?", fragte Mirko.

„Wieso?", fragte die Mutter zurück. In ihrer Stimme lagen Irritation und Misstrauen. „Was willst du denn von Günter?"

„Ach", sagte Mirko, „ich musste heute an ihn denken, bei meinem Vorstellungsgespräch – und da wollte ich ihn mal wieder sprechen."

„Ach so", sagte die Mutter, „ok, ich hol ihn mal. Dir dann schon einmal guten Start nächste Woche, wenn wir vorher nichts mehr voneinander hören!"

Es dauerte lange, bis sein Vater am Apparat war. „Hallo, mein Junge", sagte er. „Glückwunsch zum neuen Job!"

Mirko wollte schon ansetzen, um ihm von Niko zu erzählen, dann stockte er. Was sollte er denn schon sagen? Mein neuer Chef ist so ein Angeber und hey, Papa, ich wollte dich mal fragen, ob du auch solche

Minderwertigkeitskomplexe gegenüber solchen Typen hast wie ich? Das konnte er wohl kaum und er brachte es nicht übers Herz, auch wenn es genau das gewesen wäre, was er ihn hätte fragen wollen. Plötzlich kam Mirko sich dumm vor. Was wollte er denn von seinem Vater? Schließlich hatte er bei seinem Besuch bei den Eltern vor ein paar Monaten schon feststellen müssen, dass er bei *ihnen* keine Antworten finden würde.

Mirko beendete das Gespräch nach ein paar Belanglosigkeiten und ging bald darauf zu Bett. Die Aufregungen des Tages hatten ihn erschöpft, auch ohne, dass er sich körperlich betätigt hatte. Außerdem hatte er sich früh am nächsten Morgen den Wecker gestellt, um pünktlich um 7 bei dem am Abend auf Google herausgesuchten Supermarkt zu sein.

Als er sich den Schlaf aus den Augen rieb und diese auch auf seinem Weg durch die Straßen Kölns nur mühsam offenhalten konnte, betrachtete Mirko seine Müdigkeit als gerechte Strafe dafür, dass er die Sache mit Damian nicht besser gehändelt hatte. Hätte er den Zwilling nicht verärgert, hätte dieser die Einkäufe für ihn erledigt!

Mirko entschied sich tatsächlich für Brezeln, denn er fand Damians Idee gut, sowie für Sekt, Orangensaft und mehrere 1 kg – Haribo – Boxen als Abschiedsgeschenk für seine Kollegen. Schließlich hatte seine Mutter recht gehabt damit, dass es nicht selbstverständlich war, dass Mick ihn so kurzfristig ziehen ließ. Zweifelnd betrachtete Mirko dann die wenigen in den Regalen des Discounters stehende Flaschen Champagner. Dafür, dass ihm das Zeug nicht einmal schmeckte, war es ganz schön teuer. Andererseits: Er hatte unbestimmte Fantasien von einer Versöhnung mit Damian – und dafür zählte schließlich die Geste, oder? Er nahm sich eine Flasche des exklusiven Gesöffs, zahlte und verließ den Laden.

Wie üblich gab Rainers Gesicht nichts Preis von dem, was er dachte, als er Mirko um 7 vor dem Radladen traf. In dessen Inneren konnte Mirko von hier draußen keine Spur von dem anderen Zwilling entdecken, obwohl er da sein musste.

„Glückwunsch zum neuen Job", begrüßte ihn Rainer und verriet Mirko damit, dass die beiden Brüder eben doch über ihn geredet hatten.

„Danke", sagte er und mit einem schiefen Grinsen: „Dann hat es sich wenigstens gelohnt, das Training gestern fürs Vorstellungsgespräch ausfallen zu lassen, nicht wahr?"

„Das holen wir ja dafür jetzt heute nach!", entgegnete Rainer fest, „gleiche Runde, gleiches Tempo?"

Dem hatte Mirko nichts hinzuzufügen. Sei es, weil sich seine Trainingsbemühungen langsam auszahlten oder, weil er heute emotional zu durchgerüttelt war, um dem Trainer irgendwelche Widerworte zu geben – dieses Mal kamen sie ohne große Auseinandersetzungen über die Strecke.

Als sie schon wieder in Köln waren, sah Rainer ihn von der Seite an.

„Ich war heute wieder schneller", stellte er fest.

„Ja", bestätigte Mirko.

„Du weißt, was das bedeutet?!", fragte Rainer.

Und plötzlich war sie wieder da, seine alte Bekannte: Die *Lust*. In den letzten 24 Stunden war vor lauter verknoteter Gedanken kein Raum in ihm gewesen für sie. Jetzt machte sie seine Stimme rau, als er Rainers Blick unter herabgeschlagenen Wimpern erwiderte und sagte: „Ja. Oh ja, das weiß ich!"

Als sie ihre Räder in Rainers Keller abstellten, strich dieser Mirko unerwartet sanft mit der Hand über den Oberarm und sagte: „Du machst gute Fortschritte, Mirko, ich bin sehr zufrieden mit dir!"

Rainers Schlafzimmer kannte Mirko schon und wusste, was von ihm erwartet wurde. Einer Erwartung, der er nur zu gern nachkam! Doch als Rainer in ihn eindrang und ihn so herrlich erfüllte mit seiner köstlichen Härte, blieb die Hand aus, die um ihn herumgriff und sich *seiner* Härte widmete. So sehr er sich auch wandte und wimmerte (nur das Betteln verkniff er sich. Kein zweites Mal wollte er sich ein „dickes Baby" nennen lassen!) – die ersehnte Erlösung blieb ihm verwehrt. Als sie danach erschöpft auf das Laken sanken, strich Mirko begehrlich über

Rainer schweißbedeckten, so aufregend sehnigen Körper, presste seine Männlichkeit an den anderen und blickte ihn fragend an.

„Das war dafür, dass du meinen Bruder verprellt hast!", sagte Rainer, ruhig und leise, ohne eine Spur von Groll. Mirko stöhnte frustriert. Wie ein kleiner Junge wurde er hier gemaßregelt. So viel zu seinen Phantasien, er habe mit den Brüdern gleich zwei Männer an der Leine. Einen Sch... hatte er! Im Gegenteil, die Zwillinge hatten *ihn* im Griff. Und, sinnierte Mirko auf dem Heimweg, es war nicht so, als habe er etwas dagegen, Spielball in diesem aufregenden Spiel zu sein, der harte Rainer und der entgegenkommende Damian. Nein, im Gegenteil, es gefiel ihm sogar außerordentlich, der Auserwählte beider zu sein.

Und die Sache mit der Bestrafung, nun, die hatte er vermutlich verdient. Diese Erkenntnis hielt ihn jedoch nicht davon ab, sich am Abend die erwünschte Erleichterung selbst zu verschaffen. Schließlich wollte er morgen früh aufstehen, um die Brezeln zu schmieren, und konnte es sich nicht leisten, die ganze Nacht voll unerwünschter Gier wach zu liegen.

27

Als er sich mitsamt den vorbereiteten Köstlichkeiten am Freitagmorgen auf dem Weg zur Arbeit befand, hatte Mirko das erste Mal seit zwei Tagen das Gefühl, mit sich selbst wieder halbwegs im Reinen zu sein. Am Montag begänne ein neuer Abschnitt seines Berufslebens. Und alles andere ... würde er auch noch klären!

Vielleicht lag es an den rasch hinuntergestürzten zwei Gläsern Sekt, dass Mirko erst nach einer Zeit merkte, dass Florence, seine schon mehrmonatige Büronachbarin, auf seiner kleinen Abschiedsparty mit ihm flirtete. Warum tut sie das nur?, fragte er sich, habe ich ihr etwa irgendwelche Signale gesendet? Und – wenn sie es jetzt tut – versucht sie es vielleicht schon seit Monaten? Und ich habe es gar nicht bemerkt?

Er vermochte keine der beiden Fragen zu beantworten. Wichtiger war ohnehin, wie er jetzt mit der Situation umging. Ratlos schaute er auf

Florence' Hand, die vertraulich auf seinem Arm lag. Er schaute auf die Hand und spürte – nichts! Plötzlich musste er an Damian denken und wie der, wenn er jetzt, wie er das gewollt hatte, hier wäre, auf die Lage eingehen würde. Na, wie wohl?, dachte Mirko. Mit einem lockeren Spruch, wie denn sonst. Aber er war nicht Damian.

Florence war seinem Blick gefolgt und lächelte. Als ihre Hand ihn sanft streichelnd ein Stück höher glitt, stieg Panik in ihm hoch.

„Ich ... ich muss mal wohin", stammelte er – und floh auf die Toilette. Dort starrte er in den Spiegel und beschimpfte sich selber stumm. Schon zum zweiten Mal innerhalb 24 Stunden fühlte und verhielt er sich wie ein kleiner Junge. Sei ein Mann!, sagte er sich, während er sich kaltes Wasser über die Handgelenke und das Gesicht spritzte. Geh jetzt da raus und klär die Sache!

Florence fing ihn auf dem Rückweg ins Büro ab.

„Ich muss leider los", sagte sie. Bevor sich Erleichterung in ihm breitmachen konnte, fuhr sie fort: „Aber ... Ich wollte das nicht, solange wir Kollegen waren. Das wird hier nicht so gern gesehen. Aber wenn du gehst ... ich meine ... hättest du was dagegen, wenn ich dich mal anrufe?"

Bei Fritz&Old hielt man nichts von Datenschutz, hier besaß jeder die Nummer von jedem.

Wie unsicher Florence wirkte! Dabei waren ihm die Frauen früher in solchen Situationen, als er selbst noch mit Herzblut mit dabei gewesen war, immer so souverän vorgekommen! Oder hatte seine eigene Nervosität ihm damals nur den Blick für die seines Gegenübers verstellt? Mirko wollte Florence sein Einverständnis schon geben, biss sich dann aber auf die Zunge. Dann würde sie ihn doch anrufen und er müsste eine neue Ausrede finden! Hätte sie seine Nummer nicht schon, hätte er ihr einfach eine Falsche gegeben. Aber das wäre auch nicht fair.

„Du, Florence ...", sagte er schließlich, „ich habe nichts dagegen, wenn du dich mal wieder bei mir meldest. Aber ... du solltest wissen, dass ich vergeben bin, sozusagen."

Da! Er hatte es geschafft! Die Situation gelöst, ohne zu lügen!

Florence wirkte überrascht, fing sich aber schnell.

„Ich dachte … na ja, egal. Dann wünsche ich dir trotzdem viel Erfolg bei deinem neuen Job!"

Und sie nahm ihn zum Abschied in den Arm, was sich – trotz Florence' ihn irritierenden Brüste – rundum gut anfühlte.

Dass Mick ihm etwas zum Abschied schenkte, erstaunte Mirko fast so sehr wie die Gabe an sich. Es war ein kleines Büchlein mit E-Bike-Touren in der Umgebung Kölns.

„Mensch – Danke! Dass du daran gedacht hast!", freute er sich. Im Stillen wunderte er sich noch länger. Nie hätte er gedacht, dass sich jemand wie Mick dieses Detail seiner Freizeitgestaltung gemerkt haben könnte. Vielleicht war genau das Micks Erfolgsgeheimnis und der Grund, dass er so jung schon Teamleiter war: Nach außen hin coole Gleichgültigkeit vorgeben und gewisse Details dennoch genau registrieren!

Mirko verkniff sich die Anmerkung, dass er gar kein E-Bike mehr fuhr – so, wie er sich bei Fritz&Old in den letzten Monaten einiges verkniffen hatte. Er durchschritt die Bürotür mit dem guten Gefühl, das zum allerletzten Mal zu tun.

„Dein Zeugnis schicken wir dir dann!", rief Mick ihm hinterher, der zusammen mit zwei weiteren Kollegen die restlichen Sektbestände leerte.

Um 19:00 Uhr saß Mirko an seinem Küchentisch, vor sich die letzten zwei Brezeln. Das Hochgefühl, welches ihn den ganzen Tag begleitet hatte, ebbte allmählich ab, ebenso wie sein Alkoholspiegel. Freitagabend, ein Grund zu feiern – und er saß allein hier? Kurz erwog er, ins Men's Inn zu gehen. Markus, Ronald oder auch Ivan würden sicher nur zu gern mit ihm anstoßen. Aber irgendwie fühlte sich das nicht richtig an. Schließlich war es Damian, den er eigentlich bei sich haben wollte, nicht ein netter, aber beliebiger Kerl aus der Szene.

Mirko öffnete den Kühlschrank und beäugte die Flasche Champagner von allen Seiten. Als er diese gestern gekauft hatte, hatte er sich das so schön ausgedacht: Wie er mit ihr in der Hand Damian um Vergebung bitten würde, sie erst mit dem Schaumwein und dann anderweitig anstoßen würden … Jetzt aber befielen ihn Zweifel. Vielleicht wäre der Physiotherapeut heute Abend gar nicht da?! Sollte er ihn nicht besser erst anrufen? Aber nein! Was, wenn er dann sagte, er wolle ihn nicht sehen?! Nein, es half nichts, das konnte (und wollte) er nur persönlich klären. Kurze Zeit später stand er erneut vor dem Kühlschrank und griff sich kurz entschlossen noch ein paar Flaschen Bier. Jetzt erst stellte er fest, dass er gar nicht wusste, was Damian mochte. Während der Alkohol im Men's Inn und im Freshman's Resort in Strömen floss, hatte er bislang weder mit Rainer noch mit Damian je etwas getrunken. Es würde ihn nicht wundern, wenn Rainer als disziplinierter Sportler komplett auf Alkohol verzichtete. Damian hingegen … Immerhin hatte *er* Sekt als Getränk für seinen Ausstand ins Gespräch gebracht. Hätte Mirko vielleicht doch nicht alle Flaschen mit zu Fritz&Old nehmen sollen und stattdessen eine hier zurückbehalten für seinen Liebhaber? Was, wenn Damian am liebsten Sekt trank?

28

Mirko musste sich eingestehen, dass er sein Grübeln nur zu gern als Vorwand nutzte, seinen Aufbruch um einige weitere Momente hinauszuzögern. Auch seine Schritte, die ihn schließlich zu Damians Appartement führten, waren alles andere als zügig und zielstrebig.

Noch einmal atmete er tief durch, bevor er auf Damians Klingel drückte.

„Ja?", tönte Damians angenehme Stimme aus der Gegensprechanlage.

Mirkos Herz tat einen kleinen Hüpfer.

„Mirko hier", sagte er, „darf ich hochkommen?"

Damians Reaktion dauerte so lange, dass Mirko schon sinkenden Mutes befürchtete, der andere würde ihn nicht einlassen und er müsste unverrichteter Dinge wieder abziehen – bis der Summer schließlich doch erklang. Eigentlich müsste ich die Stufen jetzt dafür nutzen, mir zurechtzulegen, was ich ihm sagen will, dachte Mirko. Doch schon den gesamten Weg hierher hatte ihm nichts einfallen wollen.

Damian stand in der Tür, die Arme rechts und links von sich in den Türrahmen gestützt. Trotz all der in ihm tobenden Gefühle und Zweifel kam Mirko nicht umhin, ein weiteres Mal zu bemerken, wie gut er aussah. Zum Anbeißen!

„Ich … hab was mitgebracht. Hier!" Mirko drückte Damian die Champagnerflasche in die Hand. Dieser nahm sie und betrachtete erst das Etikett, dann Mirko mit unergründlichem Gesichtsausdruck. Als sich das Schweigen hinzog, kam Mirko ein Verdacht: „Sag mal, bist du allein? Oder hast du Besuch?"

Jetzt huschte doch ein Lächeln über Damians Züge. Vermutlich lag es in seiner Natur, fröhlich und freundlich zu sein. Er konnte es nicht lange durchhalten, grimmig zu schauen.

Er nahm die Arme vom Türrahmen und antwortete: „Nein, ich bin allein. Ich hatte den Abend für dich reserviert, schon vergessen?"

Mirko zuckte zusammen und fragte fast trotzig: „Darf ich reinkommen?"

Damian zuckte mit den Schultern, drehte sich dann um und ging Mirko voraus in die Wohnung. Er hatte (neben Schlaf- und dem Mirko nur allzu bekanntem Massagezimmer) einen großen kombinierten Wohn-, Ess- und Küchenraum, an dessen Tisch er sich jetzt setzte. Als Mirko das mitgebrachte Bier neben die Champagnerflasche stellte, fragte Damian ihn:

„So – bin ich dir jetzt nicht mehr peinlich?"

„Oh, Damian!", rief Mirko und hörte selbst, wie kläglich seine Stimme klang, „du warst mir nie peinlich! Ich schäme mich nicht für dich – sondern für mich selbst."

Ihm war nach Heulen zumute, als er fortfuhr: „Ich hab mich immer schon für mich geschämt. Damals, als Kind, war ich übergewichtig, also richtig fett. Alle haben sich über mich lustig gemacht und ich … ich hab mich so geschämt, dass ich nicht abnehmen konnte … Immer wieder hab ich's versucht. Meine Mutter hat sich viel Mühe gegeben mit den Diäten – und ich hab's doch nie geschafft! Ebenso wenig wie mit dem

Sport. Zig Sachen hat sie mir vorgeschlagen und mich angemeldet. Und ich ... ich hab's immer wieder verbockt, nie etwas durchgehalten und war am Ende dann noch fetter als vorher!"

Mirko wusste selbst nicht, wo das jetzt alles herkam. Darüber hatte er heute sicher nicht mit Damian reden wollen. Doch der Strom seiner Worte und Gefühle ließ sich nicht aufhalten.

„Später hatte ich dann Freundinnen. Da hab ich mich auch geschämt. Dass ich auch für die nicht abnehmen konnte, nicht vorzeigbar war als Partner. Und dafür, dass ich nicht Manns genug war, von denen einzufordern, was ich eigentlich wollte, also, im Bett ..."

Er machte eine kurze Pause.

Damian seufzte und betrachtete die auf dem Tisch zwischen ihnen stehenden Flaschen. „Oh je", sagte er dann, „ich fürchte, da braucht es etwas Härteres als Schampus und Bier."

„Na, ja. Kommt meiner Erfahrung nach auf die Menge an", versuchte Mirko einen vorsichtigen Scherz.

„Wenn du meinst ..." Wortlos holte Damian zwei Sektgläser aus der Küche, öffnete die Champagnerflasche und schenkte ihnen beiden ein.

„Und dann ... dann hab ich mich geschämt, dass ich es nicht so genossen habe, wie ich sollte, also, den Sex", fuhr Mirko fort. Längst schon hatte er seinen Kopf auf die Schulter des jetzt neben ihm sitzenden Damian gelegt und genoss es, wie der andere ihm sanft über die Seite strich.

„Und bei der verdammten Firma, die ich jetzt endlich hinter mir gelassen habe, konnte ich nicht so hart sein, wie ich sollte! Und zu allem Überfluss ... bin ich auch noch schwul!"

So, jetzt war es heraus. Zum ersten Mal überhaupt hatte Mirko diese Tatsache laut ausgesprochen.

Damian war heute milde gestimmt. Mirko hatte den Weg hierher gefunden, zu ihm, zutiefst zerknirscht und mit zumindest so etwas Ähnlichem wie einer Entschuldigung auf den Lippen. So aufgelöst hatte Damian den BWLer noch nie erlebt. Das eine hastig hinuntergestürzte Glas Champagner konnte doch nicht so schnell eine derartige Auswirkung haben? Dann fiel ihm ein, dass Mirko heute ja seinen

Ausstand gegeben hatte, die Veranstaltung, bei der er eigentlich dabei sein wollte. Vermutlich hatte dieser kräftige, aber doch so sensible Mann hier neben ihm schon am Nachmittag tief ins Glas geschaut.

Sanft nahm Damian Mirkos Kinn und drehte dessen Kopf so, dass er ihm in die Augen schauen musste.

„Du brauchst dich für überhaupt nichts zu schämen!", sagte er fest und reichte Mirko dann seine Hand.

„Komm, wir ziehen um aufs Sofa!"

Dass diese Aufforderung Mirko nur zu deutlich an den schicksalhaften Abend mit Judy vor ein paar Monaten erinnerte, war nicht dazu angetan, seine rührselige Stimmung zu vertreiben oder den in ihm gebrochenen Damm wieder zu kitten. Sich eine Träne von der Wange streichend setzte er sich zu Damian auf dessen bequeme Couch und nahm einen weiteren Schluck Champagner. Die Gläser samt Flasche hatte Damian auf den kleinen hölzernen Sofatisch hinüberbalanciert.

„Also, wenn du meine Meinung hören willst, und deswegen bist du ja wohl hier …", setzte Damian an und hielt dabei Mirkos Hand, „… dann ist das alles bescheuert und schwachsinnig. Was ich sagen will: Dass du gemobbt wurdest, war bescheuert und tut mir von Herzen leid für dich. Was mir hingegen *nicht* leid tut, ist, dass du schwul bist. Im Gegenteil! Und das sollte es auch dir nicht! Hast du mir nicht selbst gesagt, dass du von den Frauen gar nicht bekommen hast, was du brauchtest?"

Mirko starrte Damian an. Er hatte das Gefühl, dass dessen Argumentation einen Haken hatte, vermochte aber nicht den Finger drauf zu legen. Was Damian nicht wusste, war, dass ihm neben Sekt und Champagner auch das eine Mutmach-Bier, das er zu Hause genossen hatte, das Denken erschwerte.

Mit seinem leicht geöffneten Mund und der gerunzelten Stirn wirkte Mirko jetzt in diesem Moment tatsächlich ein wenig schwachsinnig. Auf eine so süße Weise allerdings, dass Damian nicht anders konnte, als ihm die Lippen mit einem Kuss zu verschließen.

Damian küsste anders als sein Bruder. Zärtlicher, sinnlicher, sanfter. Dieser Kuss war wie ein einziges großes Trostpflaster, die heiße

Schokolade am Regentag – oder eine wohlige Massage nach dem Radfahren. Und überschrieb obendrein zumindest für den Augenblick alles, was in Mirkos Kopf gewesen war.

Er sah Damian in die Augen und sagte, was ihm als Erstes in den Sinn kam: „Du kannst gut küssen!"

„Danke", sagte Damian, „und weißt du, von wem ich es gelernt habe? Von Männern, so, wie du es einer bist. Was glaubst du eigentlich, was einen „richtigen" Mann ausmacht? Dass ein Mann nie Gefühle zeigt und immer einen auf hart macht?!"

Ja, das war so ungefähr das, was Mirko glaubte. Doch er kam nicht zum Antworten, denn Damian fuhr schon fort: „Puh, das wäre ja langweilig! Und vom Äußeren, mein Lieber, entsprichst du, zumindest jetzt und egal, wie du als Kind ausgesehen hast, jedem Männlichkeitsideal, was Mann sich nur wünschen kann mit deinen geilen Muskeln!"

Und damit fuhr Damian ihm mit den Händen unters Shirt.

„Mmh", machte Mirko und noch einmal ein wenig lauter und wohliger, als der Physiotherapeut seine Brustwarzen erreicht hatte, und begann zärtlich mit ihnen zu spielen.

„Allein deine Nippel …", schwärmte er dabei und leckte sich über die Lippen.

Mehr brauchte es nicht, um Mirkos Körper in ein einziges Flammenmeer zu verwandelt. Er begehrte Damian mit jeder Faser seines Seins, brauchte ihn. Jetzt, sofort! Doch war er nicht wegen etwas anderem hergekommen? Hatte er sich nicht entschuldigen wollen? Dann aber war er zusammengebrochen und hatte geweint. Und jetzt … jetzt gab es nur noch eines. Erneut sagte er das, was er dachte und noch viel mehr fühlte: „Ich will dich, Damian!"

Dann küsste er ihn seinerseits, drängender, härter, als Damian das zuvorgetan hatte. Vielleicht kann er auch von mir etwas lernen, dachte er verträumt.

Als er ihn wieder freigab, sagte Damian: „Ich will dich auch!"

Damian saß still da und sah Mirko nur angedeutet lächelnd an. Mirko begriff, dass es an ihm war, die Initiative zu ergreifen und die Dinge in seinem Tempo und nach seinem Gusto voranzutreiben. Zuerst nur zaghaft krabbelten seine Finger unter Damians Shirt. Doch dessen maunzende Lustgeräusche … sein ihm heute engelsgleich erscheinendes lockenumrahmtes Gesicht … seine warme feste Haut … alles verschmolz zu einem Strom der Wollust. Und so war es bald Mirkos Zunge, die mit Damians Brusthaaren spielte, die Muskeln seines Halses nachfuhr und seine Nippel neckte.

Damian keuchte. Unbeherrscht wanderten seine Hände wieder an Mirkos Flanken und darum herum, versuchten, ihn zu sich heranzuziehen.

Neben ihnen machte etwas „Plopp". Dann rochen beide den saueralkoholischen Geruch des vergossenen Getränks. Mirko hielt in seinen Bewegungen inne.

„Oh, das sollten wir aufwischen!", meinte er.

Bei seinen Eltern hatte jedes umgestoßene Glas, zumal im Wohnzimmer, zu einem Großreinemachkommando geführt. Doch Damian hielt ihn fest: „Darum kümmern wir uns nachher!

Wobei …", jetzt rückte er doch ein Stück von Mirko ab und griff nach dem einen noch halb gefüllten Sektglas, „… wär ja schade, wenn das auch noch drauf geht. Cheers!"

Und er nahm zwei große Schlucke, bevor er das Glas an Mirko weiterreichte, der es gehorsam leerte.

Als Mirko sich jetzt wieder Damians Oberkörper widmete und ihm mit Hingabe so lange mit der Zunge über den Bauchnabel fuhr, bis er um Gnade quietschte, mischte sich in Mirkos Mund Damians Geschmack mit dem des Champagners und er fand, dass „das Zeug" doch gar nicht so schlecht schmeckte.

Endlich fand Mirko Damians Hosenstall und dieser den seinen. Einige Momente liebkosten sie unter Seufzen und Stöhnen die Männlichkeit des jeweils anderen, bevor Mirko Damians Hand nahm.

„Ich bin dir noch etwas schuldig! Heute bist du oben, nimmst *du* dir von mir, was du brauchst!"

Damian lächelte.

„Ach Mirko", sagte er, „du hast es heute bitter nötig. Außerdem weißt du doch, wie ich es am liebsten mag!"

Trotz des ihn immer wieder überfallenden promillebedingten Schwindels fand Mirko problemlos den Eingang zu Damians Innerem und wusste genau, was zu tun war.

Damian schien es nicht zu stören, dass Mirko sich mangels Koordination heute etwas ruppiger an dessen Vorderseite zu schaffen machte, im Gegenteil. Sein Maunzen und Winseln mischte sich mit Mirkos erlöstem Stöhnen.

Später putzten sie den Wohnzimmerboden gemeinsam. Als sie nebeneinander im Bett lagen und Mirko schon fast eingeschlafen war, meinte Damian: „Sag mal, brauchst du heute eigentlich keine Massage?"

Mirko seufzte: „Meine Beine tun schon weh, aber du kannst doch jetzt nicht …"

Damian konnte. Und es stellte sich heraus, dass auch Mirko konnte.

Erst spät in der Nacht schlief Mirko zutiefst befriedigt und, für den Moment von allen Sorgen befreit, ein.

29

Mirkos erster Arbeitstag bei RTL war genau so chaotisch, wie er sich schon das Vorstellungsgespräch ausgemalt hatte. Zwar waren alle am Set über sein Kommen informiert und begrüßten ihn herzlich. Doch so richtig für ihn zuständig zu fühlen, schien sich keiner. Nach zwei Stunden begriff Mirko, dass er hier mit seinem bisherigen Standardverhalten, brav das zu tun, was jemand ihm sagte, nicht weiterkommen würde. Wie gut, dass er sich erst vor drei Tagen bei Damian darin geübt hatte, Eigeninitiative zu zeigen. Denn Arbeit gab es genug! Von der Mittagsverpflegung des ausgehungerten Teams über die Reparatur dieser einen, für den Dreh so wichtigen Lampe, bis zum Suchen der Co-Produktionsmanagerin Dörthe, die aus irgendeinem Grund unauffindbar verschwunden war …

Mirko sprang von einer Baustelle zur nächsten. Am Abend wusste er nicht, wo ihm der Kopf stand – hatte aber gleichzeitig das gute Gefühl, heute mehr getan zu haben als in all den Monaten bei Fritz&Old.

Der nächste Tag verlief ähnlich. Mirkos Sorge, dass er es wegen der neuen Stelle auch diesen Mittwoch nicht zum Training schaffen würde, erwies sich als unbegründet, denn Frühaufstehen gehörte ohnehin nicht zu den Lieblingsbeschäftigungen der Filmleute.

Am Samstag hatte Damian ihn höchstpersönlich telefonisch bei seinem Bruder von der Samstagsradelrunde abgemeldet, was Mirko als fast so etwas wie einen Ritterschlag empfand. Auch wenn Mirko Damian beim Telefonieren hochgespannt betrachtete, wollte dieser ihm später nicht verraten, was Rainer gesagt hatte. Doch als Mirko sich schulterzuckend ans Aufstehen machte (sie saßen beide mit einem Kaffee in Damians gemütlichen Bett), hielt Damian ihn lächelnd zurück. „Wir sollen es genießen, hat Rainer gesagt, und uns viel Spaß gewünscht! Er sähe dich dann am Mittwoch wieder!"

Mirko war überaus gerührt, als ihn sämtliche Gruppenmitglieder nach dem Verlauf seines in der letzten Woche geführten Vorstellungsgesprächs fragten, und das aus zwei Gründen: Zum einen erstaunte es ihn, dass Rainer seine Schützlinge so ausführlich über den Grund seiner letztwöchigen Abwesenheit in Kenntnis gesetzt hatte. Zum anderen freute es ihn, dass sich alle so für ihn interessierten. Noch neugieriger als auf seine Arbeit bei RTL waren alle dann auf sein neues Fahrrad. Fast eine Stunde lang war Mirko in angeregte Gespräche mit dem ein oder anderen Gruppenmitglied vertieft, bevor ihm bewusst wurde, wie gut er heute hier mithielt. Auch im Folgenden merkte er der Schwere seiner Beine das viele Hin- und Hergerenne der letzten zwei Tage zwar deutlich an, konnte sich dafür aber im Gegenzug mit seinem Querfeldeinrad gut im Windschatten der Gruppe verstecken. Gnädigerweise sparten ihn die anderen bislang bei ihren regelmäßigen Wechseln aus, die jeden unweigerlich mal nach vorne, in die 1. Position, in den Wind, führten.

Einzig beim Anstieg des auch heute nicht umrundeten Berges konnte sich Mirko ein Stöhnen und Fluchen nicht verkneifen, was Rainer prompt veranlasste zu kommentieren:

„Tja, wenn man sich lieber vergnügt, statt zu trainieren … von Nichts kommt eben Nichts!"

Dieser Blödmann! Schließlich hatte er am Samstag Mirko seinen persönlichen Segen gegeben, im Bett zu bleiben. Und es war ja nicht so, als sei Rainer selbst solchen *Vergnügungen* gänzlich abgeneigt …

Als Mirko erst am späten Vormittag am Set eintraf, war das Chaos dort noch größer als an den beiden Vortagen. Am Nachmittag nahm ihn Dörthe, die Co-Produktionsmanagerin, die seine direkte Chefin war, zur Seite und entschuldigte sich wortreich dafür, dass es mit einer strukturierten Einarbeitung zu festen Zeiten schwierig würde. Sie hoffte, es wäre ok für ihn, wenn sie ihn stattdessen hier und da beiseite nähme und anhand aktueller Beispiele und Situationen ein bisschen Backgroundwissen vermittele. Natürlich war es ok für Mirko. In den 25 Minuten, die sie an diesem Nachmittag mit zusammengesteckten Köpfen ein erstes Mal über der Budgetplanung für „Unter euch" saßen, wurden sie nur 7 Male unterbrochen, es war also eine „fast ungestörte Atmosphäre!"

Am Samstag radelte er wieder mit Rainer (mit entsprechendem Nachspiel), am Sonntag war er bei Damian. Dasselbe am folgenden Wochenende. Die Wochentage dazwischen vergingen im Fluge.

Es hätte ewig so weitergehen können.

Als der Sommer zu Ende ging, erweiterte Mirko sein Outfit um eine lange Radhose und einen Windbreaker. Auch Rainers muskulöse Beine verschwanden unter einer sexy, schwarzen Leggins. Rainer schindete und malträtierte Mirko weiterhin mindestens einmal wöchentlich exklusiv auf dem Fahrrad und hinterher. Als er in der 25er-Gruppe gut mithalten konnte, stand die 28er als nächstes Ziel im Raum. Damian half ihm am Tag danach liebe- und verständnisvoll, seine Wunden zu versorgen und ihn wieder auf Vordermann zu bringen. Bis das Spiel eine Woche oder je nach Trainingsplan auch schon eher von Neuem begann. Die Regeln waren stets dieselben: Immer, aber auch wirklich immer, war Rainer der Überlegene. Seine Bedingungen hatte der Trainer ihm schließlich bereits an ihrem ersten gemeinsamen Samstag mitgeteilt. Sein Wunsch, über den oft weiterhin so unnahbaren, kantigen Rainer im Bett wenigstens ein einziges Mal die Oberhand zu gewinnen, spornte Mirko zu immer wieder neuen Höchstleistungen auf dem Fahrrad an. Gleichwohl ahnte er, dass, wenn dieser Tag tatsächlich einmal gekommen wäre, es zugleich auch der Letzte seiner Beziehung zu zumindest diesem Zwilling sein könnte.

Es lag nicht in Mirkos Natur, allzu viel über diese Dinge nachzudenken. Nur manchmal, wenn er abends nicht schlafen konnte, sinnierte er über Damian und Rainer. Sein bisheriges Leben hatte Mirko wenig auf das Schwulsein vorbereitet. So fehlte ihm jegliches Vorbild für eine solche Dreierbeziehung und er mochte sich gar nicht ausmalen, was seine Eltern dazu sagen würden.

Die Zwillinge waren so unterschiedlich, dass er bei jedem von ihnen etwas bekam, was der andere ihm nicht geben konnte. Er genoss Rainers Dominanz und das süße Kribbeln der durch den Trainer auf ihn, Mirko, ausgeübten Macht. Auch das Unnahbare an ihm hatte seinen Reiz. Bei Damian hingegen konnte er sich völlig fallen lassen, seine eigenen Bedürfnisse äußern und sie ausleben. Manchmal las der Physiotherapeut sie ihm auch direkt aus der Seele (oder woher auch immer!), noch bevor er selbst von ihnen wusste.

Vermutlich war es nicht einmal Liebe, was sie alle drei verband, aber doch ein Band, das stärker war als nur Freundschaft. Sagte man zu so etwas nicht „Freundschaft Plus"? Wenn es so war, teilten sie ein sehr intensives „Plus".

Manchmal fragte er sich, ob es den Zwillingen reichte, sich einen Mann zu teilen, wo er doch zwei nur für sich brauchte. Vielleicht hatten sie noch andere Partner, die sie gegenseitig tauschten? Nun, er war kaum in der Position, sich darüber zu beschweren. Wenn es so war, entdeckte er auf jeden Fall niemals fremde Spuren in ihren Wohnungen.

Im Herbst lud Judy ihn zu seiner Geburtstagsparty nach Ulm ein. Gern sagte Mirko zu, kam aber allein. Hätte er etwa seine *beiden* Freunde mitbringen sollen? Er erzählte Judy von Rainer, nicht aber von Damian. *Alles* musste sein ehemaliger Mitbewohner nicht von ihm und seinem neuen Leben wissen!

Wie er Judy, der sich elegant und immer lächelnd durch die Schar seiner Gäste bewegte, so an diesem Abend betrachtete, hatte Mirko nicht wenig Lust, sein Abenteuer von vor fast einem Jahr mit dem hübschen jungen Banker zu wiederholen, auch wenn dieser mittlerweile in seinem alten Zimmer wohnte und dort obendrein diese Nacht noch dessen Schwester und ihr Freund schliefen.

Doch war ihm nicht entgangen, dass Judys Aufmerksamkeit jemand anderem galt. Immer wieder suchten dessen Blicke seinen neuesten Mitbewohner Pino, ein Musikproduzent aus München. Auch Pino sah immer wieder verstohlen zu Judy. Wie Katzen um den heißen Brei, dachte Mirko. Es war ungewohnt für ihn, die Beziehung anderer überlegen von außen zu betrachten.

Auch Sonja war zu Judys Party gekommen. Nachdem sie sich einige Momente wie verfeindete Boxer im Ring gemustert hatten, nahmen sie sich – ein wenig ungelenk – fast zeitgleich in den Arm. Dabei fühlte er nichts als Erleichterung – und einen Hauch Dankbarkeit. Schließlich wäre er ohne Sonja nicht dort, wo er heute war. Weder in Köln noch bei RTL – noch alles andere!

30

Ja, eigentlich hätte alles so weitergehen können. Wenn nicht …

Mittlerweile war es Winter geworden. Mirko arbeitete seit einem halben Jahr bei RTL. Die ersten zwei Staffeln von „Unter euch" waren abgedreht und die gesamte Crew wartete ungeduldig auf die Ausstrahlung der Pilotfolge in ein paar Wochen.

Von den Radsportlern sah man in der momentan vorherrschenden klirrenden Witterung allenfalls verfrorene Nasenspitzen unter mehreren

Schichten Kleidung und den das Gesicht bedeckenden Buffs. Die Mittwochsradler, die nach wie vor Mirkos Lieblingsgruppe waren, hatten sich statt Mondscheinradfahren für einen „Spinningkurs" am Mittwochabend in einem Fitnessstudio entschieden, an dem Mirko gern teilnahm.

An einem der letzten Novemberabende läutete Mirkos Telefon. Sein Vater war dran. Da Weihnachten nicht mehr fern war, vermutete Mirko, dass es sich um eine Geschenkanfrage handelte, die sein Vater kurz mit ihm besprechen wollte, bevor er ihn, wie üblich, an die Mutter weitergab. Doch es ging um kein Geschenk. Und mit seiner Mutter sprechen konnte er heute auch nicht.

„Ich rufe an wegen Gabi", begann der Vater, „sie ... es geht ihr nicht gut. Sie liegt in der Klinik."

Danach schwieg er.

„Oh, Vater! Nicht gut? Klinik? Geht's auch ein bisschen konkreter?", erwiderte Mirko genervt. Sein Tag war anstrengend gewesen und er sehnte sich nach einer heißen Dusche. Sein Vater hatte ihn just auf dem Weg zu dieser abgepasst. Sorgen um die Mutter machte Mirko sich zu diesem Zeitpunkt nicht. Vielleicht war die väterliche Information auch noch gar nicht richtig bei ihm angekommen.

„Sie wollte nie, dass du davon erfährst! Ich hätte es dir schon viel früher gesagt, aber Gabi wollte dich nicht damit belasten. Wo du doch jetzt so schön Fuß gefasst hast in Köln, hat sie gesagt ...", verteidigte sich der Vater.

Mirko verstand nur Bahnhof. Langsam dämmerte ihm, dass etwas mit seiner Mutter ganz und gar nicht in Ordnung war – und das offensichtlich nicht erst seit heute!

„Vater!", unterbrach er das Gestammel Günters energisch mit seinem besten „Ruhe am Set!"- Ruf.

„*Wovon* sollte ich nicht erfahren? *Was* hättest du mir schon eher gesagt?"

„Sie hat Krebs. Brustkrebs. Schon seit einer geraumen Weile. Sie wollte sich nicht operieren lassen, weil ... ach, ich weiß auch nicht, warum. Sie wollte es auf jeden Fall nicht, obwohl ihr die Ärzte dazu geraten haben. Also wurde sie bestrahlt und hat eine Hormontherapie bekommen. Vielleicht wäre das ausreichend, meinten die Ärzte. *Sie* war sich dessen so sicher …"

„Halt, stopp mal!", unterbrach Mirko seinen Vater mit rauer Stimme. „*Wann*, sagtest du, war das?"

„Ach, schon vor zwei Jahren", antwortete Günter unsicher. „Du warst damals in Ulm und noch nicht lange mit deiner Spanierin zusammen."

Mirko fasste es nicht. Seine Mutter hatte Krebs und keiner sagte es ihm? Für einen Moment beschäftigte ihn diese Ungeheuerlichkeit mehr als die Diagnose selbst und ihre Bedeutung.

„Ja, und ihre Eltern? Hannelore und Hans-Dieter? Wissen *die* Bescheid?", fragte er.

„Ja, natürlich. Hannelore war die erste, der Gabi es damals gesagt hat, noch vor mir. Die Telefonate mit ihrer Mutter haben sie gut durch die erste schwere Zeit gebracht, direkt nach der Diagnose, als sie noch nicht wusste, wie es weitergehen würde", führte der Vater aus.

Zu Mirkos Fassungslosigkeit gesellte sich Wut. Die Telefonate mit der Oma hatten Gabi also gutgetan. Und er, was war mit ihm? Ihm war es nicht einmal zugetraut worden, mit der Nachricht umzugehen, geschweige denn seinen Teil dazu beizutragen, der Mutter zu helfen. Wie ein kleiner Junge, den man nicht für voll nahm, war er behandelt worden. Wieder einmal! Weil er genauso einer nach wie vor für die Mutter war – und es wohl immer bleiben würde!

Auch wenn ihm nach Schreien zumute war, beherrschte Mirko sich, als er dem Vater antwortete: „Ich hätte es auch gern gewusst. Damals schon, nicht erst jetzt. Und was ist überhaupt mit ihr, jetzt?"

Als ob ein Teil von ihm das nicht längst schon ahnte!

Der Vater seufzte. „Bestrahlung und Hormone waren nicht genug. Der Krebs kam wieder. Vielleicht war er nie weg. Den einen Lymphknoten an der Achsel hat sie schon die ganze Zeit gespürt …"

Der Vater klang müde, so furchtbar müde, dass Mirkos Zorn verrauchte.

Er räusperte sich: „Und – jetzt?"

„Jetzt liegt sie in der Klinik." Günters Stimme brach.

„Das sagtest du bereits", erwiderte Mirko geduldig.

„Im Sommer hat sie zunehmend über Schmerzen in der Achsel geklagt, zum Arzt gegangen ist sie dann aber wegen anhaltender Übelkeit. Gestreut hat der Tumor, war jetzt in ihrem Gehirn und in der Leber. Sie haben es wieder mit Bestrahlung probiert …"

Mirkos Augen wanderten in seiner jetzt seit einigen Monaten recht gemütlich eingerichteten Wohnung umher, auf der Suche nach einem Punkt, nur einem Detail, das ihm Halt geben könnte. Doch nichts, was sein Blick traf, sah er wirklich. Die Wände schienen blass, die Bilder leblos, die Möbel wie Attrappen im Studio. Gleichzeitig versuchte er verzweifelt, nach der Erinnerung an sein letztes Telefonat mit der Mutter zu greifen. Hatte sie da nicht noch normal geklungen? Wenn er sich doch nur erinnern könnte, *wann* das gewesen war!

Als ob das etwas ändern würde! „Wann, sagst du, war das?", fragte er leise.

„Im Sommer und Herbst. Sie wollte immer noch nicht, dass du's erfährst, hatte Hoffnung, zumindest dieses Jahr Weihnachten so tun zu können, als ob nichts sei …"

Weihnachten. Das wäre in wenigen Wochen.

„Gestern hatte sie einen Krampfanfall und ich musste den Notarzt rufen. Im CT in der Klinik haben sie dann gesehen, dass die Metastasen im Kopf eher größer als kleiner geworden sind", beendete der Vater seine traurige Geschichte.

„Welchen Tag haben wir heute?", fragte Mirko und warf einen Blick auf seinen Wandkalender, obwohl er genau wusste, dass Donnerstag war. Gestern war er beim Indoor-Cycling gewesen. Gestern, als die Welt noch in Ordnung gewesen war.

„Ich komme. Ich setz mich morgen Nachmittag nach der Arbeit auf den Zug und bin dann abends da!", versprach er.

Damian hatte volles Verständnis, als Mirko sich bei ihm und seinem Zwilling für das Wochenende entschuldigte.

„Soll ich dich begleiten?", fragte er, „so als seelische Unterstützung?"

„Nein, lass mal", lehnte Mirko an, „ich will mir erstmal selbst ein Bild von der Lage machen!"

„Ok. Aber lass mich wissen, wenn ich was tun kann für dich!" Er schloss ihn zum Abschied in eine herzliche Umarmung.

31

Während der Zugfahrt hatte Mirko Zeit nachzudenken. Wäre dies hier ein Film oder ein Buch, so dachte er, dann zöge während dieser Heimfahrt vermutlich das Leben meiner Mutter, all meine Erinnerungen an sie, in meinem Inneren an mir vorüber.

Doch so war es nicht. Alles, woran er denken konnte, war, wie plötzlich sich alles geändert hatte. Noch gestern früh hatte er eine Mutter gehabt, die, wie er glaubte, ewig zu leben hätte. Wenige Stunden später nur befand er sich, wenn man den Tatsachen ins Gesicht sah, auf dem besten Weg, bald Halbwaise zu sein. Was ihn daran vor allem beschäftigte, war, dass diese Wahrheit schon *vorher* gegolten hatte, seit der Erstdiagnose der Mutter, von der man ihm nichts gesagt hatte. Doch für ihn würde es sich auf immer und ewig so anfühlen, als sei sie *gestern* tödlich erkrankt, als er auf dem Weg zur Dusche war und später durch seine Wohnung tigerte.

Das war ein bisschen wie mit dem „Schwulwerden". Bis ans Ende seiner Tage würde dabei Judys Gesicht vor seinem inneren Auge auftauchen als Initiator der Wandlung in seinem Leben – obwohl er doch vermutlich immer schon Männer geliebt hatte, ohne sich das eingestehen zu können.

Da die Mutter in der Klinik war und sie sie erst morgen besuchen dürften, wäre dieses eine perfekte Gelegenheit für das schon lange ausstehende Vater-Sohn-Gespräch über Männlichkeit, des Vaters Rolle in der Kindheit und vielleicht auch übers Schwulsein. Doch wie sie so beieinandersaßen, im heimischen Wohnzimmer, jeder mit seinem Bier, sprachen sie doch nur über *ein* Thema: Die Mutter. Günter erzählte davon, wie sie damals erkrankt war. Von ihrer Weigerung, sich die Brust entfernen zu lassen. Dem einen auffälligen Lymphknoten, von dem er erst jetzt erfahren hatte. Der Beharrlichkeit der Mutter, ihn, Mirko, zu seinem eigenen Schutz außen vor zu lassen, trotz der Einwände des Vaters, dass der Sohn es würde wissen wollen.

Und damit, dachte Mirko und betrachtete die vielen auf den Regalen stehenden Fotos, die immer nur ihn und die Mutter und niemals den Vater selbst zeigten, beantwortete der Vater eben doch ungefragt die Frage nach dessen Rolle. Es war die des Statisten. Ein tatenloser Zuschauer im Leben der Mutter war er, vielleicht auch im eigenen. Zu Mirkos Traurigkeit der Mutter wegen gesellte sich ein intensives Bedauern für den Vater, besonders vor dem Hintergrund, dass dieser all das nicht mit der Mutter gemeinsam geführte Leben jetzt nie mehr würde nachholen können.

Als er in seinem alten Bett lag, fühlte Mirko sich einsam. Vielleicht hätte er Damian doch erlauben sollen mitzukommen? Dessen Wärme täte ihm jetzt gut. Doch das ewige Lächeln des Zwillings wäre hier fehl am Platz. Mirko war heute nicht nach Lächeln. Vielleicht bräuchte er den ernsteren Rainer? Doch dessen Gedanken drehten sich immer nur um den Radsport. Rainer würde nicht verstehen, dass er einen ganzen Abend lang nicht übers Radfahren reden wollte. Nein, heute würde ihm keiner der beiden Brüder helfen können.

Und so baute Mirko, fast unmerklich, an diesem Abend eine erste kleine Mauer zwischen sich und den Zwillingen auf, zunächst zart und fast unsichtbar.

Auch sich zu berühren, brachte keinen Trost, so dass Mirko seine diesbezüglichen Bemühungen nach wenigen Momenten einstellte.

Stattdessen dachte er eben jetzt doch an die Mutter. Er gestand sich ein, dass er Angst vor dem morgigen Treffen hatte. Bei seinem letzten Besuch hier im Mai war die Mutter, in seinen unwissenden Augen zumindest, gesund und munter gewesen. Wie lange das schon her war! Wieso nur war er nicht eher gekommen? Ach so, ja, die Eltern hatten ihn mit irgendwelchen Vorwänden über den Sommer immer hingehalten. Er, beschäftigt mit RTL, den Brüdern und dem Radfahren, hatte diese nur zu gern zum Anlass genommen, in Köln zu bleiben. Doch seitdem war viel geschehen, was sie verändert haben mochte.

Der Vater hatte kein aktuelles Foto von ihr. Sie habe sich geweigert, sich krank fotografieren zu lassen, erzählte er, aus Angst, dass ein solches Bild doch auf irgendeine Weise unter die Augen ihres Sohnes geraten könnte – aber auch, weil sie sich selbst so nicht sehen wollte: ausgezehrt, leidend, verbraucht.

Mirko dachte an die Bilder im Wohnzimmer. Als er diese am Abend betrachtet hatte, hatte er sich das erste Mal nicht an seiner eigenen darauf nur zu deutlich erkennbaren Leibesfülle (properes Mirko-Baby, das feiste Kindergartenkind, der kleine fette Erstklässler, der völlig aus dem Leim gegangene Teenager) gestört, sondern sich stattdessen auf Haltung und Mimik der stets mit ihm auf dem Foto erscheinenden Mutter konzentriert. Wie viel mütterliche Liebe und Fürsorge da aus jedem der Bilder sprach! Und wie aufgehoben er sich damals gefühlt hatte bei ihr, damals, bevor die quälenden Eindrücke der Außenwelt zu laut wurde!

Von den Erinnerungen an seine ersten Kindheitsjahre getröstet schlief er ein.

Auf der Fahrt in die Klinik schwiegen Vater und Sohn.

Wenn Mirko seine Mutter wie üblich perfekt geschminkt, frisiert, gestylt und in der gewohnten Umgebung ihres Wohnzimmers gesehen hätte, ohne zu wissen, wie es um sie stand, hätte er die Veränderungen vielleicht übersehen können. Hier aber, in der Klinik, wo das Weiß der Bettdecken mit dem der Wände verschmolz, konnte niemanden entgehen, wie wenig sich die Farbe ihres eigenen bleichen Gesichts von beiden unterschied. Klein und verloren wirkte sie in dem Klinikbett. Ihre dünner gewordenen Haare hätte Mirko normalerweise ihrem zunehmenden Alter zugeschrieben. Vielleicht war das aber ein Effekt der Bestrahlung, von der Günter erzählt hatte? Die Bestrahlung, von der sie ihm ebenso wenig berichtet hatte, wie von ihrer Krebserkrankung.

Ihr jetzt, wo sie so hilflos vor ihm lag, Vorwürfe zu machen, war wohl unangebracht. Doch worüber sonst reden? Über's Wetter etwa, gute Miene zum bösen Spiel machen?

In Umgang mit den Brüdern, aber auch bei RTL, hatte Mirko es in den letzten Monaten gelernt, seine Gedanken und Gefühle klar und deutlich zu kommunizieren. So viele unterschiedliche Leute trieben sich am Set herum. Sie alle wollten mit ihren Bedürfnissen unter einen Hut gebracht werden. Da taugte es nichts, um den heißen Brei herumzureden.

Also sagte er der Mutter schlicht: „Ich bin froh, jetzt bei dir zu sein!"

Etwas in ihrem sich nur leicht veränderten Gesichtsausdruck verriet ihm, dass es das Richtige gewesen war.

„Ach Mirko", sagte sie und „setz dich doch zu mir!" Ihre Stimme, die für ihn (und nur für ihn und nie für Günter!) immer in einer weichen Tonlage vibriert hatte, war dieselbe.

Der im Hintergrund stehende Vater räusperte sich: „Äh, es gibt hier einen Hocker. Oder aber, du setzt dich direkt zu ihr aufs Bett!"

Mirko entschied sich für letztere Option und nahm dann Gabis Hände vorsichtig in die seinen.

„Auch, wenn die Frage überflüssig ist", sagte er und sah sie an, „ich stelle sie trotzdem: Wie geht es dir?"

Gabi lächelte. „Ich hab Günter gestern (es war vorgestern gewesen, dachte Mirko, aber egal) einen schönen Schrecken angejagt", sagte sie und ergänzte, als sie Mirkos Blick bemerkte: „Und dir natürlich auch!"

„Ach Mama, warum hast du nur nie …", begann er jetzt doch, als sie ihn schon unterbrach:

„Ich hab geglaubt, ich schaffe es, zumindest bis Weihnachten. Und ich finde es nach wie vor richtig, dir nichts gesagt zu haben. Weder dir noch mir hätte es etwas genutzt, wenn du dich schon die letzten zwei Jahre um mich gesorgt hättest – oder?"

Mirko fiel nichts ein, was er darauf antworten sollte. Hilflos strich er seiner Mutter übers dünne Haar, die daraufhin ihren Kopf hob.

„Und ich *werde* es schaffen, hier nochmal rauszukommen – du wirst schon sehen!", versprach sie.

In diesem Moment fand Mirko sie sehr tapfer, obwohl Tapferkeit und seine Mutter bislang zwei Begriffe gewesen waren, die er niemals gemeinsam gedacht hatte.

Beim Hinausgehen trafen sie die junge diensthabende Ärztin.
„Ah, sie sind der Sohn?", fragte sie Mirko und musterte ihn. Mirko konnte förmlich spüren, wie angetan sie von ihm und seinen Muskeln war. Ihre zwischen ihm und Günter hin- und her huschenden Blicke suchten ratlos nach einer Ähnlichkeit zwischen Vater und Sohn. Auch wenn ihm nicht der Sinn nach Flirten stand (und schon 100-mal nicht mit Frauen!), beschloss er, die Freundlichkeit der jungen Frau zu nutzen, und antwortete lächelnd:
„Ja, ganz recht. Wie geht es denn jetzt weiter mit meiner Mutter?"
„Ihr Fall wird nächste Woche Mittwoch beim Tumorboard vorgestellt und dann schauen wir weiter. Bis dahin heißt es, sie aufzupäppeln. Um weitere Krampfanfälle zu verhindern, erhält sie jetzt ein Medikament dagegen."
Sich bedankend verließen beide Männer die Klinik.

Im Auto fragte Günter Mirko, ob er heute wieder nach Köln fahren oder noch bleiben wolle.
Es war offensichtlich, dass sein Vater nichts mit ihm anzufangen wusste.
„Ich meine, du kannst ja eh nichts tun!", meinte Günter leise.
Mirko war fassungslos. Ebenso wie die Ärztin fragte er sich, wie es sein konnte, dass er mit diesem Mann hier verwandt war. Andererseits – war er nicht auch *genau so* bis vor wenigen Monaten gewesen? Zurückhaltend, passiv, die Aufforderungen anderer gehorsam ausführend, aber dadurch selbst als Person wohl eher beliebig? Ein weiteres Mal sandte er ein stummes Dankesgebet in Richtung Judy, der schließlich den Startschuss gegeben hatte zu all den Veränderungen, die er innerhalb der letzten 12 Monate durchlaufen hatte.
„Ich möchte sie morgen nochmal besuchen", sagte Mirko, „und fahre dann direkt von der Klinik mit dem Zug zurück."

32

Bei seiner Ankunft am Sonntagabend fiel es Mirko schwer, sich von Neuem in Köln zurechtzufinden. Die Einträge in seinem Kalender, die To-dos der nächsten Woche, selbst der Inhalt seines Kühlschranks – all das kam ihm so bedeutungslos vor im Vergleich zu dem, was seine Mutter erwartete, nein, sie auch schon hinter sich hatte. Er spielte mit dem Gedanken, Damian zu kontakten, wollte den Physiotherapeuten jedoch nicht mit seiner eigenen Schwere hinunterziehen. Schließlich wünschte es sich niemand, an einem Sonntagabend ein Gespräch über Klinik, Krankheit und Tod zu führen!

Vielleicht würde er morgen, wenn Zeit wäre, mit seiner Chefin Dörthe über seine Mutter sprechen. Sie besaßen das richtige Verhältnis, dass sie aufrichtig mitfühlen würde mit ihm – ohne, dass es sie selbst zu stark belastete.

Am Montagabend telefonierte er dann doch kurz mit Damian. Dieser fragte ihn, ob sie sich nächstes Wochenende sähen.

„Ich weiß nicht", antwortete Mirko, „ich fahr wahrscheinlich wieder zu meinen Eltern." Erst, als er es aussprach, erfuhr er selbst von seinem eigenen Vorhaben.

„Ach", sagte Damian und „nimmst du mich mit?"

„Ach, Damian", erwiderte Mirko, „du hast ja keine Ahnung." Und er dachte an seinen vom Leben überforderten Vater, allein im klaustrophobischen Haus seiner Eltern.

„Wenn ich keine Ahnung hab, dann erleuchte mich doch!", kommentierte Damian schnippisch.

Doch Mirko wollte nicht über die Eltern reden. „Wie wär's denn am Donnerstagabend?", fragte er. „Hast du da Zeit für mich?"

„Mmh, da ist die Praxis bis abends geöffnet ...", überlegte Damian.

„Und wenn's nur für ein paar Stunden ist – bitte!", bat Mirko

„Also gut", entschied Damian. „Ich bin ab 19:30 zu Hause. Du weißt ja, wo du mich findest."

Das war fast so etwas wie ein Streit gewesen, sinnierte Mirko, als er im Bett lag. Und er wusste nicht einmal weswegen!

Mit Rainer war es einfacher am Mittwochabend. Der Trainer legte ihm einen Arm um die Schulter, schaute ihn an und fragte: „Na, wie steht's?" Obwohl (oder weil?) er die Antwort in Mirkos Augen sehen musste, wartete er diese nicht ab, sondern drückte ihm die Schulter einmal liebevoll und sagte: „Na, wird schon! Dann lass uns jetzt mal radeln, das wird dir guttun!"

Mirko wusste nicht viel von der Herkunft der Zwillinge. Sie waren die mittleren einer Schar von Kindern, hatten sich schon früh geoutet und dann bald nach dem Erwachsenwerden davongemacht. Seitdem besuchten sie ihre Ursprungsfamilie alle Jubeljahre einmal.

Das Indoor-Cycling tat Mirko gut, nicht jedoch in dem Maße, wie es das richtige Radfahren an der frischen Luft vermocht hätte. Er nahm sich vor, nächste Woche, wenn es nicht schneite, doch wieder einmal eine Outdoor-Runde zu drehen. Diese Woche würde ihm das mit der Verabredung mit Damian morgen zu knapp.

Da Mirko sich nach harmonischen Kuscheln mit dem Physiotherapeuten sehnte, nahm er sich im Vorfeld vor, nichts zu sagen, worüber Damian sich ärgern könnte. Nur kurz berichtete er ihm nach der herzlichen Umarmung auf Nachfrage von der Mutter. Dass sie sich nicht gut fühle und ihr Krebs nicht mehr heilbar sei, wie sie am Vortag nach der Tumorkonferenz erfahren habe („Es sei denn, es passiert ein Wunder, haben die Ärzte gesagt!", erzählte sie ihm am Telefon). Es sei ihr aber eine palliative Chemotherapie angeboten worden, um die Beschwerden zu lindern und ihre Lebenszeit vielleicht etwas verlängern zu können, aber „ohne Erfolgsgarantie". Da man sie zuvor ohnehin etwas aufpäppeln müsste, einen Keim antibiotisch ausmerzen und ihre Nahrungs- und Flüssigkeitsvorräte auffüllen, hätte sie bis nächste Woche Bedenkzeit.

„Oh Mann!", sagte Damian und drückte Mirko fest.

Da sich dank des regelmäßigen Trainings sein Muskelkater nach dem Radfahren im Fitnessstudio in Grenzen hielt, brauchte Mirko heute keine

Massage. Stattdessen hielten sich die Männer gegenseitig im Arm, streichelten sich am Kopf und bald auch anderswo und ließen sich allmählich beide von den Wogen der Leidenschaft erfassen.

Damians Angebot, danach bei ihm zu übernachten, lehnte Mirko ab. Er wollte morgen direkt nach der Arbeit in Richtung Heimat aufbrechen und müsste dafür noch ein paar Sachen packen.

„Och, das kannst du doch später machen!", maulte Damian.

Doch für Mirko besaß die Zeit, die er jetzt noch mit der Mutter verbringen konnte, höchste Priorität. Damian wäre auch später noch da, in einem halben Jahr, oder länger. Sie hätten noch ihr ganzes Leben, um einander zu genießen, wenn sie das wollten. Die Mutter nicht. Wieso nur verstand Damian das nicht?

Diesen Freitag wartete Mirko noch bis Dienstschluss, bevor er sich aufmachte. Doch Dörthe hatte ihm bei ihrem unterstützenden Gespräch am Montag angeboten, für die jetzt so dringenden Heimatbesuche Urlaubs- oder Krankentage nehmen zu können. Auch von der Möglichkeit, zumindest ein paar Dinge im Home-Office zu erledigen, hatte sie gesprochen – „je nachdem, wie sich die Situation entwickelt."

Beim abendlichen Zusammensitzen und Biertrinken gewannen Mirko und sein Vater langsam so etwas wie Routine. Erneut ließ Mirko seinen Blick zu den säuberlich aufgestellten Fotos schweifen, während sie über Belangloses redeten. Mehr, um die ihn schier lähmende Langeweile zu durchbrechen, als dass es ihn wirklich interessierte (schließlich hatte er die Geschichte schon dutzende Male oft aus dem Mund der Mutter gehört!), fragte er: „Wie habt Mama und du euch eigentlich kennengelernt?"

„Ah. Ich habe damals recht frisch erst beim Finanzamt gearbeitet. Und Gabi, sie …", Günter suchte nach Worten. Sonst war es immer die Mutter, die hiervon erzählte. „… sie hat dort ein Praktikum gemacht im Rahmen einer Berufsfelderkundung. Blutjung war sie da, erst 18. Ja, und ich habe ihr ein paar Dinge gezeigt und dann … ich weiß nicht so recht, wie … waren wir zusammen."

Klargemacht hat sie dich, dachte Mirko, abgeschleppt nach allen Regeln der Kunst!

„So richtig füreinander entschieden habt ihr euch da aber noch nicht, oder?", fragte er weiter.

„Nein. Ihre Eltern waren dagegen, so jung zu heiraten, und rieten uns, erst noch andere Erfahrungen zu sammeln", der Vater hüstelte. „Na ja, das waren die 70er, da gehörte die sexuelle Freiheit zum guten Ton. Was deine Mutter daraus gemacht hat, weiß ich nicht. Ich jedenfalls hatte trotzdem immer nur Augen für sie. Sie machte dann ihre Ausbildung und wir gingen weiter miteinander aus. Ins Kino oder in die Disco …"

Nicht vorstellbar, dass sein Vater jemals eine Disco von innen gesehen hatte, dachte Mirko.

„Aber als wir das Wochenende zusammen auf diesem Festival waren, wurde uns klar, dass wir nicht länger warten wollten – und haben uns das Eheversprechen gegeben."

Ende der Geschichte, dachte Mirko, und wenn sie nicht gestorben sind, dann leben sie noch heute. Und er verschluckte sich fast an seinem eigenen Gedanken.

„Apropos Frauen", fiel es dem Vater jetzt ein, „gibt's bei dir was Neues?"

Oh je, falsches Thema, dachte Mirko und überlegte kurz, den Vater hier und jetzt mit seiner Homosexualität zu konfrontieren. Reinen Tisch machen! Doch widerstrebte es ihm, zu dem vielen Unausgesprochenen, den kleinen und größeren Geheimnissen, die in seiner Familie ein jeder vor dem anderen hatte, ein weiteres hinzuzufügen. Dann eines wäre klar: Der Vater würde es im Leben nicht der Mutter sagen. Das wäre allein seine, Mirkos Aufgabe. Er aber wollte die Mutter in ihrer momentanen Situation nicht zusätzlich damit belasten, dass ihr einziger Sohn, ihr Goldjunge, sich outete. Also bliebe sein Schwulsein dann ein Geheimnis zwischen Günter und ihm.

Also sagte er: „Ach, mal dies, mal das. Wie du weißt, ist Köln eine quirlige Stadt, in der es sich gut leben lässt."

„Ja", sagte der Vater und klopfte ihm auf den Schenkel, „man ist nur einmal jung, nicht wahr? Wobei" – seine Stirn legte sich in Falten – „bei dir steht bald das nächste Jahrzehnt an, oder?"

Als ob er das nicht genau wüsste!

„Und Gabi ..."

Was auch immer der Vater hatte sagen wollen, Mirko unterbrach ihn, indem er fest ergänzte: „Gabi ist das beste Beispiel dafür, dass man nur einmal lebt und nie wissen kann, wann es vorbei ist", und damit das Gespräch beendete.

Als er, Müdigkeit vortäuschend, die Treppe zu seinem Zimmer erklomm, spürte er in seinem Rücken den erleichterten Blick des Vaters darüber, wieder einmal einen Abend allein mit seinem Sohn halbwegs erfolgreich gemeistert zu haben.

Der Zustand der Mutter war im Wesentlichen unverändert. Wenn überhaupt, waren ihre Wangen etwas rosiger und ihre Züge belebter. Erleichtert ließ Mirko die angehaltene Luft entweichen. Erst jetzt begriff er, dass er befürchtet hatte, sie verschlechtert oder gar nicht mehr bei Bewusstsein anzutreffen. Doch das hätte ihm der Vater dann geschrieben!

Am Vormittag spielten sie mehrere Runde Mau Mau, am Nachmittag las er ihr etwas vor.

Mirko verstand selbst nicht so recht, woher diese plötzliche Zärtlichkeit kam, die ihn antrieb – und wusste ebenso wenig, ob er sich damit etwas vormachte. Doch für den Moment fühlte es sich gut und richtig an, alles andere hintenanzustellen und sich – zumindest an den Wochenenden – ausschließlich um seine Mutter zu kümmern.

Es blieb nicht bei den Wochenenden. Dörthe hielt Wort und schusterte ihm immer wieder freie Tage zu, mit denen er die in der Heimat verbrachte Zeit verlängern konnte. Und das war auch bitter nötig. Die Mutter entschied sich für die Chemotherapie – und damit vorerst gegen eine Entlassung aus der Klinik. Den ersten Zyklus vertrug sie fast gespenstisch gut. Dennoch fiel es Mirko schwer, sie auch nur ein paar Tage aus den Augen zu lassen, so als könne er sie allein durch seine

Anwesenheit am Leben und bei Kraft erhalten und beides schwände, wenn er fort war.

Mit jedem Tag, den er bei seinen Eltern verbrachte, und jedem Wochenende, an dem er sich allein dorthin aufmachte, vergrößerte sich Mirkos Abstand zu den Zwillingen. Sie, vor allem Damian, (aber Rainer dachte wohl ähnlich) forderten von Mirko wieder und wieder, dass, wenn er sie schon nicht seinen Eltern vorstellte, er doch wenigstens Klartext mit Vater und Mutter spräche. Es sei feige von ihm, immer noch nicht dazu zu stehen, wie er war, warf ihm Damian vor und verglich die Situation mit dem Ausstand bei Fritz&Old damals, wo Mirko ihn auch nicht hatte dabeihaben wollen.

Mirko hingegen ärgerte es über alle Maßen, dass Damian nicht verstand, dass die Lage heute gänzlich anders und eben *nicht* zu vergleichen war mit damals.

Wenn seine Mutter gesund gewesen wäre, ja dann … So aber, wie es stand, wusste niemand, wie viel Lebenszeit ihr noch blieb. Da konnte und wollte er sie jetzt nicht mit seinem Kram und schon gar nicht mit einer solchen Eröffnung belasten. Wie sehr sein Verhalten damit dem der Mutter ähnelte, wie sie beide Informationen zurückhielten oder zurückgehalten hatten zum Schutz des jeweils anderen, war ihm zwar bewusst, änderte aber nichts an seinem Entschluss, seine Mutter derzeit *nicht* mit seiner Homosexualität zu konfrontieren. Auch wenn er diese selbst schon lange nicht mehr als Problem begriff, so ahnte er doch, dass seine Mutter das anders sähe. Sollte er jetzt, wenige Wochen vor ihrem Tod, eines der Ideale demontieren, das ihr am teuersten war – das ihres geliebten Sohnes als vorbildlichen Goldjungen? Nein, das hätte er als grausam empfunden!

Wieso nur verstanden die Zwillinge das nicht? Wenn es ihr besserginge und sich der Krebs doch noch auf den Rückzug begeben würde – dann würde er sich hier, in seinem Heimatort und bei seinen Eltern outen, das hatte er sich ohnehin schon vorgenommen. Wenn es keine Verbesserung mehr gäbe – dann stürbe sie halt in Unwissenheit der sexuellen Orientierung seines Sohnes. Na und? Er konnte mit dieser Schuld, wenn es denn eine war, gut leben.

33

Eines Abends, als sein Vater in der Klinik war und Mirko sein Home-Office verlassen (sprich, sein Laptop zugeklappt) hatte, klingelte das Telefon der Eltern. Kurz zögerte er. Gehörte zu seinen Pflichten als heimgekehrter Sohn und Kümmerer auch die Beantwortung von Anrufen für die Eltern? Vermutlich schon.

„Bei Jordans", meldete er sich.

Kurze Pause, dann sagte eine dunkle, Mirko unbekannte Männerstimme: „Mirko?! Mirko, bist du das?"

Mirko hatte nicht den blassesten Schimmer, wer sich am anderen Ende der Leitung befand, als er antwortete: „Ja, ich bin's. Mit wem spreche ich denn?"

„Mirko! Mensch, Donnerwetter, dass ich dich jetzt höchstpersönlich erreiche, hätte ich nicht erwartet. Tillmann ist dran. Du erinnerst dich vielleicht nicht an mich, wir waren mal lose befreundet …"

Ach ja, Tillmann. Seine Mutter hatte ihm vor Monaten einen Zettel mit dessen Nummer gegeben. Der war vermutlich in den Wirrungen seines Umzugs nach Köln verloren gegangen, jedenfalls hatte er ihn seitdem nicht mehr in den Händen gehabt.

„… ich hab vor über einem halben Jahr schon mal angerufen und mit deinen Eltern gesprochen", fuhr Tillmann fort. „Ich war lange im Ausland und hab mir bei meiner Rückkehr vorgenommen, ein paar Bekanntschaften wieder aufleben zu lassen. Na ja. Bei dir hatte ich's schon aufgegeben, nachdem du dich so lange nicht gemeldet hast. Na, jedenfalls, jetzt schau ich beim Zappen in diese neue Serie rein, „Unter euch" – und dann steht da dein Name im Abspann, Mirko Jordans. Ok, kann ein Zufall sein, dachte ich, vielleicht heißen noch mehr so – aber meine Neugier hat mir keine Ruhe gelassen!"

Mirko grinste. Die tiefe sonore Bassstimme, die so klang, als könne ihren Sprecher nichts aus der Ruhe bringen, stand im Gegensatz zum schnellen, sich fast überschlagenen Redetempo Tillmanns. Aber der hatte ja schon damals schneller denken können als reden, wenn Mirko sich recht erinnerte.

„Ja, das bin ich", sagte Mirko. „Ich arbeite als Produktionsassistent bei RTL und bin schwerpunktmäßig für „Unter euch" zuständig."
„RTL? Sind die nicht in Köln?", fragte Tillmann nach.
„Ja, wieso?"
„Wohnst du jetzt da?"
„Ja, seit einem halben Jahr. Ich bin nur zu Besuch bei meinen Eltern", antwortete Mirko.
„Ist ja irre", gab Tillmann zurück, „ich wohne auch in Köln, schon etwas länger als du. Wer weiß – vielleicht sind wir uns ja sogar schon mal begegnet, ohne es zu merken. Also", er räusperte sich, „ich gehe zumindest mal davon aus, dass auch du nicht mehr aussiehst wie mit 16."
Mirko lachte: „Nein, sicher nicht."
„Ja, und jetzt bist du dieses Wochenende mal wieder bei deinen Eltern zu Besuch?"
„Nicht direkt", antwortete Mirko und spürte das mittlerweile wohlvertraute Gefühl seines sich zuschnürenden Halses. „Genau genommen bin ich nicht nur dieses Wochenende hier, sondern derzeit deutlich öfter. Meine Mutter ist schwer krank und ich versuche, sie noch so oft wie möglich zu sehen, bevor …" Er hasste sich selbst dafür, wie seine Stimme brach.
„Oh. Das tut mir leid!" Die Betroffenheit in Tillmanns Stimme klang echt. „Ich wollte vorschlagen … aber dann ist es vielleicht keine so gute Idee …!"
„Was denn?", fragte Mirko, begierig, das Thema zu wechseln.
„Ich dachte, wir können uns mal treffen … je nachdem, wie lange du bleibst. Ich bin noch ein paar Tage hier, ich helfe meinem Vater in der Werkstatt, er hat's mit dem Rücken und war dankbar, dass ich mir die Woche freischaufeln konnte", meinte Tillmann.
„Ich bin hier bis …" – kurz überschlug Mirko. Morgen bekäme seine Mutter die Chemo, danach eine Nacht Klinik, dann würde sie entlassen … plus ein weiterer Tag Puffer, um zu schauen, ob es zu Hause gutginge, „… also, mindestens noch drei Tage!"
„Wie wäre es denn mit morgen Abend? Also, falls du Lust auf ein bisschen Abwechslung hast und mich sehen willst … Ich könnte einfach

bei euch vorbeikommen, den Weg kenne ich ja." Tillmann lachte, ein tiefes brummiges Geräusch.

Mirko sah sich um, erfasste Wohnwand, verblichene Tapete und die Spießigkeit der benachbarten Sitzecke mit einem Blick. Bei der Vorstellung, hier drinnen Besuch zu empfangen, schienen die Wände näher zu rücken und ihn einzuengen, bis ihm keine Luft mehr zum Atmen blieb.

„Nee", sagte er entsprechend gepresst, „also vielmehr ja: Ich würde dich gern mal wiedersehen – aber Abwechslung ist es nur, wenn wir uns anderswo treffen."

„Ach so, ja, kann ich verstehen", antwortete Tillmann und vielleicht konnte er das auch. „Wie wär's dann im Last Exit?"

Die einzige Dorfkneipe, die für einige genau das darstellte, einen letzten Ausweg, war stets ein Treffpunkt der Dorf-Hippster gewesen. Mirko konnte sich nicht erinnern, jemals zu deren Zockerrunden, Besäufnissen oder Tanzpartys eingeladen worden zu sein. Lieber wäre ihm eine Bar im Nachbarort gewesen. Doch er wollte nicht schon wieder etwas einwenden und stimmte daher zu.

Erwartungsgemäß freute seine Mutter sich riesig, als er ihr am Folgetag in der Klinik von seiner Verabredung berichtete. „Der klang so nett am Telefon", schwärmte die Mutter, „und so männlich!"

Mirko musste ihr zustimmen.

An diesem Abend um 18:00 befand sich im Last Exit genau *ein* allein sitzender und sich suchend umschauender junger Mann, so dass es für Mirko keinen Zweifel gab, wer Tillmann war. Ansonsten hätte er seinen ehemaligen Klassenkameraden niemals erkannt! Tillmann war groß, ein richtiger Hüne, mit schwarzem dichtem kurzem Haar und einer Intellektuellenbrille. Obgleich er insgesamt eher schlaksig wirkte, machte er doch nicht den unsicheren, tapsigen Eindruck vieler Großgewachsener. Tillmann hingegen schien sich in seiner Haut mehr als wohlzufühlen. Staunend musterte Mirko ihn. Wann nur war Tillmann so gewachsen? Damals als Kinder hatte Mirko ihn um Längen überragt ... Wie konnte er nur nach dem Abi ...?! Aber nein, jetzt fiel es ihm wieder ein! Tillmann war aufs Gymnasium gewechselt, nach der 10, der besseren Kursauswahl wegen, der alte Streber. Danach hatten sie sich dann aus den Augen verloren – und er Tillmanns Wachstumsschub offenbar vollkommen verpasst.

So fasziniert war Mirko vom veränderten Aussehen seines alten Bekannten, dass er es gar nicht bemerkte, dass dieser ihn im Gegenzug gleichfalls wohlwollend musterte.

„Mensch, Mirko", freute sich Tillmann, nachdem sie einander die Hände geschüttelt und sich hingesetzt hatten, „dann hat es doch irgendwann geklappt bei dir, all das Fett in Muskeln zu verwandeln?"

Obwohl er wusste, dass Tillmann es nicht bös gemeint hatte und sein Tonfall nichts als Anerkennung erkennen ließ, tat es Mirko weh, an die alten Zeiten als „Schwabbel" und seine eigene langanhaltende Unfähigkeit, daran etwas zu ändern, erinnert zu werden.

Um Mirkos Verlegenheit zu überspielen oder vielleicht auch, weil ihm diese komplett entgangen war, sprach Tillmann weiter: „Wow, was für Muskeln du hast! Darf man die mal anfassen? Ich wusste gar nicht, dass es so was in echt gibt und nicht nur auf dem Cover der Men's Health!"

Ohne eine Antwort abzuwarten, kniff Tillmann ihm spielerisch in den Bizeps.

Mirko grinste. Wie ihm einfiel, hatte Tillmann immer schon einen leicht schrägen Humor gehabt. Damals, als er selbst noch nicht wusste, wohin mit sich, war ihm dieser eher immer etwas zu viel gewesen, heute konnte er über und mit dem anderen lachen. Auch den restlichen Abend über.

Während sie aßen, erzählte Mirko Tillmann von seiner Selbsttherapie bei der Bundeswehr. Die immer größer werdenden Augen des anderen jungen Mannes waren voller Bewunderung.

„Zum Militär bist du?", fragte er ungläubig nach. „Das hätte ich mich nie getraut! Und ich war, obschon keine Sportskanone, sicher doppelt so fit wie du. Ganz schön mutig von dir!"

So hatte Mirko das nie gesehen.

Tillmann erzählte ihm von seinem Stipendium im Harvard und all den „Freaks", wie er sie nannte, die er dort kennengelernt hatte. Mirko von Ulm, der schwäbischen Lebensart und der WG mit dem Garten voller Apfelbäume. Als er das tat, überkam ihn eine unvermittelte intensive Sehnsucht nach diesem Ort. Auch wenn die Jahre mit Sonja nicht eine Zeit ungetrübter Harmonie gewesen waren, hatte er doch gern dort gelebt. So vieles war damals anders gewesen: Zwar war er, wie er heute sehen konnte, in vielen Dingen in sich selbst gefangen gewesen – doch hatte genau *das* sein Leben auch vereinfacht. Er hatte in (gelegentlich wechselnden) Paarbeziehungen zu Frauen gelebt, war der festen Überzeugung, einmal Unternehmensberater zu werden, und hatte gesunde Eltern. Und jetzt? Jetzt musste er sich bei RTL um die Verlängerung seines Jahresvertrags sorgen, lief als (zumindest halbwegs) bekennender Schwuler zwei Brüdern hinterher, die ihn doch nicht verstanden, und war vermutlich auf dem besten Weg, Halbwaise zu werden.

Von all dem sagte er Tillmann nichts.

Sie verabschiedeten sich herzlich und versprachen einander, nächste Woche in Köln gemeinsam einen Kaffee trinken zu wollen. Was sie dann tatsächlich auch taten, obwohl Mirko das schlechte Gewissen umtrieb, dass er die wenigen Stunden seiner freien Zeit in der Stadt nicht mit einem der Zwillinge, sondern einem anderen Mann verbrachte. Dazu mit einem, bei dem er nicht die geringste Chance hatte zu landen, sagte er sich selbst streng, als er merkte, wie leicht es ihm fiel, in Tillmanns dunklen Augen zu versinken, und wie mühelos er den Hünen in seine Tagträumereien einbauen konnte.

Schlag ihn dir aus dem Kopf, mahnte sich Mirko. Die meiste Zeit dachte er ohnehin an erster Stelle an die Mutter. Aber auch seine Arbeit forderte ihn jetzt, wo er tageweise nicht am Set war, an den Tagen, an denen er anwesend war, umso mehr.

34

So ging es bis Weihnachten. Am zweiten Weihnachtsfeiertag schickte Judy ihm ein Foto von sich und Pino, herumtollend im Schnee. Dass Mirko dem Banker sein Glück von Herzen gönnte, änderte nichts an seiner eigenen Schwermut. Rainer und Damian hatten ihn – in einem letzten Versuch zu retten, was nicht mehr zu retten war - eingeladen, das Weihnachtsfest mit ihnen bei ihrer Familie zu verbringen.

„Wir sind so viele, da macht einer mehr oder weniger nichts aus!", hatte Damian augenzwinkernd gesagt.

Doch Mirko hatte abgelehnt. Sie waren im Streit auseinandergegangen.

Der Mutter war es letzten Endes dann doch zu schlecht gegangen, um nach Hause entlassen werden zu können. Mit dem zweiten Zyklus Chemotherapie waren Haarausfall, Übelkeit und eine alles hinwegfegende Erschöpfung gekommen. Also feierten sie in der Klinik, die sich alle Mühe gab, denjenigen Patienten, die diesen besonderen Tag in ihren Wänden verbringen mussten, trotzdem ein schönes Fest zu bereiten. Doch über allen, zwischen ihnen, und auf ihren ängstlichen Mienen hing das „Es ist das letzte Mal"- Gefühl, dicht gefolgt von der „Wie lang noch"- Frage.

Am späten Nachmittag des 26.12., nachdem er sich durch den Weihnachtsauftritt eines Kinderchors im Foyer der Klinik gekämpft hatte, dem seine Mutter ihrer durch die Chemo reduzierten Abwehrzellen wegen nur mit einer Maske beiwohnen durfte, hielt Mirko es nicht mehr aus. Entweder er führe auf der Stelle nach Köln zurück oder .... Kurz entschlossen wählte er Tillmanns Nummer. Sein ehemaliger Schulfreund war doch über Weihnachten sicher gleichfalls hier bei seinen Eltern. Und wenn nicht – fragen kostete nichts.

„Oh, hallo Mirko!", begrüßte ihn Tillmann. „Frohe Weihnachten! Wie schön, dass du dich meldest, ich habe auch schon an dich gedacht! Was treibst du denn so und wo bist du?"

Tillmann klang aufgedreht und – betrunken? Im Hintergrund hörte Mirko durcheinanderredende und lachende Stimmen.

„Ich bin hier, in …", Mirko nannte den Namen ihres gemeinsamen Heimatortes, „und, um ehrlich zu sein, geht's mir gar nicht gut. Meine Mutter ist immer noch in der Klinik und …"

Weiter kam er nicht. Schon unterbrach Tillmann ihn: „Komm doch rüber zu uns! Wir sitzen hier alle beisammen und haben's nett. Evi ist auch hier, meine Schwester, vielleicht erinnerst du dich?"

Mirko erinnerte sich an keine Evi. Die Vorstellung, den Rest des Tages nicht allein mit dem Vater verbringen zu müssen, klang verlockend. Andererseits … der Vater …

„Ich weiß nicht", antwortete er, „ich kann doch meinen Vater hier nicht allein lassen …"

„Musst du ja auch nicht", sagte Tillmann prompt, „den bringst du mit. Ach, komm schon – um der alten Zeiten willen. Und Evi freut sich auch über männliche Gesellschaft!"

Wenn du wüsstest, dachte Mirko – und sagte zu.

Mirko hatte geglaubt, dass es schwierig sein würde, seinen Vater davon zu überzeugen, das Haus zu verlassen. Doch offenbar graute auch ihm vor einem weiteren Abend allein mit seinem Sohn.

„Muss ja nicht für lange sein", meinte er, „weil, na ja, mit Gabi in der Klinik – und wir amüsieren uns …!"

„Ich bin mir sicher, sie würde das wollen.", gab Mirko zurück.

In den schon nachtschwarzen Straßen herrschte eine seltsame Atmosphäre. Vereinzelt hatten Menschen ihren Vorgarten weihnachtlich illuminiert, auch hinter so manchem heruntergelassenen Rollo brannte Licht. Die Bürgersteige indes waren menschenleer. An diesem späten Nachmittag des zweiten Weihnachtsfeiertages schien jeder schon dort zu sein, wo er hingehörte, bei seinen Lieben. Verlorene Vagabunden, wie sein Vater und er es heute waren, gab es nur vereinzelt. Mirko dachte daran, wie er diesen Tag in den letzten Jahren begangen hatte. Oft war er hier gewesen. Die Mutter, als Perfektionistin in Sachen Weihnachten, hatte ein opulent-kitschiges Fest bereitet, oft gemeinsam mit ihrer eigenen Mutter. Dieses Jahr waren die Großeltern an Heiligabend in die

Klinik gekommen, hatten es aber abgelehnt, auch nur eine Nacht bei Mirko und seinem Vater zu verbringen.

„Wir sind alt und brauchen unsere eigenen Betten", hatte der Großvater gesagt – aber Mirko glaubte, dass es weniger das durchgelegene Sofa als die Abwesenheit der Mutter war, die sie vom Bleiben über Nacht abgehalten hatte. Ebenjene in den Wänden des Hauses klebende Traurigkeit, die auch Mirko und seinen Vater jetzt auf die menschenleeren Straßen getrieben hatte.

Früher hatte Tillmann über der Werkstatt gewohnt. Mittlerweile hatten die Eltern einen großzügigen Bungalow im hinteren Bereich des Grundstücks gebaut. Das Versprechen, sich jederzeit um „Kfz-Notfälle jedweder Art", auch nachts und am Wochenende, zu kümmern, galt aber immer noch – außer Tillmanns Vater hatte „Rücken" wie letztens im November.

Im Hause Krüger herrschte eine ausgelassene Stimmung. Alle vier Familienmitglieder (die gealterten Eltern und die beiden erwachsenen Kinder) hatten rote Wangen und ein Lächeln im Gesicht, als sie ihre spontanen Besucher begrüßten. Nur für eine kurze Zeit lag eine mitgebrachte Wolke der Schwermut in der Luft, dann hatte man Mirko und Günter ein Glas in die Hand gedrückt und das Treiben ging weiter. Bald schon mischten sich auch die Stimmen der Gäste unter die der Familie.

Tillmann, Evi und ihre Eltern hatten Scrabble gespielt, allerdings in einer Regelvariante, „bei der", so flüsterte Tillmann Mirko zu, „mein Vater merkwürdigerweise immer gewinnt." Sie alle tranken Wein, ein Moselriesling.

„Der Beste!", strahlte Tillmanns Vater, „dem festlichen Anlass absolut angemessen!" Diesen feinen Tropfen brachten die Eltern von ihren regelmäßigen Ausflügen zu einem befreundeten Winzer stets in ausreichender Menge mit. Auch das erfuhr Mirko von Tillmann, der bester Laune zu sein schien und sich immer wieder zu Mirko herüberbeugte, um ihn mit Hintergrundinformationen dieser ihm ja letztendlich unbekannten Familie zu versorgen.

Auch Evi, ebenso dunkelhaarig, wie Tillmann es war, und die Mirko damit ein wenig an Sonja erinnerte, versuchte alles, um Mirko zum Lachen zu bringen, was ihr oft gelang. Oder hatte Mirkos Gelöstheit ihren Ursprung nicht eher in den zwei Gläsern Wein, die er direkt zu Anfang zügig hinuntergestürzt hatte? Er war den Alkohol kaum mehr gewohnt. Im Men's Inn wie im Freshman's Resort war er schon ewig nicht mehr gewesen, die Zwillinge, die er in den letzten Wochen ohnehin nur selten gesehen hatte, tranken wenig bis gar nichts – und bei seinem Vater gab es nichts Hochprozentigeres als Bier. Am heutigen Abend kam Mirko ein Rausch gelegen. Er wollte nicht wieder permanent das Bild der Mutter (ausgemergelt, allein, verloren) vor Augen haben. Sie hatte ja recht damit, dass es ihr nichts nutzte, wenn er und Günter Trübsal bliesen. Der Alkohol milderte die Schärfe der inneren Bilder – ebenso, wie er die Kontrollierbarkeit ihres Auftauchens reduzierte.

Tillmann beobachtete Mirko nachdenklich, schenkte ihm aber dennoch ein drittes Mal nach und sagte: „Ist schon ok. Wenn alle Stricke reißen, kannst du nachher hier bei uns übernachten!"

Später spielte sie alle zusammen ein anderes Spiel, eine Mischung aus Rommé und Canasta, oder aber es war eines der beiden in einer Variante, die Mirko nicht kannte. So genau wusste er es nicht und es war ihm herzlich gleichgültig. Auch bei diesem Spiel ging es hoch her. Mirko saß zwischen Evi und Tillmann. Während das Mädchen von links mit ihm flirtete, war sich Mirko der Präsenz des rechts von ihm sitzenden Mannes nur allzu deutlich bewusst. Wie seine Schwester näherte sich auch Tillmann ihm immer wieder, um ihm Hinweise zu den Spielregeln zu geben, ihm auf die Schulter zu klopfen, wenn ihm ein Rundensieg gelungen war – oder nur, um ihm verschwörerisch zuzuzwinkern, wenn einer der älteren Erwachsenen wieder einmal einen unterirdischen Witz gemacht hatte. Und Mirko? Genoss es in vollen Zügen. Immer wieder musterte er Tillmann unter herabgesenkten Lidern. Wie gut er aussah! So ... „normal" gut. Er war nicht durchtrainiert oder sehnig und nicht einmal sonderlich modisch angezogen, sondern einfach nur er selbst. Groß, schlank, dunkelhaarig und –äugig – und offenbar mit all dem völlig im Reinen. Die Haare ... vermutlich zum Anlass des Weihnachtsfestes hatte er seine schwarze Pracht kürzen lassen – doch sie waren immer noch lang genug, dass Mirko mehr als einmal der Versuchung widerstehen musste, Tillmann über den Kopf zu streichen, nur, um zu wissen, ob sich das, was so wuschelig-kuschelig aussah, auch so anfühlte. Seine inneren mahnenden Stimmen der Vernunft waren zumindest für den Moment in Riesling ertränkt. So fand er nichts dabei, Tillmanns harmlose Zuwendungen zu erwidern, dem anderen an den Arm zu fassen oder seinen Kopf an dessen Schulter zu lehnen ... nur kurz natürlich ...

Nach dem Kartenspiel, das Mirkos Vater gewonnen hatte, erhob sich dieser.

„Ich danke euch für diesen tollen Abend", sagte er, „das hat gutgetan. Aber ich muss mich jetzt dennoch verabschieden, mein Bett ruft." Als Mirko gleichfalls aufstand, winkte der Vater ab: „Bleib du doch noch, Mirko! Die paar Meter nach Haus schaffe ich allein. Wir sehen uns dann morgen!"

Morgen, am ersten Werktag nach den Feiertagen, würde sich entscheiden, wie es weiterging mit der Chemotherapie der Mutter. Als Mirko daran dachte, wollte er gleich ein weiteres Glas Wein exen.

Erst als der Vater gegangen war, erkundigten sich die Krügers nach der Mutter, so, als sei es dem Vater nicht zuzumuten gewesen, hierüber zu reden. Nun, vielleicht war es das auch nicht. Als Mirko von dem Verlauf ihrer Krankheit berichtete, wiegte Tillmanns Mutter den Kopf:

„Ich hab Gabi irgendwann im September mal auf der Straße getroffen. Sie sah nicht gut aus, habe ich mir gedacht. Aber so was sagt man einander ja nicht, nicht wahr? Also habe ich geschwiegen und wir über Belanglosigkeiten getratscht. Tja, hätte ich damals gewusst ..."

Sie alle schweigen betroffen. In Mirko brannte – deutlich abgeschwächt durch die Menge des konsumierten Weins – ein spitzer Stachel der Eifersucht, dass es dieser der Mutter fast fremden Frau vergönnt gewesen war, was sie ihm verwehrt hatte: Sie zu sehen auf ihrem Leidensweg, wenigstens die Chance zu haben, sie dabei zu begleiten. Die Vergangenheit konnte er nicht ändern, *jetzt* tat er ja alles, was er konnte für die Mutter, versuchte sich Mirko zu trösten und nahm einen weiteren Schluck Wein.

„Für solche Themen reicht Wein nicht!", befand Tillmanns Vater und zauberte einen Tresterbrand („deutscher Grappa!") vom gleichen Winzer hervor. Der scharfe und nach dem vielen Wein fast geschmacklose Schnaps löschte vorerst alle Gedanken und Bilder in Mirkos Kopf – die der Mutter und alle anderen!

35

Während die Eltern in einer ersten Aufräumrunde die Überbleibsel ihrer kleinen Party entsorgten, wandten sich Evi, Mirko und Tillmann dem Thema ihrer gemeinsamen Vergangenheit zu. Evi, die zwei Jahre jünger als die Männer war, hatte gleichfalls die Gesamtschule im Nachbarort besucht und kannte viele Schüler, mit denen auch sie zu tun gehabt hatten.

„Du warst ja damals recht dick", sagte sie, ohne mit der Wimper zu zucken, zu Mirko, „aber Valentina hat gesagt, dass du trotzdem gut küssen konntest!"

Verblüfft sahen Mirko und Tillmann Evi an. Offenbar hatte auch sie tief ins Glas geschaut – oder wie sonst war diese unverhohlene Anmache zu erklären?

Tillmann grinste, als Mirko sich wand.

„Tja, wenn sie das gesagt hat, hat es vermutlich gestimmt, oder?", erwiderte Mirko schließlich keck. Dabei dachte er an Valentina. Ihre blitzenden grünen Augen ... die Enge unter ihrem T-Shirt und in ihrer Hose ... die unerlöste Enge auch in seiner Hose ... die ihn *genau jetzt* wieder plagte. Hör auf!, versuchte es ein Funken Vernunft in ihm nun doch, Tillmann ist nichts für dich, er ist tabu!

Und es war auch nicht Tillmann, sondern Evi, deren Gesicht jetzt nah an ihn herankam.

„Aha. *Damals* hat es gestimmt. Und heute?", flüsterte sie fast.

Tillmann entband ihn zumindest vorerst einer Antwort, indem er sich mit den Worten erhob: „Also, ich bin raus bei dem Thema! Und überhaupt ist mir bei diesem ganzen Gerede von den alten Zeiten und so grade eingefallen, dass ich letztens einen Zettel gefunden habe mit alten Berechnungen für eins der Flugzeuge, die du immer gebaut hast, Mirko! Warte, ich hol den mal!"

Und schon hatte Tillmann das Wohnzimmer verlassen.

„Halt!", krächzte Mirko und räusperte sich, „äh …". Plötzlich dachte er an Florence und ihm kam der rettende Einfall, „… und ich, ich müsste mal. Wo ist denn eure Toilette?"

Zuckersüß lächelnd zeigte Evi sie ihm.

Als er sicher auf dem heruntergelassenen Klodeckel saß, atmete Mirko erst einmal tief durch. Bis er pinkeln könnte, würde es ohnehin etwas dauern, worüber er nicht böse war. Vielleicht würde Evi, wenn er eine Weile weg war, den Gedanken an einen Kuss von ihm wieder vergessen haben.

Als er nach gut zehn Minuten das Bad verließ, drangen Stimmen aus dem Wohnzimmer. Eine von ihnen gehörte der jungen Frau. Gut, er wurde nicht vermisst!

Die dem Bad gegenüberliegende Tür stand offen und in dem Zimmer brannte Licht, so dass Mirko Einblick ins Innere erhalten konnte. Er vermutete, dass es Tillmanns altes Zimmer war. An der einen Wandseite hing eine Hängematte, an der gegenüberliegenden stand eine zum Schlafen ausgezogene Couch. Gegenüber der Tür befand sich ein Schreibtisch, auf dem allerlei Papier lag. Vielleicht auch der Zettel mit den von Tillmann erwähnten Berechnungen?

Weil er weitere Zeit gewinnen wollte, bevor er sich Evi stellte, betrat Mirko den Raum. Von Tillmann war nichts zu sehen. Als Mirko sich dem Schreibtisch näherte, streifte sein Blick auf der Suche nach dem Blatt mit den Berechnungen kurz das Display des aufgeklappten und angeschalteten Laptops. Nur kurz – aber doch lang genug, um an einem dort gesehenen Detail hängenzubleiben. Einen Moment unschlüssig (denn es gehörte sich schließlich nicht, in der Privatsphäre anderer herumzuschnüffeln!) überwog Mirkos Neugier und eine alkoholbedingte „Ist doch egal"-Haltung und sein Blick huschte zurück.

„Dave" stand da, unten rechts im verkleinerten Fenster einer Mirko einst wohlbekannten App. „Dave87". Sein Körper, den sofort ein lustvolles Erschaudern durchfuhr, verstand früher als Mirkos angetrunkener Verstand, was das bedeutete. Die Groschen fielen einer nach dem anderen: Tillmann war nicht heterosexuell ... ihre unschuldigen gegenseitigen Berührungen eben beim Spiel dann doch kein Zufall ... ebenso wenig wie die Erwähnung der Men's Health bei ihrem ersten Treffen! Wieso hatte es nicht schon damals Klick gemacht bei ihm? Und das hieße ja ... dass Tillmann erreichbar wäre für ihn, hier und jetzt und heute ... zumindest theoretisch! Wenn Mirko an all die empfangenen und fehlinterpretierten Signale des Abends dachte, sicher auch praktisch! Neben der Lust durchflutete Mirko Aufregung über so viel Unerwartetes. Und das an einem Tag wie diesem, an dem er sich sicher gewesen war, absolut nichts erwarten zu dürfen für sich. Er dachte an die Mutter und bat sie stumm um ihre Zustimmung, während er sich im Geiste schon ausmalte, wie es sich anfühlen würde mit Tillmann ....

„Oh Mirko, hier bist du!", erklang dessen tiefe Stimme auf einmal dicht hinter ihm. Plötzlich fühlte Mirko sich furchtbar verlegen. Verlegener, als er sich je gefühlt hatte, seitdem er wusste, dass er schwul war.

Er drehte sich nicht um, als er leise fragte: „Dave?!"

Tillmann zögerte nicht einen Moment lang mit der Antwort. Er lachte und sagte: „Tja, das ist mein Nickname beim Chatten. Dave87"

Als er das sagte und damit bestätigte, was Mirko kurz zuvor entdeckt hatte, durchlief es Mirko heiß und kalt.

„Nach meinem Geburtsjahr. Tillmann87 war schon vergeben und da ich mit zweiten Namen David heiße ..."

Tillmann lachte unschuldig. Unschuldig? Du bist alles andere als unschuldig, mein lieber Tillmann-Dave, dachte Mirko in Erinnerung an ihre anregenden Chats, damals, zu Ulmer Zeiten.

Willst du ihn rausholen für mich?, hatte Dave ihn gefragt und ihn dann Schritt für Schritt bei der Masturbation angeleitet. Dave. Der jetzt

Tillmann hieß und direkt hinter ihm stand. Der mit ihm zur Schule gegangen war und seine Flugzeuge optimiert hatte. Dessen Vater die Kfz-Werkstatt führte, in der Mirkos Eltern ihr Auto immer warten ließen.

Mirko wurde schwindelig. Ein weiterer „deutscher Grappa" würde ihm jetzt guttun. Doch der war vorne, im Wohnzimmer, bei Tillmanns Eltern und seiner Schwester Evi, die sicher schon auf ihn wartete. Und er war hier, mit Tillmann. Ob dessen Eltern wussten, was für Apps Sohn hier laufen hatte? Nein, vermutlich nicht. Doch abgesehen von der App ... konnte er sich gut vorstellen, dass sich der Kfz-Mechaniker und seine Frau über die sexuelle Orientierung ihres Sohnes völlig im Klaren waren und diese kein Problem für sie darstellte. In Tillmanns Familie, so, wie er sie heute kennengelernt hatte, schien das selbstverständlich. Sie alle waren so ... unkompliziert. Mirko war zu durcheinander, um seine schnell hin und her schweifenden Gedanken in diesem Moment zu hinterfragen und sich damit zu befassen, was seine eigenen Eltern denn bitte schön so sehr von Tillmanns unterschied.

„Mirko? Alles klar bei dir?" Tillmanns Stimme klang forschend, verunsichert.

Und plötzlich ... hatte Mirko Lust, ein wenig mit ihm zu spielen. Einmal im Leben Spieler sein und nicht Spielball im Spiel der Liebe – auch wenn er vermutlich zu betrunken war, um Tillmann gegenüber die Fassade des nur milde interessierten heterosexuellen Mannes lange aufrechtzuerhalten.

Mirko drehte sich um. Ganz nah standen sie sich. Er lächelte Tillmann ebenso zuckersüß an, wie dessen Schwester es eben bei ihm getan hatte, und sagte: „Tut mir leid, ich war grad etwas verwirrt."

„Kein Wunder ...", erwiderte Tillmann und legte Mirko, rein freundschaftlich, versteht sich, eine Hand auf den muskulären Oberarm, „... bei dem, was du zurzeit durchmachst!"

Mirko zuckte mit den Schultern und griff wahllos nach einem auf dem Schreibtisch liegenden Papier: „Sind sie das, deine Berechnungen?"

Tillmanns Stirn legte sich in ratlose Falten. „Berechnungen?!"

Aha, also war dies ein Vorwand Tillmanns gewesen – um nicht mitansehen zu müssen, wie Mirko seine Schwester küsste? Oder um zu chatten, mit wem auch immer?

„Ach so, ja", jetzt fiel es Tillmann wieder ein, „die für die Flugzeuge, warte mal, das muss ich hier irgendwo … ich konnte eben noch nicht gucken, ich musste noch …"

Ja, was du musstest, kann ich mir gut vorstellen, dachte Mirko grinsend. So langsam machte die Sache ihm Spaß. Allen anderen zum Trotz. Seiner Mutter. Rainer und Damian. Seinem Vater, der hoffentlich gut zu Hause angekommen waren. Evi, die im Wohnzimmer auf ihn wartete.

Tillmann griff dicht an Mirko vorbei nach einem Stapel Papiere, die auf dem Schreibtisch lagen. Dabei kam er ihm ein weiteres Mal nah. Viel zu nah für ‚Lass uns beste Kumpel sein' – was sie nicht einmal waren.

„Sag mal, deine Schwester, Evi …", bemerkte Mirko wie nebenbei, „glaubst du, die steht auf mich?"

Tillmann zuckte zusammen, als habe ihn etwas gebissen. Wie einfach es war, ihn zu lesen, wenn man einmal wusste, was los war!

„Ich … ja, kann schon sein …", er räusperte sich. „Wieso gehst du nicht schon mal ins Wohnzimmer und findest es heraus? Ich suche dann derweil hier nach dem Zettel mit der Berechnung."

„Ach, lass mal!", erwiderte Mirko, „ich bin sicher, Evi ist auch in 10 Minuten noch da. Ich warte hier bei dir, bis du das Blatt gefunden hast. Mittlerweile bin ich neugierig darauf geworden."

Neugierig war er schon – aber sicher nicht auf irgendeine 15 Jahre alte Berechnung!

Nach einigen Momenten weiteren Gewühles auf seinem unordentlichen Schreibtisch hatte Tillmann das gesuchte Papier endlich gefunden. „Hier ist es!", rief er triumphierend, „schau!"

Mirko und Tillmann steckten die Köpfe über dem Zettel zusammen. Beide gaben sie vor, sich auf die verblasste Achtklässlerschrift zu konzentrieren – keinem gelang es auch nur ansatzweise. Endlich beschloss Mirko, Tillmann und sie beide zu erlösen und legte eine Hand um die Hüfte des anderen. So dünn war das Hemd, dass er die Wärme seiner Haut deutlich spüren konnte.

„Und – weißt du noch, zu welchem Flugzeug diese Rechnung gehört?", fragte er ihn leise. Mirko sah, wie sich Tillmanns Adamsapfel hob und wieder senkte, als er vernehmlich schluckte. Doch bevor Tillmann reagieren oder Mirko seine Avancen hätte verdeutlichen können, war auf einmal jemand Drittes im Raum.

„Ach, *hier* steckt ihr beiden!", sagte Evis fröhliche Stimme. Keiner der beiden Männer hatte daran gedacht, die Zimmertür zu schließen. Schuldbewusst fuhren sie auseinander. Da Tillmann offenbar länger brauchte, um die richtigen Worte zu finden, war es Mirko, der sie rettete.

„Ja, Tillmann hat den Zettel mit seinen alten Berechnungen gefunden, über den wir eben gesprochen hatten, du weißt schon, für die Modellflugzeuge, die ich früher immer gebaut habe", erzählte Mirko Evi. Auf einmal war ihm dieses Thema nicht mehr peinlich. Die Komik der Situation überlagerte alles: Seine Verlegenheit, die Gedanken an die Mutter, seine Trauer um das Ende seiner Beziehung zu den Zwillingen …. Tillmann, der vermutlich immer noch nicht wusste, was er von Mirkos Verhalten halten sollte, Evi, der es wohl ähnlich ging, und in ihrer Mitte der Zettel, dessen Inhalt keinen von ihnen interessierte, auch wenn sie das alle vorgaben. So jetzt auch Evi, die mit gerunzelter Stirn auf die Zahlen in Mirkos Hand starrte, es dann aber, als die wohl ehrlichste der drei, nach kurzer Zeit aufgab, Verständnis zu heucheln.

„Also, jedenfalls", begann sie, „Mama und Papa sind müde und auf dem Weg ins Bett. Was ist mit uns? Köpfen wir noch ne Flasche, spielen wir noch ne Runde oder …?" Evi ließ das Ende des Satzes in der Luft hängen und sah Mirko dabei tief in die Augen. Er wurde nicht einmal rot, als er ihren Blick erwiderte und ansonsten vorerst lächelnd schwieg.

Schließlich sprach Tillmann aus, was Mirko sich erst einige Minuten zuvor gewünscht hatte: „Ich für meinen Fall brauch zum Abschluss des Abends einen Schnaps. Oder, noch besser: Hatten Mama und Papa nicht so einen köstlichen Pfirsichlikör? Das wäre doch jetzt ein hervorragender Nachtisch!" So langsam fand Tillmann zu seiner Souveränität zurück.

„Fein", sagte Evi, „das geht in Ordnung für mich. Bist du dabei, Mirko?"

„Aber sicher", antwortete er prompt.

36

Und somit kehrten alle drei ins Wohnzimmer und zu ihren Gläsern zurück.

Erneut nahm Mirko zwischen den Geschwistern Platz und sah Evi dabei zu, wie sie die Gläser mit einer apricotfarbenen Flüssigkeit füllte. Ähnlich wie Sonjas Bikini, dachte Mirko völlig zusammenhanglos. Es war auffallend, dass Tillmann jetzt eher Abstand von ihm genommen hatte, während Evi ihm weiterhin nahekam. Deshalb war sie es, der er mit dem Likör zuerst zuprostete.

„Na dann, Prost!", sagte sie, trank einen Schluck und fuhr dann fort: „Wo wir es eben von Liebesdingen hatten …" Oha, sie will es wirklich wissen, dachte Mirko und machte sich auf Einiges gefasst. Aber Evi hatte statt ihm ihren Bruder im Visier – eine neue Taktik?

„Gibt's diesbezüglich was Neues bei dir, Bruderherz?"

Tillmann konnte genauso zuckersüß lächeln wie seine Schwester.

„Ach, du weißt ja, Köln ist eine Stadt mit vielen Möglichkeiten", antwortete er gedehnt, „nicht so wie dieses Nest, wo du studierst, wo war das noch gleich? Paderborn, oder?"

Touché, dachte Mirko, doch Evi gab sich nicht so schnell geschlagen.

„Ach – und was ist mit diesem Lover, den du in Cambridge hattest? Ist der nicht mehr aktuell?"

Wenn Evi glaubte, Tillmann Mirko damit madig zu machen, lag sie falsch. Bei der Vorstellung des großen dunkelhaarigen Mannes gemeinsam mit einem ihm unbekannten Amerikaner bildete sich die Beule in Mirkos Hose, die sich, als sie eben von Evi überrascht worden waren, schreckhaft zurückgezogen hatte, erneut heraus.

„Ach weißt du, Amerika ist weit weg … das Ganze hatte, so einmal quer über den Teich, keine Zukunft!", erwiderte Tillmann gelassen. „Und wie steht's bei dir? Trauerst du immer noch diesem Typen hinterher, der mit deiner besten Freundin ins Bett gegangen ist?"

Mit blitzenden Augen und geröteten Wangen saßen sich die Geschwister gegenüber und starrten einander an. Der wortwörtlich zwischen ihren Stühlen sitzende Mirko räusperte sich: „Äh – geht ihr immer so aufeinander los?"

„Och, nur manchmal", sagte Tillmann.

„Eigentlich nur, wenn wir uns um denselben Mann streiten", ergänzte Evi grinsend.

Schweigen. Mirko würde es nicht brechen.

„Was sie damit sagen will", fuhr Tillmann jetzt butterweich fort, „ist: du hast jetzt genau 10 Sekunden Zeit, um dieses Haus zu verlassen und wie ein braver Junge in dein eigenes Bett zu gehen. Wenn du das nicht tust, musst du dich entscheiden, ob du die Nacht bei meiner Schwester oder bei mir verbringst!"

„Aber entscheiden musst du dich!", fügte Evi hinzu. „Geteilt wird nicht!"

Teilen? Hatten sie das tatsächlich einmal gemacht, die beiden Geschwister? Die Vorstellung fiel Mirko schwer. Sicher, mit den Zwillingen war er einiges gewohnt, aber doch ... erschien ihm speziell Evi nicht wie der Typ Mensch, der sich mit einem *halben* Mann zufriedengab. Und Tillmann ... wieso hatte er eigentlich nie gemerkt, dass er schwul war, schon damals, als Jugendlicher?

„Seit wann weißt du, dass du auf Männer stehst?", fragte er daher Tillmann anstelle einer Antwort jetzt direkt.

Evi seufzte: „Ok, ich bin raus!" Sie leerte ihr Glas, stand auf und sagte zu ihrem Bruder: „Und es wäre nett, wenn du mal einen Freund von dir einlädst, von dem auch ich etwas habe!" An Mirko gewandt sagte sie: „War trotzdem ein schöner Abend mit dir! Ich wünsche euch beiden dann noch viel Spaß!" Sie zwinkerte Mirko zu und war verschwunden.

Beide Männer blickten Evi hinterher – und dann auf den Tisch. Auf einmal waren sie beide zu scheu, um den Blick des anderen zu suchen. Unruhig klopften Tillmanns Finger auf dem Hals der Likörflasche herum.

„Sollen wir noch einen trinken, wir zwei?", fragte er rau.

Mirko bejahte dankbar. Er war nach dem Wechselbad der Gefühle, das dieser Abend so unerwartet für ihn bereitgehalten hatte, dankbar, eine Weile innehalten zu können, um seine Gedanken zu ordnen. Während er einen weiteren Schluck des süßen Getränks nahm, überlegte er, was er noch über Tillmann wusste. Er war der Sohn des örtlichen Automechanikers, Mathefreak und mittlerweile Harvard-Absolvent. Das war Tillmann. Blieb Dave. Dave war nach eigenen Worten keine Jungfrau mehr gewesen, als sie sich online kennenlernten. Er hatte ihn, Mirko, für seine Unerfahrenheit geneckt, war aber dennoch nett gewesen zu ihm. Mehr als nett ...

Tillmanns Gedanken schienen in eine ähnliche Richtung gewandert zu sein.

„Haben wir mal miteinander gechattet?", fragte er bedächtig.

Mirko nannte ihm seinen Nickname.

Tillmann lachte auf: „Hach ja! Ich hab am Anfang gedacht, da steckt so ein Robotik-Freak dahinter oder so – aber dann warst du ja doch ganz geschmeidig."

Jetzt griff Tillmann doch endlich nach Mirkos Hand und hielt dessen daraufhin hochschnellenden Blick mit dem seinen fest. „War das damals wirklich alles neu für dich? Und die Sache mit deinem Mitbewohner wahr – oder hast du das nur so geschrieben?"

Mirko wusste nicht, ob er sich darüber freuen sollte, dass Tillmann ihren Chatverlauf so exakt erinnerte – oder ob es ihm peinlich war.

„Nein – es war alles genau so, wie ich es geschrieben habe", murmelte er.

„Und ..." Tillmann machte eine Pause, in der seine Finger langsam an Mirkos Arm hoch wanderten, was diesem eine sofortige Gänsehaut verursachte. Tillmann hatte genauso große Hände wie er selbst, bemerkte er wohlgefällig.

„... ich vermute mal, du hast in der Zwischenzeit deine Erfahrungen sammeln können ... Bist du dir jetzt im Klaren über deine ... Präferenzen?"

So, wie Tillmann das sagte – fast flüsternd, verführerisch, lockend, war es keine Frage, sondern eine Einladung. Eine Einladung, die Mirko gern annahm. Er befreite seine Hand aus Tillmanns liebkosender und griff dem anderen wild und ungestüm unter das dünne Hemd. Warm und weich war dessen Haut, und direkt darunter pulsierte sein schnell schlagendes Herz, dessen Takt sich auf Mirkos Finger übertrug.

Auch Mirkos andere Hand fand ihren Weg zum begehrten Mann. Zärtlich strich er ihm über den Kopf. Die kurzen schwarzen Wuschelhaare fühlten sich genauso an, wie er sich das vorgestellt hatte.

„Das wollte ich den ganzen Abend schon tun!", stellte Mirko mit einem fast schnurrenden Unterton in der Stimme fest. Wieder lachte Tillmann. Dieses Lachen kannte Mirko noch nicht. Es war nicht das dröhnende laute, mit dem sich der Freund beispielsweise über Witze amüsierte, sondern ein leiseres, sinnliches und doch ebenso tiefes Geräusch. Wie ein Blitz durchfuhr Mirko die Erkenntnis, was er alles nicht kannte an Tillmann. Im Grunde alles! Wie aufregend, sich hier und jetzt und heute auf gänzlich neues Territorium zu begeben! Auch das Stöhnen, was Tillmann entfuhr, als Mirkos Finger seine Brustwarzen fanden und diese neckend zupften, war neu für Mirko. Zufrieden registrierte er mit den feinen und jetzt auf Hochtouren arbeitenden Nervenenden seiner anderen Hand, wie sich Tillmanns Herzschlag um weiter beschleunigte.

„Lass uns in mein Zimmer gehen!", schlug Tillmann vor. „Direkt vorm Zimmer meiner Schwester", er deutete mit den Augen auf die hinter Mirko liegende Tür, „weiterzumachen wäre nicht fair – zumal sie heute leer ausgegangen ist." Tillmann klang nicht so, als würde ihn diese Tatsache sonderlich betrüben.

Hand in Hand gingen sie die paar Schritte hinüber zu Tillmanns Zimmer. Erst als er jetzt zum zweiten Mal in dessen Türrahmen stand, registrierte Mirko die Hängematte zu seiner Rechten wirklich.

„Schläfst du da drin?", fragte er Tillmann.

„Manchmal", antwortete dieser, „aber uns zwei würde die nicht aushalten. Und für alles andere ... nun ja, die Vorstellung ist vielleicht aufregend, aber in der Wirklichkeit ist es unbequeme Akrobatik und damit alles andere als sexy."

Mirko starrte ihn an: „Du meinst ... du hast hier ...?!

Tillmann grinste: „Nein, nicht hier. Das dann doch nicht! Aber ich hatte in Amerika auch so eine Matte und da ..." Sein Grinsen vertiefte sich und seine schönen braunen Augen blitzten. Amerika ... Stimmt. Tillmanns Schwester hatte da einen „Lover" erwähnt.

„Bist du überhaupt zu haben?", fragte Mirko Tillmann und sah ihn mit seinem besten Schlafzimmerblick an. Gleichzeitig verfluchte er sich selbst. Das fiel ihm wirklich früh ein!

„Wenn ich nicht zu haben wäre für dich, wären wir nicht hier!", antwortete Tillmann ernst und erwiderte Mirkos Blick so intensiv, dass diesem fast schwindelig wurde vor Aufregung.

„Und ... wie ist es bei dir?", fragte Tillmann.

Mirkos Gedanken stockten. *War* er zu haben? Er dachte an Damian und Rainer – aber das war doch so gut wie vorbei, oder? Außerdem hatten sie sich nie Treue geschworen, auch wenn zumindest er anständig gewesen war in den letzten Monaten.

Noch bevor Mirko den Mund zu einer Antwort öffnen konnte, hatte Tillmann ihm diesen mit seiner Hand verschlossen. „Ist schon gut", sagte er leise, „für heute Abend will ich es gar nicht wissen."

Tillmanns warme kräftige Hand so plötzlich und unerwartet in seinem Gesicht zu spüren, erregte Mirko über alle Maßen. Na warte, dachte er und begann mit seiner Zunge Tillmanns Finger abzulecken, einen nach dem anderen, mit einer für beide quälenden Langsamkeit. Angestachelt von Tillmanns entzücktem Stöhnen nahm er schließlich dessen Daumen in dem Mund und saugte an jenem kurz und intensiv. Dann nahm er Tillmanns offenbar mittlerweile zu keiner eigenständigen Bewegung mehr fähige Hand und legte sie sich in den Nacken.

„Ich will dich!", flüsterte Mirko rau. „Jetzt!"

Das Beisammensein, das Liebesspiel mit Tillmann war neu und völlig anders als das, was Mirko bislang erlebt hatte. Nicht nur, weil sie dieselbe

Größe hatten, war das Wort, was ihm dafür einfiel, als er sich später an ihre erste Nacht erinnerte: *ebenbürtig*.

Auch wenn Rainer ihn (immer!) genommen hatte und er Damian meistens – so war Mirko beiden Brüdern auf irgendeine Art unterlegen gewesen. Selbst, wenn einer (Damian) sich nach seinen, Mirkos, Wünschen richtete, so war das alles doch ein Spiel – dessen Spielregeln nicht Mirko zu bestimmen hatte. Nun, das hatte er ja letztendlich auch immer so gewollt und es nie anders gelebt.

Tillmann hingegen ließ ihn machen und sich neugierig auf das ein, was von Mirko kam, bevor er es auf seine Weise erwiderte.

So auch an diesem Abend, als Tillmann gar nicht dazu kam, Mirko zu antworten, da dieser ihn schon verlangend küsste. Und Tillmann? Ließ sich küssen und hielt dem Druck von Mirkos Lippen mit seiner eigenen weichen, ruhigen Art stand.

Nur kurze Zeit später war es vorbei mit seiner Ruhe, als beide Männer sich mit begehrlichen, wenn auch durch Müdigkeit und Alkohol etwas ungeschickten Fingern die Klamotten vom Körper rissen … die nackte Haut und die Wärme des anderen genossen … und ertrinken wollten im ungewohnten und neuen Geruch und Geschmack des Liebhabers.

Dieses Mal war es Mirko egal, wie sie sich lieben würden. Und er brauchte sich auch nicht zu entscheiden. Die Nacht war lang und die Männer dank des sie durchströmenden Hormoncocktails von Adrenalin, Testosteron und Oxytocin (der naturwissenschaftlich bewanderte Tillmann hätte sie vielleicht alle benennen können – doch sie sprachen nicht darüber in dieser Nacht!) wach genug, um verschiedene Spielarten der Liebe miteinander auszuprobieren. Weihnachten war schon lange vorbei, als sie ihr letztes Quäntchen Energie verbraucht hatten, erschöpft auf Tillmanns Schlafsofa fanden und eng aneinander gekuschelt einschliefen.

37

So schön der Abend gewesen war, so unangenehm war das Erwachen. Mirkos Kater übertraf selbst den am Morgen nach seiner Nacht mit Judy, wo er sich trotz seines damals vorherrschenden Schocks über das Geschehene zumindest körperlich besser gefühlt hatte als jetzt. Dass ihn ein auf sein Handy eingehender Anruf mitten aus einer morgendlichen Tiefschlafphase weckte, machte die Sache nicht besser.

Es war der Vater. Auch er sei am Morgen telefonisch geweckt worden. Die Klinik habe ihn angerufen. Die Mutter habe in der Nacht einen weiteren Krampfanfall erlitten – und man bäte Ehemann und Sohn, doch in die Klinik zu kommen, um das weitere Vorgehen zu besprechen.

Letztendlich gab es nicht viel zu bereden. Als Mirko und sein Vater eintrafen, war Gabi zum Glück schon wieder bei Bewusstsein. Für einige Stunden hatte sie dieses verloren und keiner der behandelnden Ärzte war sich sicher gewesen, wann und ob sie es zurückerlangen würde. Als die Stationsärztin begann mit ihnen über Therapiebegrenzung und Palliativversorgung zu sprechen, erfuhren die beiden Männer zu ihrer Überraschung, dass die Mutter lange schon („Seit ich das mit dem Brustkrebs das erste Mal schwarz auf weiß vor mir gesehen und begriffen habe, dass es nun mich betrifft", sagte sie mit einem müden Lächeln) im Besitz einer Patientenverfügung war, in der sie festgelegt hatte, dass sie im Falle einer lebensbedrohlichen Situation nicht mehr reanimiert werden wollte. Einmal mehr fühlten Mirko und sein Vater sich wie passive Statisten ohne eigene Sprechrolle im Leben der Mutter. An diesem Mittag des 27.12. beschlossen sie den Abbruch der Chemotherapie. Diese hatte nicht nur Nebenwirkungen verursacht, sondern auch bislang nicht zum erwünschten Erfolg, einem Zurückdrängen der Hirnmetastasen, geführt.

Mirko fühlte sich wie betäubt, als sie die Klinik viele Stunden später verließen.

Er sehnte sich ... wonach, wusste er auch nicht so recht. Vielleicht nach einer Runde Radfahren. Doch abgesehen davon, dass sein Rad in

Köln stand, senkte sich am Horizont bereits die Sonne. Kurz entschlossen wählte er Tillmanns Nummer.

„Hi, Tillmann", begann er. Verrückt, wie ihm allein beim Aussprechen dieses Namens trotz allen, was ihn vordergründig beschäftigte, das Herz bis zum Hals schlug! „Bist du noch hier?"

So schnell hatte es gehen müssen am Morgen, dass sie sich gar nicht hatten austauschen können über ihre weiteren Pläne.

„Ja. Ich denke, ich fahre morgen wieder. Ich konnte mir nicht komplett freinehmen zwischen den Jahren und muss am 29. und 30. ins Institut."

„Wieso fragst du? Und – wenn du drüber sprechen magst – wie geht es deiner Mutter?"

Dass Tillmann diese Frage stellte, tat Mirko gut. Antworten wollte er trotzdem nicht.

„Erzähle ich dir vielleicht später", antwortete er gequält, „eigentlich wollte ich dich fragen, ob du Lust hast, mit mir schwimmen zu gehen."

„Was – jetzt? Heute Abend noch?" Tillmann klang ehrlich verblüfft.

„Ja. Nur, wenn deine Familie nicht ...", begann Mirko, als Tillmann ihn auch schon unterbrach:

„Für meine Familie geht alles, was dir hilft, völlig ok. Es ist nur so ... ich bin nicht grad eine Sportskanone. Und das letzte Mal schwimmen war ich ... oh, lass mal überlegen! Das muss in Deutschland gewesen sein, bevor ich nach Amerika gegangen bin!"

„Wenn du es verlernt hast, kann ich es dir ja wieder beibringen", bot Mirko an und wunderte sich über sich. Wie einfach es ihm fiel, mit Tillmann zu flirten, trotz all der Schwere, die ihm heute in den Knochen steckte.

Tillmann lachte: „Na, so schlimm wird's schon nicht sein!"

So schlimm wurde es wirklich nicht. Aber besonders fit war Tillmann tatsächlich nicht. Mirko betrachtete lächelnd das erschöpfte Gesicht des Mathematikers, als dieser schon nach wenigen Bahnen seinen Ausstieg verkündete, und fühlte ... Erleichterung. Er dachte an die überaus durchtrainierten Zwillinge und fand Tillmanns eher durchschnittliche

Fitness regelrecht sympathisch. Er hatte keine Lust, sich schon wieder vom nächsten Mann durch die Gegend scheuchen zu lassen. Nein, es wurde Zeit, dass er sein eigenes Tempo und seinen eigenen Rhythmus für die Dinge im Leben fand. Und der betrug sicher keine 100 Tritte pro Minute!

Mirkos Mutter starb an Silvester. Erst einen Tag zuvor hatte Mirko sich auf den Wunsch von Vater und Mutter dazu durchgerungen, für den Jahreswechsel nach Köln zurückzukehren. Er könne ja doch nichts für sie tun, wenn er bliebe.

Tillmann, der im Gegensatz zu Mirko ein Auto besaß, fuhr ihn noch am selben Tag zurück von der Stadt in ihren Heimatort. Tillmann hatte seine Frage nach Mirkos amouröser Verfügbarkeit nicht mehr wiederholt. Sie beide kannten die Antwort. Mirko hatte Damian direkt nach Weihnachten per WhatsApp geschrieben, dass er keine Massage mehr benötigte – und Rainer, dass er sein Training bei ihm (abgesehen vielleicht von dem auf zwei Rädern) als abgeschlossen betrachtete. Es war das erste Mal, dass er aus eigener Entscheidung diesen Schritt tat und eine Beziehung von sich aus beendete, stellte Mirko im Rückblick erstaunt fest. Sicher, auch Tinka hatte er verlassen – doch die treibende Kraft dahinter war Sonja gewesen. Tillmann hingegen, der gar nichts von Damian und Rainer wusste, hatte ihn nicht gedrängt. Er, Mirko, war es gewesen, der an diesem grauenhaften Morgen des 27.12. ohne jeden Zweifel gewusst hatte, dass seine Ära mit den Zwillingen unwiderruflich vorbei war. Leicht waren ihm seine zwei Nachrichten deshalb dennoch nicht gefallen, auch wenn beide Brüder, jeder auf seine Art, freundlich und humorvoll antworteten.

Während es draußen dunkel wurde und sich die Leute für die Mitternachtsstunde warmtranken, saß Mirko ein letztes Mal am Bett seiner Mutter, hielt ihre kalte Hand – und vergoss trotz der vielen in den letzten Wochen intensiv miteinander verbrachten Stunden bittere Tränen über all die gemeinsamen Jahre, die ihnen, seiner Mutter und ihm, genommen waren, und all die Dinge, die er niemals mehr erfahren würde über sie. Sein Vater saß neben ihm, stumm wie immer.

Draußen vor der Klinik wartete Tillmann. Vor den Augen seines Vaters versank Mirko in einer langen, tröstlichen und innigen Umarmung des Geliebten.

Stunden später, als um sie herum die Glocken der zwei Kirchen im Dorf Alarm schlugen und sich der Himmel in ein Lichtermeer verwandelte, strich Tillmann ihm die inzwischen lang gewordenen Haare aus dem Gesicht und sah ihm lächelnd in die Augen:

„Auch, wenn das vielleicht der falscheste aller Tage für diese Frage ist: bist du bereit für ein neues Jahr? Mit mir?"

Mirko ließ sich Zeit mit der Antwort. Zuerst prosteten sie sich zu, ließen den feinperligen Sekt ihre Kehlen hinunterrinnen und genossen, dicht beieinanderstehend, das Gefühl exquisiter Zweisamkeit inmitten der anderen, hier am Dorfplatz versammelten Menschen. Wer weiß, vielleicht waren sogar einige von Mirkos alten Peinigern unter ihnen.

Auch später, als das neue Jahr längst schon keine Ahnung als vielmehr eine Tatsache war, antwortete Mirko Tillmann nicht mit Worten, sondern mit seiner Zunge, die die seine (und noch so einiges anderes!) fand, seinen Händen, die ihn liebkosten und seinem gesamten Körper, der Tillmanns umschloss, als wollte er ihn nie mehr gehen lassen.

Und – wer weiß? – vielleicht würde er das auch nicht.

Barbara Nelting
„Judys langer Weg ins Pink Paradise
148 Seiten ISBN print978-3-98758-054-3
Auch als Ebook

Judy ist jung, ungebunden und lebenslustig. Als ihm der attraktive Franzose Etienne nach einer heißen Affäre das Herz bricht, ist er fortan nicht mehr bereit, sich noch einmal die Finger zu verbrennen. Lieber konzentriert er sich auf seinen Job als Banker, beschränkt sich in Liebesdingen auf einfache Erotik und lässt das Herz außen vor.
Doch kann man so etwas auf Dauer durchhalten? Als der erfahrene Pino in Judys WG zieht, werden die Dinge komplizierter …

www.himmelstuermer.de

Stefan Orben
Dein Outing muss kein Traum sein
120 Seiten ISBN print 978-3-98758-015-4
Auch als Ebook

Sören – ein ganz „normaler" junger Mann. Zumindest scheint es so auf den ersten Blick. Doch wie sieht es hinter seiner Fassade aus?
Kann sich Sören diese Frage selbst beantworten? Weiß er, wer er ist, und erkennt er, was tief in ihm verborgen lodert, das darauf wartet, entfacht zu werden? Weiß er mit seinen Gefühlen umzugehen oder wird er sich in sei-nem Gedankenchaos verlieren?
Doch die wichtigste Frage ist wohl: Träumt er sich durch sein Leben oder lebt er seinen Traum?
Ein Buch, dass mit echten Gefühlskrisen das Thema Outing behandelt und aufzeigt, woran unsere Gesellschaft noch heute zu arbeiten hat; Denn Liebe hat nichts mit Akzeptanz zu tun, sondern mit Normalität – Deshalb wendet sich diese Geschichte nicht nur an die LSBT*Q-Community.

www.himmelstuermer.de

Zane Richyard **Tomaten auf den Augen**
360 Seiten ISBN print 978-3-98758-006-2 Auch als Ebook

Felix ist ein 20-jähriger Student und schwul. Er hat damit kein Problem, geht offen damit um und auch seine Freunde stehen hinter ihm.
Euphorisch will er nun sein Studentenleben genießen und zieht mit seinem besten Freund Trevor nach Rostock. Dort trifft er auf eine Welt, die er eigentlich auf Abstand halten wollte, doch seine Gefühle machen ihm ein Strich durch die Rechnung.
Max ist im dritten Semester an der Uni Rostock und hatte bisher ein alles andere als leichtes Leben. Geprägt von Enttäuschung, Hass und Gewalt, lastet es schwer auf seinen Schultern. Mit seinem Kumpel Luke und den Jungs zieht er durch die Gegend, bekannt als rechtsradikale Schlägertruppe. Die ein oder andere Straftat bleibt da nicht aus. Als er auf Felix trifft, ist er - nach der anfänglichen Wut verwirrt und erlangt einige Erkenntnisse über sich.
Nun steht er zwischen den Fronten. Welchen Weg wird er gehen?
Eine Geschichte mit ernsten Themen, Schimpfwörtern aber auch viel Humor, Liebe und Sarkasmus.

Robin Cruiser **Versteckspiel zwischen Brezeln und Wein** –
200 Seiten ISBN print 978-3-98758-063-5 Auch als Ebook

Lars macht im malerischen Touristenort Cochem an der Mosel im familieneigenen Betrieb eine Ausbildung zum Bäcker. Dabei lernt er Filip kennen, der im Hotel Moselschau eine Ausbildung zum Hotelfachmann absolviert.
Sie wissen beide, dass sie auf Männer stehen und während Filip sich vor seiner alleinerziehenden Mutter bereits geoutet hat, kommt das für Lars nicht infrage. Ein schwuler Sohn wäre für seine konservative und alteingesessene Familie ein Skandal. Mit der Zeit entwickelt sich zwischen ihnen eine Freundschaft, die dank selbstgebackener Brezeln und Wein an einem schönen Frühlingsabend zu einem aufregenden Versteckspiel wird. Doch ein eifersüchtiges Zimmermädchen, eine cholerische Mutter und eine Hotel-Chefin, die so schnell nichts umhaut – sie alle sorgen dafür, dass die Scharade nicht lange währt!
Und als Lars' Mutter wegen der Vorkommnisse ihrer Freundin in aller Öffentlichkeit ein Glas Wasser über den Kopf gießt, eskaliert die Situation und es kommt zu einer feigen homophoben Tat! Am Ende der Geschichte steht ein Gerichtsprozess, dessen Urteil eine Mahnung ist. Kein Versteckspiel mehr zwischen Brezeln und Wein!

www.himmelstuermer.de